Eine Quiche vor dem Tode

ECON **Krimi**

Im ECON Taschenbuch Verlag sind außerdem folgende Titel von Jill Churchill lieferbar:

Schmutz und Sühne (TB 25088)
Oh, du fröhliche (TB 25087)

Zum Buch

Kaum hat Jane Jeffry ihre Kinder in die Sommerferien geschickt, ergreift sie die Gelegenheit beim Schopfe und belegt einen Kurs über das Schreiben von Memoiren. Als die unangenehmste Teilnehmerin des Kurses, Agnes Pryce, nach einem gemeinsamen Essen vergiftet aufgefunden wird, beginnt Jane mit ihren Ermittlungen, um den kulinarischen Killer unter den Möchtegern-Literaten zur Strecke zu bringen.

Die Autorin

Jill Churchill ist das Pseudonym von Janice Young Brooks, Autorin zahlreicher historischer Romane. Für ihren Krimi *Schmutz und Sühne* (TB 25088) wurde sie mit dem *AGATHA* und dem *MACAVITY AWARD for Best First Mystery* ausgezeichnet.

Jill Churchill

Eine Quiche vor dem Tode

Ein Jane-Jeffry-Krimi

Aus dem Amerikanischen
von Angelika Naujokat

ECON Taschenbuch Verlag

Veröffentlicht im ECON Taschenbuch Verlag
Deutsche Erstausgabe

First published by AVON BOOKS, United States of America
Titel des amerikanischen Originals: A QUICHE BEFORE DYING
Aus dem Amerikanischen übersetzt von Angelika Naujokat
Umschlaggestaltung: Init GmbH, Bielefeld
Titelabbildung: Reiner Tintel
Lektorat: Gisela Klemt
Gesetzt aus der Baskerville Roman
Satz: Formsatz GmbH, Diepholz
Druck und Bindearbeiten: Ebner Ulm
Printed in Germany
ISBN 3-612-25065-5

Für Marjory Hoffbrau
und alle meine Freunde
aus dem »High Brau and Manor«,
für Carlos, Evelyn und den
verstorbenen Jake.

»Halt! Mörder!« schrie Jane Jeffry.

Die rundliche, getigerte Katze brach ihren Jagdausflug im Gemüsegarten ab, richtete sich mit einem Rest von Würde auf, schaute mit einem letzten, verlangenden Blick dem Rotkehlchen, das Jane verscheucht hatte, nach und stolzierte davon. Als sie an den Zucchinis entlangstrich, sprang eine geschmeidige, orangefarbene Katze aus dem Grün hervor, und beide kugelten über den Boden. »Oh, nein!« rief Jane, als die Katzen in fröhlichem, spielerischem Kampf hin- und herrollten und in einer Reihe zarter Möhrenpflänzchen landeten. Sie sprang von ihrem Gartenstuhl auf und begab sich eilig zum Kampfplatz. Willard, ein tollpatschiger Hund mit hellem Fell, erwachte aus seinem Schlummer auf der Terrasse und galoppierte ihr mit freudig erregtem Bellen nach, wobei er mit den tellergroßen Pfoten etliche winzige Sprößlinge niederwalzte. Wie immer, wenn er zu bemerken glaubte, daß die Katzen Jane wieder einmal Kummer bereiteten, regte er sich furchtbar auf.

»Hört sofort auf! Alle drei!« schrie Jane.

»Was ist denn hier los? Fütterungszeit im Zoo?« fragte ihre Nachbarin Shelley über den Zaun hinweg.

»Man kann sich kaum vorstellen, daß sie alle einmal klein und niedlich gewesen sind«, sagte Jane und klemmte sich die Katzen rechts und links unter die Arme. Sogleich wurden sie schlaff wie Lumpenpuppen und unternahmen nur noch ab und zu halbherzige Versuche, sich gegenseitig mit den Krallen zu erwischen. »Sie sollten nur noch mit Warnhinweisen verkauft werden, so wie Zigaretten: ›Achtung: Dieses Flaumbällchen wird Haus und Garten zerstören!‹ Halt die Klappe, Willard! Ich hatte keine Ahnung, daß ich einen zehn Fuß hohen Elektrozaun aufstellen muß, um ein bißchen Gemüse zu beschützen.«

»Der Garten sieht gut aus«, sagte Shelley.

Jane sah sich stolz um. Ihr verstorbener Mann hatte sich nichts aus Gärten gemacht. Für ihn waren sie eine Plage, da man sich notgedrungen ständig darum kümmern mußte. Aber in diesem Frühjahr, dem zweiten nach seinem Tod bei einem Autounfall, hatte Jane hemmungslos gepflanzt. In dem steinharten Stück, wo früher einmal die Schaukel der Kinder gestanden hatte, befand sich nun das von Jane angebaute Gemüse. Nichts allzu Schwieriges in diesem Jahr: Rettich, Karotten, Tomaten und dazu drei Zucchini-Pflanzen, die den Anschein erweckten, als wollten sie die ganze Welt in ihren Besitz bringen. Außerdem gab es nahe am hinteren Zaun einige Gurkenpflanzen, die in das unbebaute Land dahinter wucherten und, soweit ihr bekannt war, eine reichhaltige Ernte für die Feldmäuse abgaben. Für das nächste Jahr plante sie, hinter das Geheimnis des Anbaus von Blumenkohlköpfen, Erbsen und Spargel zu kommen.

An den Rändern des Gartens hatte sie den vorsichtigen Versuch unternommen, einen Blumengarten anzulegen. Auch hierzu wählte sie zunächst einmal Altbewährtes und Unverwüstliches: große Mengen von Dotterblumen, einige überraschend häßliche Buntlippen und viele Geranien in einem leuchtenden Rot, die den Anblick der Buntlippen vergessen ließen. Dann gab es noch das gute, alte, verläßliche Steinkraut und den Salbei, schließlich eine sehr kümmerliche Pfingstrose, die in diesem Jahr nur zwei Blüten hervorgebracht hatte, aber vielleicht im nächsten Frühjahr Besseres leisten würde.

»Weißt du, als ich Kind war, blieben wir nie lange genug an einem Ort, um einen richtigen Garten anzulegen«, sagte Jane zu Shelley. »Jedesmal, wenn meine Mutter etwas gepflanzt hatte, schickte das Außenministerium meinen Vater wieder irgendwo anders hin. Möchtest du eine Tasse Kaffee?«

»Sehr gern. Denise hat gerade eine Haar-Krise, der ich nur zu gerne entrinnen möchte.«

»Komm rüber. Ich werde uns etwas nach draußen holen.« Jane setzte die Katzen ab, die mit ihr und gegeneinander einen Wettlauf bis zur Tür veranstalteten. Sie waren in dem gefräßigen, aber naiven Glauben, daß Jane die bereits erfolgte Fütterung schon vergessen habe und ihnen noch einmal etwas geben würde. Sie wurden jedoch wieder einmal enttäuscht. Jane empfand den Anblick des Katzenfutters in Dosen so abstoßend, daß sie es nur einmal am Tag über sich brachte, eine Dose zu öffnen. Sie ignorierte das flehentliche Miauen und nahm den Kaffee mit zurück auf die Terrasse. »Was für eine Krise ist es denn?« fragte sie Shelley, während sie ihr einen Becher reichte.

»Ach, weißt du ...Schlafanzug-Party, Haarschnitt um vier Uhr morgens, Tränen, Hysterie. Um keinen Preis der Welt möchte ich jemals wieder vierzehn sein.«

»Ist es wirklich so schlimm?«

»Ziemlich schlimm. Sie hat mein kräftiges, glattes Haar, das stachelig wird, sobald man es zu kurz schneidet.« Jane konnte sich das nur schwer vorstellen. Sie hatte noch nie auch nur eine Strähne von Shelleys dunkler Haarpracht aus der Reihe tanzen sehen. Aber sie mochte sie trotzdem.

»Ich habe ihr gesagt, daß es nachwachsen wird«, fügte Shelley hinzu. »Das war das Schlimmste, was ich überhaupt sagen konnte. Es bedeutet, daß ich sie nicht verstehe. Daß ich mir keine Sorgen um sie mache. Ich sage dir, wenn jede Frau am Anfang ihrer Ehe eine Woche mit einem Teenager verbringen müßte, würde die Geburtenrate wahrscheinlich gegen Null sinken.«

»Solche Gedanken hatte ich auch immer: bei den Vorbereitungstreffen für die Ausflüge der Jung-Pfadfinder.«

Shelley schüttelte sich. »Wie geht es dir eigentlich jetzt, wo du mit Katie allein bist?«

Janes jüngerer Sohn, Todd, machte gemeinsam mit seiner Großmutter väterlicherseits eine Reise nach Disney World, und ihr älterer Sohn sah sich mit seinem besten Freund und dessen Vater eine Reihe von Colleges an. Jane war also allein mit ihrer Tochter.

Sie seufzte. »Ich habe mich wirklich auf diese Zeit gefreut, weil ich dachte, wenn die Jungs weg sind, haben wir Mädchen Zeit für uns. Wir beide sind noch nie allein gewesen. Aber jetzt sehe ich sie kaum. Sie schläft lange, verbringt den Nachmittag und frühen Abend mit ihrem Job im Schwimmbad und ist dann den ganzen

Abend bis zur letzten Sekunde ihrer Deadline mit ihren Freunden zusammen. Diese vielen Aktivitäten machen es schließlich notwendig, daß sie noch die halbe Nacht am Telefon verbringt. Ich sehe sie jetzt weniger als während des Schuljahres.«

»Sei doch froh«, erwiderte Shelley, wobei ihr Lächeln andeutete, daß sie es nicht wirklich so meinte.

»Mein Wunsch war es immer, meiner Tochter näher zu sein, als ich selbst es meiner Mutter war«, fuhr Jane fort. »Aber vielleicht ist das nicht möglich. Eine angeborene hormonelle Disharmonie oder so etwas.«

»Ich dachte immer, du kommst gut mit deiner Mutter aus«, wandte Shelley ein.

»Oh, ich komme gut mit ihr aus. Es gibt wohl niemanden, der NICHT mit ihr auskommt. Das scheint wie ein Gesetz zu sein. Aber ...«

»Du bist vermutlich in dieser Stimmung, weil ihr Besuch ansteht«, fiel Shelley ihr ins Wort. »Ich reagiere genauso, wenn meine Mutter kommt. Diese sonderbare Verschiebung der Rollen ist daran schuld. Es ist dein Haus, in dem du eigentlich das Sagen hast, aber deine Mutter wird immer deine Mutter bleiben. Väter dagegen sind großartige Gäste – der Grund ist wahrscheinlich der, daß die Männer dieser Generation daran gewöhnt sind, auch in ihrem eigenen Haus wie Gäste behandelt zu werden. Aber Mütter bekommen immer mit, auf welche Weise du deine Arbeit erledigst. Sind deine Badezimmer sauber? Benehmen sich die Kinder anständig? Hast du dein Geschirr so gestapelt, wie es sich für eine gute Tochter gehört? Schließlich sind wir das Maß dafür, wie gut sie ihre Arbeit gemacht haben. Wann kommt deine Mutter denn an?«

»Heute am Spätnachmittag.«

»Soll ich mit dir zum Flughafen fahren? Es ist so eine weite, langweilige Strecke.«

»Danke, Shelley, aber wir holen sie nie ab. Sie hat diesen Tick, immer allein mit allem fertig werden zu wollen.«

»Weißt du eigentlich, was du für ein Glück hast? Ich wünschte, meine Mutter würde auch so denken. Wenn sie uns besucht, kann sie nicht genug Orte ausfindig machen, nach denen ich sie begleiten soll. Es ist so, als ob ihr die Stewardeß beim Verlassen des Flugzeugs zuflüstert: ›Ihre Tochter kann es kaum erwarten, ihr ganzes Leben für Sie umzukrempeln. Tun Sie ihr den Gefallen, und denken Sie sich so viele Dinge wie nur möglich aus, die sie dann für Sie erledigen kann.‹«

Jane schaute Shelley an und grinste. »Das ist genau das, was auch Katie und Denise von uns denken. Wir werden zwischen den Generationen aufgerieben!«

»Irgend jemand hat mir einmal gesagt, daß wir unsere Großeltern deshalb lieben, weil sie die Feinde unserer Feinde sind.«

»Wie wahr!«

»Also, was wirst du mit deiner Mutter machen, während sie hier ist?« fragte Shelley.

»Habe ich dir nicht davon erzählt? Wir besuchen einen Kurs. Ich habe ihr einen Ausschnitt aus der Lokalzeitung über den Auftritt von Mikes Band geschickt. Auf der Rückseite stand etwas über einen öffentlichen Kurs im Gemeindezentrum, der sich damit beschäftigt, wie man seine eigene Lebensgeschichte schreibt. Er findet an fünf aufeinanderfolgenden Abenden statt. Miss Harris wird ihn leiten.«

»Arme Missy. Was hat sie denn zu solch einem Unternehmen veranlaßt?« Missy war eine Schriftstellerin, die im gleichen Ort lebte und Liebesromane verfaßte.

»Das Geld, meine Lieben«, erwiderte eine Stimme von der Seite des Hauses her. Missy kam um die Ecke, die Arme beladen mit Büchern und Mappen. »Hat man Ihnen denn nie beigebracht, daß es ungehörig ist, sich draußen über andere Menschen zu unterhalten?« Missy war groß, kantig und sah ziemlich unscheinbar aus. Sie bewegte sich mit langen, männlichen Schritten und sagte von sich, daß sie wie die weibliche Ausgabe von John Cleese aussehe. Mit dieser Beschreibung lag sie nicht einmal so falsch.

Jane nahm ihre Füße von einem Gartenstuhl und half Missy, ihre Sachen abzuladen. Missy ließ sich in einen der leeren Stühle fallen. »Kaffee?« fragte Jane.

»Nein, danke. Hier sind die Unterlagen für den Kurs. Ihre Kopien und die Ihrer Mutter. Ich habe gesehen, daß Sie noch nichts abgegeben haben, Jane.«

Jane wandte sich erklärend an Shelley: »Die Aufgabe war, schon mal ein Kapitel zu verfassen, das dann vor dem ersten Treffen kopiert und an die anderen Kursteilnehmer verteilt wird. Jeder soll lesen, was die anderen geschrieben haben, damit wir uns gegenseitig kritisieren können.«

»Ich glaube, daß man viel über die eigene Schreiberei lernen kann, indem man die Fehler und Vorzüge der Texte anderer Leute studiert«, erläuterte Missy. »Also, warum habe ich nichts von Ihnen erhalten, Jane?«

»Missy, ich nehme doch gar nicht so richtig am Kurs teil. Die Kursgebühr zahle ich eigentlich nur, damit ich meine Mutter begleiten kann. Aber was ist denn mit diesen beiden Büchern? Erzählen Sie mir bloß nicht, daß jemand schon ein ganzes Buch geschrieben hat!«

»Genau. Eine Autobiographie von Agnes Pryce, die sie selbst veröffentlicht hat.«

»Agnes Pryce nimmt an diesem Kurs teil!« stöhnte Jane. Als sie Shelleys fragenden Gesichtsausdruck bemerkte, sagte sie: »Shelley, du kennst sie auch – diese furchtbare alte Frau, die dauernd Briefe an Verleger schreibt und ständig Bittgesuche einreicht –, Mrs. General Pryce.«

»Oh! Mrs. General. Natürlich. Diese abscheuliche Frau, die dauernd den Stadtrat und die Schulbehörde belästigt, um durchzusetzen, daß nach zwanzig Uhr ein Ausgehverbot für jeden unter einundzwanzig verhängt wird. Alle, die dagegen sind, erwecken in ihren Augen sofort den Eindruck, als seien sie verantwortungslose Eltern, die geradezu WOLLEN, daß ihre Kinder sich da draußen betrinken und Sexorgien feiern«, sagte Shelley. »Sie ist wirklich eine schrecklich gehässige Person.«

»Sie ist eine Soldatenfrau, die Karriere gemacht und sich mit dem Begriff Kriegsrecht sehr genau auseinandergesetzt hat«, sagte Jane zu Missy. »Und sie haßt Kinder.«

»Das läßt sich bei ihrem Buch herauslesen. Es scheint sogar so, als ob sie jeden haßt – außer sich selbst«, entgegnete Missy. »Das ganze Ding ist eine lange, masturbatorische – gibt es das Wort überhaupt? – Aufzählung, wie sie jeden, der jemals ihren Weg kreuzte, dazu gebracht hat, das Richtige zu tun, ob er es wollte oder nicht. ›Richtig‹ natürlich in ihrem Sinn.«

»Wenn sie bereits eine ganze Autobiographie geschrieben hat, warum nimmt sie dann an einem Kurs teil, der zeigen soll, wie man es macht?« fragte Shelley.

»Bloß um anzugeben«, erwiderte Missy. »Sie ist zu Tode beleidigt, daß man mich und nicht sie gebeten hat, diesen Kurs zu unterrichten. Ich glaube, sie führt irgend etwas im Schilde, um mir das Ruder aus der Hand zu reißen. Sie wird unangenehm überrascht sein, wie schwierig das ist.« Missy grinste voller Vorfreude.

Shelley richtete sich auf. »Ist es eigentlich schon zu spät, um sich zu diesem Kurs anzumelden?«

»Wollen Sie mitmachen?« fragte Missy. »Dann bringen Sie einfach zwanzig Dollar vorbei, und ich gebe Ihnen ein Formular, das Sie ausfüllen müssen.«

»Willst du auch eine Autobiographie schreiben?« erkundigte sich Jane. »Dein Leben ist doch genauso langweilig wie meins.«

»Weiß ich ja. Aber meine Mutter versucht schon seit geraumer Zeit, mich dazu zu bringen, eine ganze Truhe von Tagebüchern und Bildern unserer Familie zu ordnen. Vor Jahren, als sie das Haus verkaufte und in eine Wohnung zog, hat sie sie einfach bei mir abgeladen. Für eine Familienbiographie gelten doch sicherlich ähnliche Regeln, Missy, oder?«

»Sicher. Kommen Sie vorbei. Im Rathaus, Kellerraum. Von halb acht bis halb zehn abends – es sei denn, ich murkse Mrs. General vorher ab. In diesem Fall wäre der Kurs wohl früher beendet.«

»Was haben wir denn sonst noch dabei?« fragte Jane und blätterte durch die Mappen.

»Nun, etwas von Ihrer Mutter natürlich und dann eine nette Sache von Grady Wells.«

»Ich wette, er wird nicht sehr glücklich darüber sein, daß er es mit Mrs. General aushalten muß.« Grady Wells war um die vierzig, ein kleingewachsener, gutgelaunter Junggeselle mit gesunder Gesichtsfarbe, der die überwiegend ehrenamtliche Position des Bürgermeisters der Stadt bekleidete. Zumindest war es ehrenamtlich, was die Bezahlung betraf: etwa hundert Dollar im Jahr. Für diese unbedeutende Summe leitete er die Sitzungen des

Stadtrats, nahm an wichtigen städtischen Feierlichkeiten teil, zum Beispiel an der Eröffnung der neuen Reinigung, und gab sich mit Störenfrieden wie Mrs. General ab. Im wirklichen Leben war er Direktor einer kleinen Firma, die Spielkarten, Würfel, Pokerchips und Zubehör, wie Notizblöcke für Bridge, herstellte. Er war ein heiterer Mensch, und sein Naturell entsprach ganz seiner Arbeit.

»Er weiß es noch nicht«, sagte Missy. »Ich bin auf dem Weg zu seinem Büro, um ihm seinen Stapel mit den Manuskripten zu bringen.«

»Es wird Spaß machen mit Grady. Wer nimmt noch teil?«

»Ruth Rogers und ihre Schwester kommen. Sie wissen schon, die Damen, die am Ende der Straße mit den phantastischen Gärten wohnen. Ich habe bisher noch nichts von ihnen bekommen, aber Ruth sagte, daß sie vorhätten, eine gemeinsame Autobiographie zu schreiben. Ein sehr interessantes Konzept. Als Babys wurden sie getrennt, und jede Schwester wuchs woanders auf. Ruth lebte eine Weile lang in einem anständigen Waisenhaus, in dem es ihr gut ging, und wurde dann von einer netten Familie adoptiert. Ihre Schwester wanderte von Pflegeeltern zu Pflegeeltern. Die meisten waren wohl ziemlich schrecklich, denke ich. Die beiden haben sich erst vor zwei Jahren wiedergefunden und wollen für ihr Buch immer abwechselnde Kapitel über ihr Leben schreiben. Es kann klappen – wenn sie gut genug schreiben können. Leider sind die Menschen mit den interessantesten Lebensgeschichten oft entsetzlich langweilige Schreiber. Und manchmal ist es umgekehrt. Sie haben nur einen groben Überblick abgegeben, keinen wirklichen Text, deshalb habe ich es nicht für die anderen kopiert.«

»Ich mag Ruth«, sagte Jane, »aber sie ist der Typ, den Mrs. General ohne Probleme in der Luft zerfetzen wird.«

»Da wäre ich mir nicht so sicher«, erwiderte Shelley. »Hinter ihrer lockeren Art verbirgt sich ein zäher Kern. Kannst du dich noch an den Vorfall im Schwimmbad vor sechs oder sieben Jahren erinnern?«

»Oh, ja! Ruth saß da mit ihrem Schirm und Sonnenhut, mit Büchern und niedlichen kleinen Strandschuhen und so.«

»Ich kann mich nicht mehr daran erinnern. Was ist denn passiert?« fragte Missy.

»Ein Kind geriet an der tiefen Seite des Beckens in Schwierigkeiten, und bevor die Bademeister überhaupt wußten, was los war, sprang Ruth aus den Tiefen ihrer umfangreichen Ausrüstung hervor, warf sich ins Becken und rettete das Kind. Sie hatte alles unter Kontrolle. Grady hatte vor, eine Art Heldenmedaille für sie stanzen zu lassen, aber sie wollte nichts davon wissen.«

»Und wie ist ihre Schwester?« wandte sich Shelley fragend an Missy.

»Ich weiß es nicht. Ich habe sie noch nicht kennengelernt.«

»Aber Shelley, du kennst sie«, sagte Jane. »Erinnerst du dich an das Straßenfest im letzten Frühjahr? Sie ist diejenige, die diese phantastischen Pasteten zubereitet hat. Wir haben doch die Rezepte dafür mit den Weihnachtskarten erhalten.«

»Ach ja! Um die fünfzig, sehr zerbrechlich aussehend?«

»Richtig. Ist sonst noch jemand in dem Kurs?« fragte Jane.

»Es kommen noch ein paar andere Leute, aber ich

überlasse es ihnen selbst, sich in ihren Texten vorzustellen«, antwortete Missy und klopfte auf den Stapel mit den Mappen. »Ich muß los. Ich sehe Sie dann morgen abend.«

Shelley hatte in Mrs. Generals Buch geblättert. Sie winkte Missy zum Abschied zu und sagte: »Was für eine ekelhafte Person Mrs. Pryce doch ist! In diesem Kapitel hier dreht es sich darum, wie sie ihre Kinder aufgezogen hat. Hör dir das einmal an: ›Ich wußte, daß ihre kindliche Ablehnung meiner Entschlossenheit – die zu beobachten einer liebenden Mutter Schmerzen bereitete – nur vorübergehend war und daß sie beim Heranwachsen diese hohen Prinzipien, die ich ihnen seit frühester Kindheit einzuflößen bemüht war, würdigen und verehren würden.‹«

»Uh!« sagte Jane. »Stell dir vor, eine Mutter zu haben, die so denkt. Die Kinder müssen sie doch hassen, und warscheinlich benötigen sie einen Psychiater als Dauergast. Vielleicht sollten wir ihr unsere Töchter eine Weile leihen – dann bestünde die Chance, daß sie uns endlich einmal zu schätzen lernen.«

»Töchter!« rief Shelley und sprang auf. »Einen Moment lang hatte ich es fast vergessen. Ich sollte zu Hause sein und irgendwelche Plattheiten von mir geben, die sie mir dann ihrerseits an den Kopf werfen kann. Ich sehe dich also um halb acht.« Sie ging auf die Gartentür zu und blieb plötzlich wie angewurzelt stehen, den Blick auf die Erde gerichtet. »Jane, ich sage es dir nur ungern, aber ich glaube, deine Katzen sind über ein Eichhörnchennest gestolpert.«

»Oh nein!«

Jane rettete ein Eichhörnchen und begrub ein weiteres, dann nahm sie die Katzen trotz ihres jaulenden Protests mit ins Haus. »Das ist die reine Blutlust – so etwas schickt sich nicht für Hauskatzen! Wir sind hier nicht im Dschungel, meine Lieben«, erklärte sie ihnen, als sie die Tiere auf dem Küchenboden ablud. Sie rannten zurück zur Tür und preßten ihre kleinen, dreieckigen Nasen in den Spalt. Sie versuchte sich einzureden, daß alles nur halb so schlimm war. Es lag in der Natur jeder Katze, andere kleine, niedliche Tiere einzufangen und zu quälen. Aber ebenso lag es in Janes Natur, zu versuchen, sie davon abzuhalten.

Sie legte den Stapel mit den Mappen und die beiden Bände von Mrs. General Pryces Buch auf dem Küchentisch ab und rief zu ihrer Tochter hinauf: »Katie, bist du auf? Du mußt heute mittag zur Arbeit!«

»Ich *weiß* es, Mutter!« schrie Katie die Treppe hinunter. »Ich habe noch massenhaft Zeit!«

Jane goß sich noch etwas Kaffee in ihre Tasse, setzte sich an den Küchentisch und begann, das Material für den Kurs durchzusehen. Die Kapitel waren paarweise geordnet, jeweils eins für sie und eins für ihre Mutter. Sie legte die Seiten für ihre Mutter und Mrs. Pryces Buch beiseite und begann ihren eigenen Stapel zu durchwühlen. Obwohl sie nicht vorhatte, selbst etwas zu schreiben, wollte sie zumindest der Kritik an den Manuskripten der anderen ihre ganze Aufmerksamkeit widmen.

Missy hatte einen leuchtendgelben Zettel mit Instruktionen beigefügt, der nicht zu übersehen war. Sie lauteten folgendermaßen: »Wir werden diese Arbeiten am letzten Abend des Kurses diskutieren. Ich schlage vor, daß Sie sich Notizen machen, während Sie lesen. Halten Sie sich immer vor Augen, daß Schreiben ein Prozeß ist, bei dem man sich kleine Stücke aus der Seele reißt und diese zu Papier bringt. Das Verfassen einer Autobiographie ist noch persönlicher. In diesem Kurs werden wir keine Kritik am INHALT des Materials vornehmen. Wir werden lediglich höflich formulierte, konstruktive Anmerkungen zu der ART UND WEISE der Darstellung vorbringen. Sie sollten Dinge wie Grammatik, Stil (Wortwahl) und Aufbau (im ganzen und Satzbau) beachten.«

Jane fragte sich, ob Missy diese Warnung vor oder nach der Lektüre von Mrs. Pryces Buch geschrieben hatte. Wenn man in Betracht zog, was Jane bereits über die Dame wußte und das bißchen, was Shelley vorgelesen hatte, hinzunahm, dann schien der einzig richtige Kommentar zu Pryces Werk zu lauten: »Ändere dein Leben, solange dir noch Zeit bleibt.« Aber möglicherweise war nicht mehr genug Zeit. Die Leute erzählten, daß Mrs. Pryce nicht nur die niederträchtigste, sondern wahrscheinlich auch die älteste Person im weiten Umkreis war.

Als nächstes wollte Jane am liebsten die Aufzeichnungen ihrer Mutter lesen, aber sie zwang sich dazu, sie zur Seite zu legen und erst die anderen zu überfliegen. Cecilys Kapitel zu lesen würde sie möglicherweise aufregen. Während Jane hier am Tisch saß, schwebte Cecily irgendwo über den Wolken immer näher zu ihr. Jane freute sich zwar darauf, ihre Mutter zu sehen, aber sie hatte ein ungutes Gefühl hinsichtlich dessen, was sie in ihrem Manuskript lesen würde.

Eines der Manuskripte war auf einem Papier in einem hellen Pinkton und in Schreibschrift getippt. Der Name der Autorin stand am oberen Rand der Seite und lautete Desiree Loftus. Jane lächelte. Desiree gehörte zu den Sonderlingen in der Nachbarschaft, die sie besonders gerne mochte. Obwohl sie eine Frau in den Sechzigern, wenn nicht sogar in den Siebzigern war, hatte Desiree die Energie und aggressive Zügellosigkeit einer Zwanzigjährigen. Sie kleidete sich in einer Weise, die man am treffendsten mit »ausgeflippter Teenie/Künstlerin« umschreiben konnte: fließende Schals, mit Flitter besetzte Haarbänder, Federn, klotziger Schmuck und lange Zigarettenhalter. Sie war immer noch eine sehr gutaussehende Frau mit langen, eleganten Händen (meistens mit den Ölfarben der typischen Künstlerin beschmiert) und einer Flut von kastanienbraunem Haar, das trotz ihres Alters immer noch so aussah, als habe es seine natürliche Farbe.

Jane war nicht nur von Desirees interessanter Erscheinung fasziniert, sondern auch von Desirees Ansichten. Man konnte sich darauf verlassen, daß sie eine ungewöhnliche Meinung zu beinahe allem hatte. Jane traf sie oft im Lebensmittelladen. Einmal, als sie sich über den Spargel hinweg unterhielten – der eigentlich, nach dem Preis zu urteilen, Platin-Spitzen tragen sollte –, stellte sich heraus, daß sie beide mal für kurze Zeit in Rouen in Frankreich gelebt hatten, wenn auch in verschiedenen Jahrzehnten. Desiree sah darin scheinbar ein Zeichen von Seelenverwandtschaft, und in der Folgezeit überfiel sie Jane jedesmal, wenn sie sich trafen, mit einer ausführlichen Darstellung ihres neuesten Lieblingsthemas. Letzte Woche war es Kryogenik gewesen, das Mal davor die Theorie, daß Sonnenflecken für alles verantwortlich sind – vom Haarspliß bis zu den immer schlechter werdenden Ergebnissen bei schulischen Eignungstests. Desiree redete so selbstsicher und beschlagen, daß ihre bizarren Ansichten durchaus vernünftig erschienen. Jane freute sich wirklich darauf, sie wieder einmal zu treffen.

Sie nahm Desirees erstes Kapitel in die Hand und begann mit der Lektüre. »Mein Leben wurde mir von Eltern geschenkt, die eigentlich kein Kind wollten, also brachten sie eine Erwachsene zur Welt ...«

Jane bedauerte es, als das Kapitel zu Ende war und es nichts mehr zu lesen gab. Desirees Art zu schreiben war genauso verrückt und wundervoll wie sie selbst. Auf wenigen Seiten hatte sie Jane zweimal zum Lachen gebracht und einmal fast zum Weinen. Sie erzählte von Eltern, denen es tatsächlich gefiel, mit Scott und Zelda Fitzgerald verglichen zu werden. Sie berichtete von einem Besuch bei einer Tante, die so exzentrisch gewesen zu sein schien, wie sie es selbst heute war. Ja wirklich, diese Tante hätte ein Modell für die Desiree sein können, die Jane kannte. Sie erwähnte Liebhaber und künftige Ehen, berühmte Leute, die es noch zu treffen und deren Geschichten es genüßlich zu erzählen galt, Herzeleid und Ausgelassenheit, die die Autorin zu gegebener Zeit enthüllen würde. Desiree war ein gutes Beispiel dafür, daß jemand ein interessantes Leben haben und gleichzeitig selber mit Talent darüber erzählen konnte. Jane hoffte, daß Desiree den Rest der Autobiographie auch noch schreiben würde und sie dann ein Exemplar ergattern könnte.

»Mom! Mein Badeanzug hat ein Loch!« Katies markerschütternder Schrei riß Jane aus ihren Träumen.

»Katie«, sagte Jane mit aller Geduld, die sie aufbringen konnte, »schrei mich nicht so an, als ob ich etwas dazukönnte!«

»Aber was soll ich machen? Ich muß in einer halben Stunde im Schwimmbad sein!«

»Nun, mir fallen auf Anhieb immerhin zwei Lösungsmöglichkeiten ein. Erstens: Du stopfst das Loch. Zweitens: Du ziehst einen anderen an. Du hast eine ganze Schublade voll mit Badeanzügen.«

»Oh, Mutter, die sind doch alle fürchterlich!«

Die Worte »Sie waren nicht so fürchterlich, als ich dafür bezahlen mußte« lagen Jane auf der Zunge und versuchten, herauszuschlüpfen. »Nadel und Faden sind unten im Nähkasten«, antwortete sie statt dessen in einem sanften Tonfall. Sie stand auf, um die Spülmaschine auszuräumen – nur um deutlich zu machen, daß sie zu beschäftigt war, um freiwillig die Nähpflichten zu übernehmen.

Katie stürmte die Stufen in den Keller hinunter, wo Jane ein kombiniertes Haushaltsbüro und Nähzimmer hatte, und Jane setzte sich wieder an die Manuskripte. Sie nahm sich eins, das Bob Neufeld gehörte. An ihn hatte sie nur eine vage Erinnerung aus der Zeit, in der sie zu Versammlungen des Stadtrates gehen mußte. Sie war damals dort anstelle ihres Mannes erschienen, als dieser plante, die Einfahrt zu erweitern und er dafür eine Bewilligung benötigte. Mr. Neufeld wiederum hatte mit Plänen für ein Gartenhaus vorgesprochen, die die Rücksetzungsbestimmungen verletzten. Wenn sie den richtigen Mann in Erinnerung hatte, dann war er wohl in den Fünfzigern, mit einem rigiden militärischen Gehabe. Ein sehr ordentlicher Mann. Äußerst sorgfältig gebügelte Kleidung, kurze Haare, rasche, barsche Umgangsformen.

Sein Manuskript war knapp und blutarm. Er nannte seine Geburtsdaten – Datum, Ort, Eltern –, als ob er eine Bewerbung aufsetzte. Die Sätze waren kurz und wiederholten sich im Singsang eines Subjekt-Prädikat-Rhythmus. Es gab nur wenige Adjektive zur Belebung und keine Bemerkungen darüber, was er bei dem Erzählten gefühlt hatte. Armer, langweiliger Mann! dachte Jane, während sie seine Aufzählung von Kinderfreundschaften und endlosen Schulaktivitäten durchblätterte.

Katie kam die Treppe hochgesprungen. Sie trug jetzt den geflickten Badeanzug. »Mom? Bist du noch nicht fertig? Ich werde zu spät kommen.«

»Fertig? Alles, was ich tun muß, ist mein Portemonnaie und meine Autoschlüssel einstecken.«

Leider hatten sich die Autoschlüssel versteckt, und so verbrachten sie fünf hektische Minuten damit, das Haus zu durchstöbern und sich gegenseitig Beschuldigungen an den Kopf zu werfen, bevor sie schließlich die Schlüssel fanden, die unter einem Sofakissen lagen.

Katies Arbeit – so sah es jedenfalls die Leitung des Schwimmbades – bestand darin, mit den Kleinen im Kinderschwimmbecken zu spielen. Ihrer Ansicht nach war sie zuerst einmal für ihre Sonnenbräune verantwortlich. »Es sieht gut aus, nicht wahr, Mom?« fragte sie und legte ein schlankes braunes Bein auf das Armaturenbrett.

»Das tut es in der Tat«, erwiderte Jane und vollführte an der Ecke das, was ihre Freundin Shelley als »Pseudo-Stop« bezeichnete. »Eine Schande, daß es nicht gut für dich ist. Nein! Das war wirklich nur als Beitrag zur Unterhaltung gemeint«, sagte sie schnell, als eine düstere Wolke über Katies Gesicht hinwegzog. »Es sollte kein mütterliches Getue sein.«

»Jennys Mutter bringt uns nach Hause, du brauchst mich also nicht abzuholen«, sagte Katie. »Wann kommt Omi an?«

»Irgendwann heute nachmittag. Sie hat nichts Genaueres gesagt. Du hast doch etwas Zeit für sie eingeplant, nicht wahr? Sie kommt eher, um dich zu sehen, als mich.«

»Natürlich. Ich mag Omi. Sie ist toll. Glaubst du, daß sie mit mir einkaufen geht? Morgen habe ich frei.«

»Ich bin sicher, daß sie das macht«, antwortete Jane und sie erinnerte sich an das letzte Mal, als ihre Mutter und ihre Tochter zum Einkaufen losgezogen waren und dann vollbepackt mit unpraktischen und unpassenden Sachen für Katie zurückkehrten. Eine Seidenbluse, du lieber Gott! Damit investierte man in lebenslängliche Reinigungskosten – und gerade, als Jane endlich überzeugt war, daß der finanzielle Einsatz sich bei diesem Kleidungsstück gelohnt hatte, beschloß Katie, daß Grün nicht ihre Farbe sei und schenkte die Bluse Jenny. Natürlich hatte Janes Mutter immer Angestellte gehabt, die sich um ihre Wäsche kümmerten, also war sie sich wohl kaum darüber im klaren, was Seide für die einfache Hausfrau bedeutete. Jane wollte mit aller Macht an eine solche Erklärung glauben. Die Alternative lautete nämlich, daß ihre Mutter sich wirklich bemühte, ihr das Leben schwer zu machen.

»Warum kommt Großvater nicht mit?« erkundigte sich Katie.

Jane lächelte über die Tatsache, daß Katie ihren Großvater immer noch bei dem Namen nannte, den ihr Bruder Mike ihm gegeben hatte. Er spiegelte in keiner Weise die Persönlichkeit von Janes Vater wider – denn dieser war ein extrem liebenswerter Mensch –, sondern war lediglich eine kindlich falsche Aussprache von »Großvater«, die sich über die Jahre hinweg gehalten hatte. »Er ist in irgendeinem arabischen Land«, erläuterte Jane, »und du weißt ja, wie sehr es Omi haßt, irgendwohin zu fahren, wo man von den Frauen erwartet, daß sie sich innerhalb des Hauses aufhalten.«

»Igitt! Das würde ich auch hassen.«

Jane warf einen Blick auf Katies nackte Beine. »Das würdest du ganz bestimmt. Wenn du dort so herumliefst, würde man dich vermutlich steinigen.«

Katies Interesse am kulturellen Vergleich verflüchtigte sich bereits. »Es gibt ein Paar tolle Shorts und ein passendes Oberteil in diesem Laden neben dem Schmuckgeschäft. Ich glaube, dort werde ich morgen mit Omi starten.«

»Da sind wir, Kleines«, sagte Jane und brachte den Wagen vor dem Eingang des Schwimmbads zum Stehen.

Bevor sie nach Hause fuhr, machte Jane noch einen kleinen Umweg zum Lebensmittelladen. Sie hatte das Gefühl, als ob sie wirklich Kaviar und etwas von diesem Miniaturgemüse kaufen sollte, das gerade so »in« zu sein schien. Ihre Mutter war daran gewöhnt, die feinsten Gerichte zu essen, die die besten Köche der Welt zubereitet hatten. Trotzdem behauptete sie immer, daß sie Janes einfache Küche genießen würde – ob sie es nun aufrichtig meinte oder nicht. Also programmierte sich

Jane auf Autopilot und lud genau die Dinge in den Einkaufswagen, die sie jede Woche kaufte. Dann machte sie sich auf den Weg zurück nach Hause.

Aus reinem Pflichtbewußtsein, wenn nicht sogar aus einer Art Enthusiasmus heraus, räumte sie, nachdem sie die Lebensmittel weggepackt hatte, ein bißchen auf. Dann setzte sie sich wieder mit den Manuskripten an den Tisch. Ganz zuletzt griff sie nach dem Text ihrer Mutter – sorgfältig getippt, natürlich – und begann zu lesen. Der Text begann mit einer Geschichte, die in der dritten Person abgefaßt war und berichtete von einem Mädchen namens Cecily Burke, das am Debütantinnen-Ball teilnahm und dort einen gutaussehenden Mann namens Michael Grant kennenlernte, der gerade begonnen hatte, für das Außenministerium zu arbeiten. Jane kannte natürlich die Geschichte, wie ihre Mutter ihr Bettelarmband verlor und es ihr am nächsten Tag durch einen Boten zurückgebracht wurde, versehen mit einem neuen Anhänger: ein silbernes Herz, auf dem MHG eingraviert war.

Natürlich begann die Geschichte ihrer Mutter mit dem Augenblick, in dem sie Janes Vater zum ersten Mal begegnete.

Das Kapitel war gut geschrieben, spritzig und vom technischen Standpunkt aus betrachtet genau so gepflegt, taktvoll und selbstbeherrscht, wie ihre Mutter eben war. Es endete: »Es erschien mir, als sei mein Leben vor dieser Nacht eine lange Vorbereitung auf das Zusammentreffen mit Michael gewesen ...« Nett, dachte Jane. Eine gute Überleitung zur ersten Person und der Möglichkeit, im folgenden, zweiten Kapitel zum Anfang zurückzukehren. Und dennoch hinterließ die Lektüre ein Gefühl von schlechter Laune und zudem ein Gefühl der Schuldigkeit über eben diese schlechte Laune. Es war ein uraltes Problem zwischen ihnen. Jane, du bist fast vierzig, ermahnte sie sich, du solltest mittlerweile darüber weg sein.

Vielleicht hatte Shelley recht. Besuch von Müttern zu bekommen war weder leicht noch natürlich. Dieser Gedanke brachte sie zurück zu Mrs. General Pryce. Man stelle sich vor, eine Mutter von deren Art mit ihren Koffern vor der eigenen Haustür vorzufinden. Aus solch einem Stoff wurden Alpträume gemacht.

Als Jane in der Küche saß und auf den Manuskriptstapel schaute, überlegte sie mit schlechtem Gewissen, daß sie im Kurs mitarbeiten sollte, wenn sie schon einmal teilnahm. Aber sie wollte keine Autobiographie schreiben. Ihr eigenes Leben war zwar kein gewöhnliches, aber es gab auch keine ausgesprochen dramatischen Höhepunkte – außer einigen wenigen, die zu persönlich waren, um sie Fremden mitzuteilen.

Wenn sie also nichts über ihr eigenes Leben verfassen wollte, dann konnte sie immer noch auf eine andere Art mitarbeiten. Aus Spaß beschloß sie, eine Figur zu erfinden, über die sie schreiben würde.

Sie überlegte einen Augenblick, nahm dann einen Schreibblock und einen Stift aus ihrer Ramschschublade in der Küche und begann zu schreiben:

»Man erzählte mir, daß ich in London von der Frau zur Welt gebracht worden war, die ich mit Mutter ansprach. Aber mit siebzehn Jahren erfuhr ich, daß es sich mit meiner Herkunft anders verhielt. Die Frau, die mich geboren hatte – in einer rauhen Siedlungsstadt namens Boston –, hätte es nie gewagt, die Türschwellen jenes herrschaftlichen Hauses, in dem ich aufwuchs, zu betreten.«

Jane lehnte sich zurück und las alles noch einmal mit einem Lächeln auf den Lippen durch. »Wo um alles in der Welt ist das denn hergekommen?« fragte sie sich laut. Es war lustig – und ein wenig beängstigend –, wie leicht sich all dies auf Papier bannen ließ. Bis zu dem Moment, in dem sie es aufschrieb, hatte sie keine klare Vorstellung von der ganzen Geschichte gehabt.

Nun begann das Bild einer Person in ihrem Kopf Gestalt anzunehmen. Sie beugte sich wieder über die Seite.

PRISCILLA.

Cecily Grant kam um drei Uhr mit einem Taxi an. Jane saß schreibend am Küchentisch und konnte von dort die Einfahrt sehen. Sie eilte nach draußen, um ihrer Mutter mit dem Gepäck zu helfen, aber es gab nur einen mittelgroßen Koffer. Jane hätte es wissen müssen. Ihre Mutter reiste notgedrungen immer mit leichtem Gepäck. Während der gesamten Dauer ihres Ehelebens hatte sie nie ein wirkliches Zuhause besessen, lediglich eine große Anzahl von Häusern, die vom Außenministerium zur Verfügung gestellt wurden. Einige waren Bruchbuden und bessere Zelte, die meisten luxuriöse Häuser, manche auch bescheidene Schlösser.

Janes Vater war ein kultivierter, gutaussehender Mann, der eine geradezu unheimliche Begabung für Sprachen hatte und sich die unbedeutendsten Dialekte innerhalb von wenigen Tagen einprägen konnte. Manchmal benutzte er seine Gabe, um bei Vertragsabschlüssen und Handelsabkommen im Vorteil zu sein. Es kam aber auch öfter vor, daß er irgendwohin geschickt wurde, wo er dekorativ aber scheinbar verständnislos dabeistand, während er in Wahrheit die ganze Zeit wie verrückt, die Ohren spitzte. Weder seiner Frau noch seinen Kindern war es gelungen, auch nur einen Bruchteil seiner sprachlichen Kenntnisse zu erwerben, und daher waren sie ihm eine wunderbare Tarnung bei seinen versteckten Aktivitäten. Tatsächlich begann Jane erst als Erwachsene zu verstehen, woraus die Arbeit ihres Vaters wirklich bestand und wie wichtig sie war.

»Mutter! Ich freue mich, dich zu sehen!« rief Jane und umarmte die ältere Frau. Nun, wo Cecily vor ihr stand, entsprachen diese Worte der Wahrheit. Cecily strahlte immer eine unglaubliche Zuversicht aus. Andere Menschen glaubten in ihrer Gegenwart plötzlich, daß sie mit allem, was falsch lief, fertig werden konnte. Das war sehr beruhigend, auch wenn nichts falsch lief.

Cecily hielt ihre Tochter bewundernd um Armeslänge von sich entfernt. »Jane, du siehst wundervoll aus. Dein Haar ist länger geworden. Es schmeichelt dir sehr!«

»Du siehst auch toll aus!« Cecily sah immer großartig aus. Sie hatte naturgewelltes Haar, das kurzgeschnitten war und locker fiel. Sie drehte es nie auf und hatte es grau werden lassen, damit sie sich nicht in irgendwelchen seltsamen Winkeln auf dem Globus, wo solche Dinge unmöglich wären, um das Nachfärben des Haaransatzes sorgen mußte. Ihre Figur war immer noch schlank und etwas athletisch. Sie benutzte kein Make-up, aber Lippenstift und hatte – dank eines hervorragenden plastischen Chirurgen in London, den sie regelmäßig alle fünf Jahre aufsuchte – keine häßlichen Falten oder Runzeln im Gesicht oder am Hals. Jedes Mal, wenn sie ihre Mutter sah, erwischte sich Jane bei dem frommen Wunsch, daß sie sich selbst im Alter ebenso gut halten würde wie Cecily. Leider enthielten

Janes Gene keine Anweisungen für naturkrauses Haar, und ihr Budget wiederum erlaubte keine kosmetischen Operationen.

»Ich wünschte, du würdest es zulassen, daß ich dich vom Flughafen abhole«, sagte Jane, während sie den einzigen Koffer ins Haus trug.

»Oh, Jane, du weißt doch, daß ich in irgendein Flugzeug verfrachtet werde, das gerade einen freien Platz hat. Es wäre ein schrecklicher Gedanke, dich stundenlang auf einem langweiligen Flughafen zu wissen, nur weil du auf mich wartest. Wie geht es den Kindern? Genießt Todd die Reise mit seiner anderen Großmutter?« Sie sagte es mit einem strahlenden Gesicht, aber offensichtlich mit einem Anflug von Eifersucht. Ein winziger Riß in der perfekten Aufmachung, wie Jane mit Genugtuung zur Kenntnis nahm.

»Er findet es wunderbar. Mutter, du weißt, daß seine Reise geplant war, bevor ich wußte, daß du in dieser Woche kommst. Wenn es möglich gewesen wäre, hätte ich es geändert.«

»Nein, nein. Ich würde es nicht wollen, daß die Pläne von irgend jemandem geändert werden. Und Mike? Hat er eine schöne Zeit mit seinem Freund Scott?« Wenn Michael Grant ein Talent für Sprachen besaß, dann war Cecily ihrerseits unübertrefflich darin, sich an Menschen und an ihre Namen zu erinnern. Jane bereitete es Schwierigkeiten, den Überblick über die Freunde ihrer Kinder zu behalten, aber ihre Mutter erinnerte sich an jeden einzelnen von ihnen namentlich.

»Er genießt es sehr, aber es beängstigt mich. Ich möchte ihn nicht verlieren, aber ich möchte auch nicht, daß er es mitbekommt.«

»Natürlich willst du das nicht, mein Schatz«, sagte Cecily und ergriff die Hand ihrer Tochter mit ihren eigenen kühlen Händen. »Du machst dir doch keine Gedanken über die Kosten, oder?«

»Nicht allzu viele. Du weißt doch, daß ich das ganze Geld aus Stevens Lebensversicherung für die Kinder angelegt habe. Dazu bekomme ich ein Drittel aus den Gewinnen der Apotheken, die Jeffrys Familie gehören. Ich lege die Hälfte davon für die Kinder an und bestreite vom Rest unseren Lebensunterhalt. Solange sich die Kinder von diesen hyperteuren Plätzen wie Stanford und Northwestern fernhalten, kann ich es mir wahrscheinlich erlauben. Das einzige, was mir an der Sache nicht gefällt, ist die Tatsache, das nicht genug für irgendwelche Extras übrigbleibt.«

»Du weißt, daß wir gerne aushelfen würden.«

»Ich weiß, Mutter. Thelma bietet es auch immer an, aber ich möchte es alleine schaffen.«

»Wie geht es der ›lieben‹ Thelma?«

»Schlecht wie immer«, entgegnete Jane. Cecily lachte.

»Sie versucht immer noch, mir die Kinder zu entführen«, fuhr Jane fort. »An manchen Tagen bin ich auch versucht, es zuzulassen. Aber es gibt gute Neuigkeiten. Dixie Lee ist schwanger, und sie ist eine noch unpassendere Schwiegertochter als ich es bin. Thelma bereitet sich darauf vor, ein neues Enkelkind zu verwöhnen und zu bestechen. Arme Dixie Lee.«

»Ist Katie zu Hause?«

»Nein, sie arbeitet heute nachmittag im Schwimmbad.«

»Wie schön das wird: wir drei Mädchen ganz allein.«

Sie standen immer noch an der Küchentür, und plötzlich schossen die beiden Katzen zwischen ihren Beinen hindurch. »Wo ist denn der feige Löwe?« fragte Cecily.

»Oh, er hat dich wahrscheinlich als Terroristin identifiziert, die gekommen ist, um ihn zu kidnappen und wegen eines enorm hohen Lösegeldes gefangenzuhalten. Er rechnet schon seit Jahren mit so etwas«, antwortete Jane. »Willard? Willard.«

Die Tür zum Keller ging quietschend auf, und eine feuchte Nase wurde sichtbar, die für ein langes, prüfendes Schnüffeln dort verharrte und der schließlich langsam der Rest des Hundes folgte. Er kroch vorsichtig auf Cecily zu, beroch billigend ihre Beine und lehnte sich dann so fest gegen sie, daß sie fast umgefallen wäre.

»Willard!« rief Jane und schob ihn zur Seite. »Ich werde deine Sachen nach oben bringen, Mama. Nimm dir einen Kaffee, wenn dir danach ist. Es ist entkoffeinierter. Du solltest dir übrigens einmal die Sachen für den Kurs ansehen. Das erste Treffen ist heute abend. Dieser Stapel gehört dir«, sagte Jane und klopfte auf den Berg von Manuskripten, der auf dem Küchenschrank lag.

Als Jane wieder nach unten kam, hatte ihre Mutter Kaffee für sie beide eingeschenkt. Sie saß am Küchentisch und begutachtete die Manuskripte. »Ich bin so froh, daß du zugestimmt hast, diesen Kurs mit mir zu besuchen. Ich sehe gerade, daß die schreckliche Agnes Pryce auch teilnimmt.«

»Du *kennst* Mrs. Pryce?«

»Ja, zu meinem Bedauern habe ich sie einmal kennengelernt. Es war in Portugal, glaube ich. Ihr Mann hatte für eine gnädigerweise kurze Zeit mit der Botschaft zu tun. Sie waren beide schreckliche Leute. Besaßen eine gemeine Gesinnung und ein sehr überhebliches Gehabe, ohne daß sie irgendeinen Grund dafür gehabt hätten. Er war so ein typischer alter Wüstling, daran erinnere ich mich.«

»Portugal? War ich auch dabei?«

»Nein, es war ungefähr ein Jahr, nachdem du geheiratet hattest. Dein Vater und ich gaben einmal eine Party, an der sie teilnahmen. Irgendein armer Mann verschüttete Champagner auf ihrem Kleid, und man hätte glauben können, es sei ein Weltkrieg ausgebrochen. Sie machte ihn wirklich fertig. Glücklicherweise war er auch Amerikaner, ansonsten wäre es wegen dieser Sache wahrscheinlich zu einem internationalen Zwischenfall gekommen. Ich nehme nicht an, daß sie reifer geworden ist?«

»Nicht wesentlich. Sie initiiert eine Dauer-Kampagne, um alle Kinder innerhalb eines Hundert-Meilen-Radius um Chicago in ihre Elternhäuser zu sperren, bis sie dreißig sind. Etwas, das alle Mütter im Kampf gegen sie vereint.«

Cecily Grant blätterte durch die Seiten von Mrs. Pryces Buch und hielt es dabei mit so spitzen Fingern, als ob das Papier selbst beschmutzt wäre. »Üble Frau. Kannst du dir vorstellen, solche Geschichten mit Stolz niederzuschreiben?«

»Ich habe es mir noch nicht angesehen«, entgegnete Jane, während sie auf der Suche nach ein paar Crackern in einer Schublade herumwühlte.

Cecily schwieg einen Augenblick. Unterdessen legte Jane die Cracker auf Backpapier und schob sie für eine Minute in den Ofen, um sie knuspriger zu machen. »Hier ist eine Geschichte über eine arme Näherin auf Hawaii«, sagte Cecily mit giftigem Tonfall. »Pryce schreibt, daß sie die Frau feuerte, weil sie ihr Baby mit zur Arbeit bringen wollte, nachdem die Großmutter gestorben war und niemand mehr auf das Kind aufpassen konnte. Hör dir das an: ›Ich erwiderte ihr, daß der Arbeitsplatz für Kinder nicht der richtige Ort sei, wie alle aufrechten Amerikaner sehr wohl wissen. Obwohl sie in diesem Moment sehr unglücklich über die Angelegenheit war, bin ich doch sicher, daß sie später von diesem Wissen profitieren konnte und Grund hatte, mir in ihren Gebeten zu danken.‹ Diese Frau hat Nerven!«

Jane durchsuchte verzweifelt den Kühlschrank. Sie hatte am Tag zuvor ein Stück sehr guten Brie gekauft – ein Zugeständnis an den Besuch ihrer Mutter –, und nun war er verschwunden. Wo konnte sich ein großer, weißer Käse innerhalb eines begrenzten Raumes versteckt halten?

»Hier ist noch so eine Stelle«, fuhr Cecily empört fort. »Mrs. Pryce war während des Krieges in einem Gefangenenlager auf den Philippinen interniert – kannst du dir vorstellen, mit dieser Person jahrelang zusammen eingesperrt zu sein? Sie verriet eine junge Frau, die etwas Milchpulver für ihr Baby aus den Vorräten gestohlen hatte. Die Frau wurde dafür zu Tode gequält. Pryce bezeichnet dies als ›unglücklich‹, beharrt aber darauf, daß sie sich streng nach den Vorschriften hätten verhalten müssen und daß es notwendig war, die begrenzten Nahrungsmittel einer genauen Kontrolle zu unterwerfen, andernfalls hätte man eben die Konsequenzen tragen müssen. Grrr!«

»Mutter, bist du sicher, daß du an diesem Kurs teilnehmen möchtest?« fragte Jane, die gerade den vermißten Käse erspäht hatte, der zerquetscht unter einer Packung Orangensaft lag. Katie war wohl dafür verantwortlich.

Cecily schlug das Buch zu und stieß es zur Seite.

»Natürlich. Ich werde nur keinen Blick mehr hier hinein werfen. Wir können sie ja einfach ignorieren.«

»Ich glaube nicht, daß sie der Typ ist, der sich ignorieren läßt.«

»Mein Schatz, ich habe Staatsoberhäupter ignoriert, wenn es angebracht war«, erwiderte Cecily mit einem Lächeln. »Was haben wir sonst noch dabei? Wer hat dieses rosafarbene Papier benutzt?«

»Willst du wirklich an diesem Kurs teilnehmen?« fragte Jane auch Shelley später am Nachmittag. Sie war zu Shelley hinübergelaufen, um etwas Milch zu borgen. Sie saßen am Tisch in Shelleys blitzsauberer Küche. Das war eines von Shelleys großen Geheimnissen. Ihr Haus schien immer makellos zu sein, obwohl Jane sie noch nie beim Putzen »erwischt« hatte. Wann erledigt sie das nur alles, fragte sich Jane oft.

»Ja, ich denke schon, daß ich teilnehmen möchte. Ich habe die Kiste mit den Fotoalben und Briefen heruntergeholt und einmal durchgeschaut, was alles da ist. Es ist all dieses Zeug, das dort auf dem Sofa liegt«, sagte sie und zeigte in Richtung Wohnzimmer. »Was hältst du denn da im Arm?«

»Meine Kopien vom Kursmaterial. Ich habe schon alles durchgesehen bis auf das Buch von Mrs. Pryce – und das werde ich auch nicht lesen. Mutter arbeitet gerade ihre Kopien durch, und du kannst meine haben.«

»Bist du jetzt froh, daß deine Mutter hier ist?«

»Sicher. Sie ist wirklich ein unkomplizierter Gast. Sie macht überhaupt keine Umstände. Du weißt ja, wie schwierig manche Leute sind – meine Schwiegermutter ist dafür ein gutes Beispiel. Sie sagen gewöhnlich: ›Ich falle dir bestimmt nicht zur Last, aber ich esse kein Fleisch und keine Milchprodukte oder Weißmehl, und von Fisch bekomme ich Ausschlag – hast du eigentlich noch die Quittung von dem blauen Kleid, das ich dir 1963 gekauft habe?‹«

Shelley mußte lachen. »Thelma ist doch nicht wirklich so schlimm, oder?«

»Sie wäre es, wenn sie genug Phantasie hätte. Aber Mutter ist ganz anders. Sie gewöhnt sich schnell ein, erledigt ihren Teil der Arbeit ohne zu murren, und sie ißt einfach alles. Sie kümmert sich um ihre Wäsche, ohne nur einmal zu fragen, wo die Maschine steht oder wo die Seife abgeblieben ist, und sie räumt die Spülmaschine aus und stellt alles an den richtigen Platz. Ich weiß nicht, ob sie erst durch die Anforderung, überall auf der Welt zurechtkommen zu müssen, so geworden ist oder ob es umgekehrt war: Vielleicht wurde sie für ein Leben als Zigeunerin geboren und sah in meinem Vater den Mann, der ihr dieses Leben bieten konnte.«

»Höre ich da etwa einen bitteren Unterton?«

»Oh, das ist normal, denke ich. Es war eine verrückte Kindheit: niemals ein Zuhause oder Freunde für mehr als ein Jahr zu haben, bevor wir wieder irgendwo anders Wurzeln schlagen mußten.«

»Aber du hast jetzt dein eigenes Zuhause.«

»Und sie werden mich nur mit Gewalt dort hinausbekommen!« entgegnete Jane, während sie vom Tisch aufstand.

»Bleib noch eine Minute und erzähl mir von diesen Kapiteln. Ich glaube nicht, daß ich sie bis heute abend noch alle durchlesen kann.«

»Tut mir leid. Ich kann nicht bleiben. Ich habe eine fiktive Autobiographie angefangen, die ich noch abtippen möchte.«

»Eine fiktive Autobiographie?«

»Ja. Es macht richtig Spaß. Ihr Name ist Priscilla. Sie wurde 1773 geboren, und sie hat eine mysteriöse Vergangenheit …«

»Jane! Laß es mich lesen!«

»Noch nicht. Nicht, bevor ich noch ein bißchen daran herumgekritzelt habe«, entgegnete Jane. Als ihr klar wurde, daß Shelley es wirklich sehen wollte, tat es ihr schon leid, daß sie ihr Vorhaben erwähnt hatte. Für sie selbst schien es immer noch der Anfang eines Versuchs und zu zerbrechlich zu sein – selbst für die Augen einer Freundin. »Ich muß wirklich gehen. Ich muß das Abendessen vorbereiten. Onkel Jim kommt vorbei, um Mutter zu sehen.«

»Und dich …«

»Schon, aber Mutter ist die Hauptattraktion. Übrigens, ich empfehle dir, das Buch von Mrs. Pryce wegzulassen. Mama hat einen Blick draufgeworfen, und es hat sie furchtbar aufgeregt.«

Jim Spelling war ein ehemaliger Armeeoffizier, der bereits vor Janes Geburt einen freundschaftlichen Umgang mit den Grants gepflegt hatte. Nachdem er aus dem Dienst in den Ruhestand versetzt worden war, hatte er bei der Chicagoer Polizei als Kriminalbeamter gearbeitet. Als Janes »Nenn-Onkel« war er die Jahre über mit ihr in Verbindung geblieben und seit dem Tod von Janes Mann vor anderthalb Jahren sogar zu einem regelmäßigen Besucher geworden. Onkel Jim war einer der wenigen Menschen außerhalb der Familie, der über Steves Vorhaben an dem Abend seines Todes Bescheid wußte. Sie hatten allen erzählt, daß er geschäftlich unterwegs gewesen war, während er in Wahrheit Jane gerade wegen einer anderen Frau verlassen hatte, zu der er an besagtem Abend fuhr, als sein Wagen auf der vereisten Fahrbahn ins Schleudern kam und gegen die Leitplanke prallte. Für Jane war es eine Art doppelter Verlust gewesen, aber der Ärger hatte ihren Kummer irgendwie gelindert.

Jim Spelling und Cecily Grant plauderten – wie immer, wenn sie sich trafen – angeregt über verschiedene Ereignisse, die stets stattgefunden hatten, wenn sich ihre abwechslungsreichen Lebenspfade in der Vergangenheit kreuzten.

»Erinnerst du dich noch daran, als wir Schafaugen serviert bekamen und du sie ganz hinunterschlucken mußtest, weil du dich nicht überwinden konntest, hineinzubeißen?« fragte Cecily. »Ich werde deinen Gesichtsausdruck nie vergessen.«

»Und die Geschichte in Rußland, als du eine Farm besucht hast und diesen riesigen gefütterten Schneeanzug anhattest und dann hingefallen bist. Du konntest nicht mehr aufstehen und hast drei Leute zu Fall gebracht, die versuchten, dir zu helfen«, konterte Jim.

»Mama, ich hoffe, daß du diese ganzen Geschichten aufschreibst«, sagte Jane und begann, den Tisch abzuräumen.

»Schreibst du an einem Buch?« erkundigte sich Jim.

»Jane und ich besuchen einen einführenden Kurs über das Verfassen einer Autobiographie«, erläuterte Cecily. Sie warf einen Blick auf ihre Uhr. »Und wir machen uns jetzt besser auf den Weg, oder wir werden zu spät zur ersten Stunde erscheinen.«

»Ich bleibe noch etwas hier und warte, bis Katie nach Hause kommt«, sagte Jim. »Vielleicht können wir uns dann noch etwas unterhalten, wenn ihr wieder da seid. Janie, wo ist das Werkzeug hingekommen, das ich dir zu Weihnachten geschenkt habe?«

»Es liegt auf der Kellertreppe. Warum?«

»Ich habe gesehen, wie du mit dem Garagentor gekämpft hast. Ich dachte, ich könnte einen Blick darauf werfen, während du weg bist.«

»Onkel Jim, du bist hier ein Gast! Du mußt keine Sachen in Ordnung bringen.«

»Aber das Tor geht nicht ganz bis oben auf.«

»Das ist schon O.K.«, erwiderte Jane. »Ich hatte sowieso die Absicht, meinem Kombi einmal das Limbo-Tanzen beizubringen.«

»Jim, erinnerst du dich noch an General Pryce?« erkundigte sich Cecily. Sie wusch die Teller ab und stellte sie in die Spülmaschine.

»Pryce? Pryce? Oh, ja! Der alte Bastard mit dieser Kampfmaschine von Frau.«

»Die Kampfmaschine nimmt an unserem Kurs teil«, sagte Cecily.

»Und du gehst trotzdem dorthin? Du hast tatsächlich eine größere Veranlagung zu selbstquälerischen Aktivitäten als ich. Ich würde mich dieser Frau nicht auf zehn Meilen nähern. Sie ist gefährlich.«

»Gefährlich?« hakte Jane nach.

»Jawohl, diese Sorte von Boshaftigkeit in einem Menschen bringt andere zum Ausrasten, und sie tun Dinge, die sie nicht tun sollten. Das Böse ist ansteckend, weißt du.«

Die Teilnehmer des Kurses trafen sich im Kellergeschoß des Rathauses, einem übertrieben pompös gestalteten Gebäude im Tudor-Stil, das an das Einkaufscenter angrenzte. Es war erst vor drei Jahren erbaut worden und hatte die üblichen öffentlichen Nörgeleien über Kosten und Bauweise hervorgerufen. Die Kritiker behaupteten, es sehe aus wie ein Rathaus in Disneyland und es fehle nur noch ein Zwerg vor dem Eingang. Die Befürworter bescheinigten ihm Würde und Anmut.

Für Jane war es lediglich ein Gebäude, das sie einmal im Jahr betrat, um die Hundemarken für Willard zu besorgen. Im Erdgeschoß befand sich ein Labyrinth kleiner Büros in der Größe von Abstellkammern, die dem Bürgermeister und den für die öffentlichen Bauten zuständigen Leuten zur Verfügung standen. Im Kellerraum war normalerweise das Verkehrsgericht untergebracht, gleichzeitig sollte hier der Kurs stattfinden. Jane, Shelley und Cecily stiegen die recht steile Treppe mit einem Gefühl freudiger Erwartung hinunter, das sich bereits in dem Moment verflüchtigte, als sie den Raum betraten.

Jane hatte Mrs. General Pryce noch nie gesehen, nur von ihren geschmacklosen »Heldentaten« gehört. Trotzdem erkannte sie sie sofort. Sie war zwar keine große Frau, aber dennoch von auffälliger Statur. Mrs. Pryce hatte die Figur einer Kropftaube: dünne Beine, leidliche Hüften, aber einen enormen Busen. Sie war so gründlich geschnürt, daß man sicherlich einen Handball an ihr abprallen lassen konnte – falls man nicht ausreichend Selbsterhaltungstrieb besaß. Pryce hatte das Gesicht einer Bulldogge: derselbe vorragende, markante Kiefer und hervorstehende Augen. Das ganze unattraktive Gesicht war umgeben von einem kunstvollen Arrangement dichter, purpurroter Locken. Natürlich hatte sie in der Mitte der ersten Reihe des behelfsmäßigen Klassenzimmers Platz genommen. Scheinbar war sie schon vor mindestens einer Viertelstunde eingetroffen, um sich diesen Stuhl zu sichern. Arme Missy, dachte Jane.

Janes Mutter atmete einmal tief durch und näherte sich der älteren Frau. »Mrs. Pryce? Mein Name ist Cecily Grant. Mrs. Michael Grant. Wir haben uns vor einigen Jahren in Portugal getroffen. Meine Tochter, Jane Jeffry, wohnt in Ihrer Nachbarschaft.«

Mrs. Pryce blickte auf. »Ich erinnere mich nicht an Sie, junge Frau«, entgegnete sie grob.

Cecily fuhr ohne zu stocken fort. »Vielleicht nicht, aber ich erinnere mich an Sie. Mein Mann war bei der Botschaft beschäftigt.«

»Es gibt immer Schmarotzer, die sich in den Botschaften herumtreiben.«

Cecily schwieg einen Moment, dann sagte sie: »Genau das ist auch meine Meinung.«

»Was soll das denn heißen?«

»Lediglich, daß ich Ihnen zustimme«, erwiderte Cecily sanft und drehte sich um, ehe Mrs. Pryce die Gelegenheit zu einer weiteren Beleidigung nutzen konnte. Cecily nahm neben Jane Platz und flüsterte: »Ich glaube, ich sollte mich glücklich schätzen. Sie hat mich als ›junge Frau‹ bezeichnet.«

»Warum haben Sie es der alten Hexe nicht heimgezahlt?« erkundigte sich Shelley neugierig.

»Manchmal ist das Alter die beste Rache«, antwortete Cecily. »Sie kann unmöglich so lange durchhalten wie ich.« Sie sprach gerade so laut, daß Mrs. Pryce sie möglicherweise verstehen konnte.

Jane hörte nicht besonders aufmerksam zu, da ihr gerade der Gedanke gekommen war, daß ihre fiktive Heldin eine früh verschwundene Zwillingsschwester besitzen könnte. In ihrem Kopf spielte sie die Möglichkeit durch. Was wäre, wenn sie einen Mann träfe, der ihre Schwester kannte ...?

Ein großer Mann betrat den Klassenraum. Er ging auf die erste Reihe zu, sah Mrs. Pryce, blieb abrupt stehen und setzte sich dann auf den äußersten Stuhl in der zweiten Reihe. Er war mager, hatte sehr kurzes Haar und eine steife Haltung. Jane erkannte in ihm Bob Neufield.

Ihm folgten zwei Frauen mittleren Alters. Sie waren offensichtlich Schwestern, beide sehr weiblich, mit blauen Augen und feinen Zügen. Eine der beiden war fürchterlich dünn und sah ziemlich krank aus, die andere war hübsch, mollig und von der Sonne gebräunt. Sie trug ein geblümtes Kleid mit viel zu vielen Rüschen für eine Frau ihres Alters. Diese Schwester, die gesunde, war Ruth Rogers, die Heldin des Vorfalls am Schwimmbecken. Sie nickte Jane zu und ging dann auf Bob Neufield zu. Die beiden wechselten einige freundliche

Worte über Kisten, die ihr Bob irgendwohin zu bringen angeboten hatte. Dann kam sie herüber, um Jane und Shelley zu begrüßen. Ihre Schwester, eine zerbrechlich und müde aussehende Frau, hatte unbedacht einen Platz neben Mr. Pryce in der ersten Reihe eingenommen.

»Sie müssen einmal zum Tee herüberkommen«, sagte Ruth, nachdem sie mit Cecily Grant bekannt gemacht worden war. »Der Garten zeigt sich gerade von seiner besten Seite, und ich würde gerne mit ihm angeben. Wir wohnen am Ende von Janes Straße.«

»Oh, ich habe Ihr Haus bei meiner Ankunft bemerkt«, erwiderte Cecily. »Das sind doch Alstromerien, die an Ihrer vorderen Veranda wachsen, oder? Ich habe sie bisher immer nur in Blumengeschäften gesehen, aber noch nie draußen in der Natur.«

»Wie schön, daß Sie sie bemerkt haben. Ich hatte furchtbare Probleme, als ich sie zum ersten Mal anpflanzte. Dies ist nun das dritte Jahr. Natürlich wachsen sie in Töpfen. Sie kämen sonst draußen nicht durch den Winter.« Sie brach ab und wandte sich um, um zu sehen, was plötzlich in der vordersten Reihe vor sich ging.

Mrs. Pryce sprach laut auf Naomi, die Schwester von Ruth, ein. »Naomi Smith? Sie sind doch die, die Krebs hat, oder?«

Naomi erwiderte wachsbleich: »Was? Nein – ich habe keinen ...«

»Wie auch immer, würde es Ihnen etwas ausmachen, sich woanders hinzusetzen?«

Jane hörte, wie Shelley vor Empörung laut ausatmete. »Das ist unverzeihlich!« flüsterte auch Cecily Grant.

Aber Ruth Rogers war mit vor Ärger bebenden Rüschen bereits in die erste Stuhlreihe gehechtet, um ihrer

Schwester zu Hilfe zu kommen. »Mrs. Pryce, meine Schwester hat eine seltene Blutkrankheit. Nicht, daß Sie das in irgendeiner Weise etwas anginge. Ihre Krankheit ist jedenfalls nicht ansteckend, und Sie schulden ihr – und eigentlich uns allen – eine Entschuldigung.«

Naomi Smith hatte ihre Handtasche und ihre Mappen genommen und war bereits einen Stuhl weiter gerückt. »Ruth, bitte ...«

»Ich entschuldige mich nicht«, verkündete Mrs. Pryce. »Das habe ich nicht nötig.«

»Dann frage ich mich, wie es die Leute mit Ihnen aushalten«, erwiderte Ruth. Sie ging zu ihrer Schwester hinüber. »Möchtest du gehen?« fragte sie leise.

Naomi Smith zitterte, aber sie lächelte schwach. »Nein, Ruth. Eine solche Person sollte uns nicht davon abhalten, etwas zu tun, wozu wir Lust haben.«

»Meine Lieben! Ist Ihnen auch literarisch zumute?« trillerte eine Stimme von der Tür her. Desiree Loftus betrat den Raum mit ihrem üblichen Gezwitscher. Schals und ein exotischer Duft folgten ihr, von dem Jane glaubte, daß er wie eine Mischung aus Marijuana und Ylang-Ylang roch. »Ruth und Naomi – die biblischen Schwestern!« rief sie und eilte zu ihnen, um sie zu begrüßen. »Nein, sagen Sie es nicht noch einmal. Ich weiß, daß jene Ruth und Naomi keine Schwestern waren, aber Sie sind es. Ich bin nie dazu gekommen, Ihnen zu sagen, wie reizend die nackten Damen aussahen, die letztes Jahr überall auf Ihrem Rasen verteilt waren.«

Jane dachte, daß Desiree nun endgültig verrückt geworden war. Mit einem alarmierten Blick schaute sie Shelley an.

Shelley kicherte und flüsterte ihr zu: »›Nackte Damen‹ sind diese rosafarbenen Blumen, die wie Lilien aussehen und im Spätsommer blühen. Du weißt schon: die, die keine Blätter haben.«

Jane seufzte. »Da bin ich aber froh! Ich hatte gerade einige unbekleidete Jungfrauen vor Augen, die über das ganze Grundstück verteilt liegen, und fragte mich, wie ich das nur übersehen konnte.«

Desiree – couragiert wie immer – rief quer durch den Raum zu Mrs. Pryce hinüber: »Meine Liebe! Blau – was für ein unpassende Farbe für Sie! Sie haben eine rote Aura, müssen Sie wissen.«

»Vollkommener Blödsinn!« empörte sich Mrs. Pryce.

»Nein, überhaupt nicht. Ich reagiere sehr empfindlich auf diese Dinge.«

»Sie sind betrunken! Wie immer!«

Desiree funkelte sie einen Moment lang an, dann lachte sie schrill. »Trunken vor Lebensfreude, vielleicht«, erwiderte sie, bevor sie ihre Aufmerksamkeit dem Mann an der Seite des Raumes zuwandte. »Ich glaube, wir kennen uns noch nicht. Mein Name ist Desiree Loftus.«

»Sehr angenehm. Ich heiße Robert Neufield. Meine Freunde nennen mich Bob.«

»Oh, ich hoffe, daß Sie mich bald dazurechnen werden, Bob.« Sie warf ihm ein strahlendes Lächeln zu und wandte sich um, auf der Suche nach weiteren Opfern. »Jane! Shelley! Und wer sind Sie? Nein, sagen Sie nichts. Sie müssen eine Verwandte von Jane sein. Man sieht es an den Augenbrauen. Die verraten alles! Die Leute schenken den Augenbrauen heutzutage einfach nicht genug Aufmerksamkeit.«

Während die Vorstellungsprozedur weiterging, hörte Jane das charakteristische herzliche Lachen von Grady Wells draußen im Flur. Er betrat zusammen mit Missy das Zimmer, auf deren Gesicht ein Lächeln lag – bis ihr Blick auf Mrs. Pryce fiel, die es sich in der Mitte der ersten Reihe bequem gemacht hatte. Grady, stämmig und mit blühender Gesichtsfarbe, setzte sich auf den Stuhl neben Bob Neufield, und Missy schritt auf ihren Tisch zu und begann, ihre Notizen zu ordnen.

Jane huschte von ihrem Platz nach vorne, um Missy etwas mitzuteilen. »Ich habe geschwindelt. Die Person, über die ich schreibe, ist erfunden«, sagte sie und legte verstohlen einen Umschlag auf den Tisch. »Nur zum Spaß. Nicht für den Kurs.« Sie war überrascht und peinlich berührt, als sie bemerkte, daß ihr Herz wegen ihrer Kühnheit schneller klopfte. Beinahe hätte sie den Umschlag wieder an sich gerissen.

»Was für eine großartige Idee, Jane. Wenn Sie möchten, werde ich es an die anderen verteilen.«

»Oh, nein. Bitte nicht. Ich bin ja schon furchtbar aufgeregt, weil ich es Ihnen zeige.«

Sie wurden durch Mrs. Pryce unterbrochen, die Grady ankläffte: »Es überrascht mich, daß Sie die Nerven haben, hier zu erscheinen.«

Grady grinste sie an, als wäre sie ein großartiger Witz. »Ich weiß nicht, wie Sie das meinen.«

»So wie Sie ihre Bürgerpflichten vernachlässigen!«

»Mrs. Pryce«, entgegnete er geduldig, »ich bin hier nicht in meiner Eigenschaft als Bürgermeister. Bringen Sie ihre Anliegen bei der Ratsversammlung vor, wenn es sein muß.«

»Oh ja! Bei Ihren bezahlten Speichelleckern!«

»Mrs. Pryce, der Rat erhält keine Bezahlung. Und ich bekomme lediglich einhundert Dollar im Jahr. Das sind ungefähr fünf Cent pro Stunde für meine Zeit.« Seine Geduld war offensichtlich langsam erschöpft, aber er sah immer noch heiter aus. Grady machte stets einen fröhlichen Eindruck.

»Das mag ja Ihr offizielles Gehalt sein, aber ich habe gute Gründe anzunehmen, daß Sie eine hübsche Summe mehr machen.«

Jegliche Amüsiertheit war aus Gradys Gesicht gewichen. »Wovon sprechen Sie?«

»Lassen Sie es uns nicht beschönigen. Unterschlagung. Ich spreche von Unterschlagung.«

»Unterschlagung?« Gradys gemeinhin rosafarbenes Gesicht nahm einen alarmierenden Rotton an.

»Ja. Wir zahlen alle einen satten Betrag an Steuern, aber es scheint nie genug Geld für notwendige Dinge vorhanden zu sein. Ich habe den Verdacht, daß große Geldmengen einfach verschwinden.«

»Mrs. Pryce, ich lade Sie ein, die Aufstellung der Finanzen der Stadt durchzusehen, wann immer Sie wollen. Ja, ich bestehe sogar darauf. Ich werde unseren Schatzmeister anweisen, Ihnen alles zu erklären. Aber ich muß Sie warnen: Wenn Sie weiterhin solche Dinge verbreiten, muß ich mit dem Anwalt der Stadt über Sie sprechen. Das ist Verleumdung und könnte den guten Ruf einer Menge Leute schädigen. Ich werde dies nicht dulden.«

Missy räusperte sich vernehmlich. »Ich glaube, wir sollten nun besser mit dem Kurs beginnen.«

Jane eilte zu ihrem Platz zwischen ihrer Mutter und Shelley zurück und setzte sich, während sie angewidert den Kopf schüttelte.

»Glaubst du, sie ist nicht mehr richtig im Kopf?« flüsterte Shelley.

»Gott! Würde es dir je in den Sinn kommen, so mit Grady zu reden?«

Missys Blick glitt zu ihnen hinüber, mit der stummen Bitte um Ruhe. »Nun, Sie sind hergekommen, um zu lernen, wie man eine Autobiographie schreibt …«

»Einige von uns wissen bereits, wie man das macht«, warf Mrs. Pryce ein.

Missy ignorierte sie.

»Sie werden eine Reihe von Anleitungen von mir erhalten – Regeln, wenn Sie so wollen. Und da gibt es auch gleich den ersten Widerspruch. Regeln sind nämlich, so abgedroschen es auch klingen mag, dazu da, um gebrochen zu werden. Aber das Geheimnis von guter Schriftstellerei liegt in der sorgfältigen Wahl der zu brechenden Regeln. Ich bin der Meinung …«

»Warum unterrichten Sie diesen Kurs?« fiel ihr Mrs. Pryce ins Wort.

»Weil ich es möchte«, schnappte Missy zurück.

»Ich glaube kaum, daß Sie die geeignete Lehrerin sind. Eine Frau, die solch dreckige Bücher schreibt.«

Missy richtete sich auf und sah gefährlich gefaßt aus. »Haben Sie jemals eines meiner Bücher gelesen, Mrs. Pryce?«

»Dazu würde ich mich niemals herablassen.«

»Dann haben Sie kein Recht, einen Kommentar über den Inhalt, die Qualität oder die Moral abzugeben. Es tut mir leid, daß ich dies sagen muß, Mrs. Pryce, aber wenn Sie sich nicht ruhig verhalten können, bis Sie aufgerufen werden, muß ich Sie bitten, diesen Kurs zu verlassen.«

»Ich habe mein Geld bezahlt, und ich bleibe, solange ich will. Das ist mein gutes Recht als Bürgerin.« Sie wandte sich um und blickte selbstzufrieden in die Runde, um jedem zu trotzen, der dies bestreiten wollte.

»Nun, schauen Sie …«, begann Missy etwas verunsichert. Dann blickte sie auf ihre Notizen hinunter, atmete einmal tief durch und fuhr mit ihrem Vortrag fort. »Als allererstes müssen Sie klären, welchen Zweck Ihre Autobiographie erfüllen soll. Es gibt eine Vielzahl von Gründen, warum man sich an ein solches Projekt begibt: manche sind therapeutischer Natur, manche entspringen dem Bedürfnis, andere zu belehren …«

Jane machte sich Notizen. *Warum schreibt Priscilla diese Autobiographie? Um sich vor ihren Nachkommen zu rechtfertigen? Um ihr Gewissen zu erleichtern? Um für ihr Anliegen vor den Augen der Welt zu plädieren? Um der Frau, die sie so viele Jahre lang für ihre Mutter gehalten hatte, etwas zu beweisen?*

Für eine kurze Zeit war sie so in der Lage, die erdrückende Spannung, die im Raum herrschte, zu ignorieren. Weder Mrs. Pryce noch irgendeines ihrer Opfer existierten schließlich in Priscillas Welt.

»Also, wie ist es gelaufen?« erkundigte sich Jim Spelling bei Jane, Cecily und Shelley, als sie zur Tür hereinmarschiert kamen. Er stand gerade am Spülbecken in der Küche und wusch sich die Schmiere von den Händen.

»Nicht schlecht …«, antwortete Jane geistesabwesend.

»Nicht schlecht?« echoten ihre Mutter und Shelley im Chor. »Jane! Bist du verrückt geworden?« schob Shelley nach.

»Was?«

»Erde an Jane! Muß ich die Starthilfekabel holen?«

Jane lachte. »Es tut mir leid. Ich dachte gerade über etwas anderes nach. Der Kurs war schauderhaft, zumindest Mrs. Pryce. Ist Katie zurück, Onkel Jim?«

»Sie ist gekommen und wieder gegangen.«

»Sie sollte eigentlich hierbleiben.«

»Sie ist nur nach nebenan, um sich die Frisur von irgend jemandem anzusehen. Warum man auch nur fünf Meter weit läuft, um sich das Haar von einem anderen Menschen anzuschauen, ist mir ein Rätsel.«

Shelley war damit beschäftigt, Kaffeetassen aus dem

Schrank zu nehmen. »Das Haar gehört zum Kopf meiner Tochter und einen Blick darauf zu werfen ist die Sache wirklich wert. Sie sieht aus, als ob sie von einem Rasenmäher attackiert worden wäre.«

»Ich habe darüber nachgedacht, und ich bin der Meinung, daß Agnes Pryce geisteskrank ist«, sagte Cecily und nahm am Küchentisch Platz. »Ich entsinne mich, daß sie schon immer anmaßend und unsensibel war, aber das ist nichts im Vergleich zu dem, was sie heute abend geboten hat. Vielleicht ist es eine besonders schreckliche Form von Senilität.«

Shelley setzte sich zu ihr an den Tisch und verteilte die Kaffeetassen. »Sie könnten recht haben. Ich habe einige Zeit ehrenamtlich in einem Altersheim gearbeitet. Es gab dort einen Mann, der noch gar nicht besonders alt war, aber er hatte einen Schlaganfall erlitten. Er war ständig auf dem Kriegspfad und hatte das frechste Mundwerk, das mir je begegnet ist. Seine Familie besuchte ihn oft und verließ das Haus immer in Tränen aufgelöst. Scheinbar ist er früher ein sanfter, freundlicher Mann gewesen. Der Doktor und die Schwestern versuchten immer wieder, ihnen zu erklären, daß der Schlag Funktionen in irgendeinem Gehirnteil aktiviert hätte, die wir alle besitzen, die aber normalerweise unterdrückt werden. Ich nehme an, daß bestimmte Hemmschwellen bei ihm auf irgendeine Weise außer Kraft gesetzt wurden. Vielleicht hat das Alter bei Mrs. Pryce etwas Ähnliches verursacht.«

»Diese Frau hatte überhaupt nie Hemmungen«, entgegnete Jim, während er den Wasserhahn abdrehte und irritiert auf das Tröpfeln blickte. »Der muß auch mal in Ordnung gebracht werden.«

»Jim, sie war noch viel schlimmer, als ich sie in Erinnerung hatte«, sagte Cecily. »Diese arme Frau, die an irgendeiner Krankheit leidet, setzte sich neben sie, und Pryce führte sich auf, als sei sie in einer Lepra-Kolonie gelandet. Sie bezeichnete eine andere Teilnehmerin als Säuferin und beschuldigte den Bürgermeister der Unterschlagung von Geldern der Stadt. Und das alles kurz bevor sie der Kursleiterin vorwarf, pornographische Literatur zu verfassen.«

In diesem Moment platzte Katie herein, und die nächsten fünf Minuten vergingen mit Umarmungen und Küssen und dem Schmieden von Einkaufsplänen zwischen Enkelin und Großmutter.

»Jane, ich habe heute zufällig diesen Dingsda getroffen«, sagte Jim, als die Begrüßungszeremonie beendet war.

»Welchen Dingsda meinst du?«

»VanDyne.«

»Oh?« entgegnete Jane mit vollendeter Beiläufigkeit.

»Jawohl, und er sagte, daß er dich anrufen will. Hat dich eine ganze Weile lang nicht gesehen.«

»Ich bin die ganze Zeit hier gewesen.«

Jim blickte bei Janes scharfem Tonfall überrascht auf. »Ja, ja – aber er nicht, weißt du. Er mußte einige Seminare über Gesetzesvollstreckung in Kalifornien geben.«

»Über wen sprecht ihr?« fragte Cecily Grant.

»Mel VanDyne, Mutter. Ich habe dir von ihm geschrieben. Der Kriminalbeamte, den ich zu unserem Weihnachtsessen eingeladen hatte.«

»Oh, ja. Das berühmte Weihnachtsessen, bei dem Todd sich übergeben mußte.«

»Todd konnte nichts dafür. Ich habe nie wieder von VanDyne gehört. Ich glaube, er vermutet, daß irgendeiner von uns sich um Weihnachten herum immer übergeben muß. Eine Art Familientradition. Was soll's, wenn der Präsident bei einem Staatsessen kotzen darf, warum sollte Todd sich da anders verhalten müssen.«

»Jane, es tut mir leid«, sagte ihre Mutter.

»Nein, muß es nicht. Es macht nichts«, erwiderte Jane.

Aber es machte doch etwas. Seit sie Witwe geworden war, war die Sache mit Mel VanDyne der erste schüchterne Versuch gewesen, in die Welt der Romanzen zurückzukehren, und sie hatte sich gedemütigt gefühlt, als sie nach diesem unglücklichen Abendessen nie wieder von ihm hörte. Wochenlang ging ihr die Geschichte nicht aus dem Kopf. Was hatte sie erwartet? Er war jünger als sie, ausgesprochen gutaussehend und führte ein kultiviertes Leben in der wirklichen Welt. Sie dagegen war über alle Maßen häuslich, schwelgte in Kindern, Haustieren, Rezepten, Reinigungsprodukten und Treffen der Eltern-Lehrer-Vereinigung. Was für ein Interesse könnte ein ansehnlicher Junggeselle also schon an ihr haben?

Allerdings hatte sie eine wesentliche Rolle bei der Aufklärung einiger seiner Fälle gespielt. Der Grund dafür war, daß sie das Leben, den Alltag und die Menschen in den Vororten wirklich gut kannte, während er davon keine Ahnung hatte. Und das machte sie in seinen Augen vielleicht hilfreich – aber noch lange nicht sexy.

»Du wirst nicht noch einmal hingehen, oder?« fragte Jim. Sie benötigte eine Sekunde, um aus ihren Tagträumen aufzutauchen. »Du meinst zum Kurs? Doch, sicher. Missy ist eine phantastische Lehrerin.«

»Außerdem sind wir jetzt geradezu dazu verpflichtet«, fügte Shelley hinzu. »Man hat uns morgen zum Abendessen bei Pryce zitiert. Eine Art königlicher Befehl.«

»Hat man das?«

»Jane, ich mache mir Sorgen um dich«, sagte Shelley. »Erinnerst du dich nicht? Wo bist du mit deinen Gedanken? Mrs. Pryce hat angeordnet, daß wir uns alle zum Abendessen in ihrem Haus treffen. Du hast sogar gefragt, ob du irgend etwas mitbringen sollst.«

»Ich hatte wahrscheinlich wieder mal auf Autopilot geschaltet. Jedesmal, wenn Leute ein Zusammensein planen, geht mein Backofen-Programm an. Was habe ich denn diesmal angeboten, was ich kochen werde?«

»Eine Quiche«, antwortete Shelley.

»Was? Ich habe keine Ahnung, wie man eine Quiche macht! Dazu hätte ich mich niemals freiwillig gemeldet.«

»Nein, du wurdest dafür eingeteilt. Ich wurde beauftragt, einen Fruchtsalat mitzubringen – ohne Ananas. Erinnerst du dich wirklich nicht?«

»Nur ganz dunkel.«

»Ich backe die Quiche für dich, Jane«, bot sich ihre Mutter an. »Ich habe ein tolles Rezept mit Hähnchen und Spargel …«

»Ihr wollt mir doch nicht weismachen, daß ihr wirklich alle zu dieser Frau nach Hause gehen werdet, oder?« sagte Jim. »Welchen Grund hat sie überhaupt, euch einzuladen?«

»Ich vermute, sie will nur mit ihrem Haus angeben. Natürlich werden wir gehen. Wir können ihr die anderen doch nicht schutzlos ausliefern«, erklärte Cecily.

»Ich habe versucht, mich herauszuwinden«, warf Shelley ein. »Missy hat mich fast geschlagen. Sie sagte, wenn sie dorthin muß, dann müssen alle anderen auch.«

»Im übrigen bin ich neugierig, wie sie lebt«, fuhr Cecily fort. »Es wird mir Erzählstoff liefern, von dem ich noch wochenlang zehren kann.«

»Aber wie kommt ihr nur dazu? Ihr hättet alle ablehnen sollen«, beharrte Jim. Er war zeit seines Lebens Junggeselle gewesen, und das Verhalten von Frauen erstaunte ihn immer wieder aufs Neue.

»Ich kann mir vorstellen, daß wir das auch getan hätten, wenn wir vorgewarnt worden wären«, entgegnete Cecily. »Aber weißt du, Jim, ich habe schon an Zusammenkünften teilgenommen, bei denen man von mir erwartete, daß ich Aale esse – und auch noch so tun mußte, als ob ich sie mag. Wenn ich so etwas überlebe, wird das Abendessen bei Mrs. Pryce ein Klacks sein. Und jetzt laß' uns ins Wohnzimmer gehen, Katie, und Pläne für unseren Einkaufsbummel morgen machen. Außerdem will ich vorher noch deinen Kleiderschrank besichtigen.«

Shelley wünschte allen eine gute Nacht und machte sich davon. Jane öffnete die Tür des Kühlschrankes und fragte sich, ob sie die notwendigen Zutaten für eine Quiche im Haus hatte. Sie konnte sich nicht mehr genau erinnern, was man dazu benötigte. Im Prinzip war es eine Eierspeise ohne Zucker, oder? Während sie so dastand und ziemlich dümmlich in den weißen Kasten starrte, trat Onkel Jim zu ihr und legte seinen Arm um sie. »Janey, was ist los? Du bist nicht du selbst.«

Sie schloß die Kühlschranktür und umarmte Jim stürmisch. »Es geht mir gut, Onkel Jim. Wirklich gut. Und die Garagentür funktioniert ganz wunderbar. Vielen Dank, daß du sie in Ordnung gebracht hast. Ich hatte immer gehofft, etwas wirklich Schreckliches würde mit ihr passieren und ich könnte die Versicherung überzeugen, die Kosten für die Reparatur zu übernehmen.«

»Meiner Ansicht nach solltest du an diesem Kurs nicht teilnehmen. Er macht dich unglücklich«, sagte er zu ihrem Scheitel.

»Nein, das stimmt nicht. Ich bin nicht unglücklich. Es geht mir nur etwas im Kopf herum.«

»Etwas, bei dem ich dir helfen könnte?«

»Nein, es ist nichts Schlimmes. Man könnte es sogar als aufregend und schön bezeichnen. Lass' uns ein paar Flaschen Bier mit auf die Terrasse nehmen.«

»Also, was ist los?« fragte Jim, nachdem sie sich draußen niedergelassen hatten. »Ist es VanDyne? Ich glaube nicht, daß dieser Bastard der Richtige für dich ist, mein Schatz.«

Jane lachte. »Onkel Jim, Mel VanDyne und ich haben nichts miteinander zu tun. Nicht, daß ich etwas dagegen hätte, wenn es anders wäre. Aber nur mal aus Neugierde: Warum ist er nicht der Richtige für mich?«

»Er ist zu gewieft.«

»Und ich bin einfältig?«

»Nein, so war es nicht gemeint. Wie auch immer, ich glaube ... nun, ich glaube, daß er jünger ist als du.«

»Du sagst das so, als ob es ein dunkles, dreckiges Geheimnis sei. Er ist vier Jahre jünger als ich. Ich habe ihn gefragt.«

»Na also.«

»So etwas macht heutzutage nichts mehr aus, Onkel Jim.«

»Sollte es aber.«

»Du lieber alter Reaktionär. Nun, es ist nicht Mel, der mir im Kopf herumgeht. Es ist eine Sache für Missys Kurs, an der ich arbeite. Wir sollten eigentlich eine Autobiographie schreiben, aber dazu hatte ich keine Lust. Also habe ich eine Person erfunden, über die ich schreibe, und jetzt muß ich dauernd an sie denken.«

Jim blickte sie an, als ob sie den Verstand verloren hätte. »Bist du sicher, daß es nur das ist?«

Sie nahm einen Schluck von ihrem Bier. »Ja, ich glaube schon …«

Am anderen Morgen machten sich Katie und Cecily zu ihrer Einkaufsexpedition auf. »Operation Desert Shop«, hatte Jane sie getauft. Sie hatten eine Liste gemacht, in welche Geschäfte sie gehen wollten, und zudem ein Inventar von Katies Kleidungsstücken aufgestellt, damit Cecily wußte, welche Lücken es zu schließen galt. Sie hatten sich vorgenommen, mit Unterwäsche anzufangen und mit Schuhen aufzuhören – irgendwann zwischendurch sollte ein Mittagessen eingeschoben werden.

Jane warf einen Blick auf die geplante Route. »Mama, ›Design Delight‹ ist nicht im Einkaufscenter. Es ist …«

»Einen Straßenblock weiter in westlicher Richtung, da, wo die Läden mit dem grünen Dach sind, nicht wahr?« fiel Cecily ihr ins Wort.

»Genau. Woher weißt du das?«

»Wir waren schon mal zusammen dort«, erklärte Cecily. »Ich werde die Sachen für die Quiche mitbringen und früh genug wieder hiersein, um sie zuzubereiten.«

Jane begleitete die beiden zur Haustür, schlichtete einen Katzenstreit und drehte eine schnelle Runde durchs Haus. Ausnahmsweise gab es einmal nichts, was unbedingt in Ordnung gebracht werden mußte. Sie hatte einen gründlichen Hausputz gemacht, bevor ihre Mutter kam, und die Wäschesituation war jetzt, wo die Jungen weg waren, überschaubar. Es gab kaum genug schmutziges Geschirr, um das Anstellen der Spülmaschine zu rechtfertigen, und Katie hatte nicht nur ihr Zimmer aufgeräumt, sondern erstaunlicherweise zu Ehren des großmütterlichen Besuchs sogar ihr Bett gemacht.

Lächelnd stellte Jane im Küchenradio einen Sender ein, der klassische Musik brachte und setzte sich mit einem Notizblock und einem Stift an den Tisch. »Nun, Priscilla, was machen wir heute?« fragte sie.

Um ein Uhr klingelte das Telefon. »Ja?« meldete sich Jane mit scharfem Tonfall, ungehalten über die Unterbrechung. Sie steckte mit Priscilla mitten in einem Abenteuer, und Jane starb vor Neugierde, wie die Sache wohl ausgehen würde.

»Jane? Hier ist Mel VanDyne.«

Schluck! Freundlich – aber nicht *zu* freundlich – antwortete Jane: »Oh, hallo. Wie geht es Ihnen, Mel?«

»Gut. Und Ihnen?«

»Prima.« *Gott! Ich bin so langweilig! Sag etwas Faszinierendes! Schnell!*

»Hören Sie, Jane – ich bin eine Weile nicht in der Stadt gewesen, und ich habe mir überlegt – das heißt – hätten Sie heute abend Zeit?«

» Was hatten Sie denn geplant?« Das war cool, oder etwa nicht? Cool, oder bloß zickig?

»Abendessen oder einen Film?«

»Ich würde gerne mitk ... oh, nein! Ich kann nicht. Ich nehme an einem Kurs teil. Er ist nicht vor halb zehn zu Ende.«

»Warum treffen wir uns nicht danach?«

»Wohin würden wir denn dann noch gehen?« fragte Jane. Sofort bereute sie ihre dumme Frage. Bloß weil sie gewöhnlich um neun Uhr zu Hause war hieß das nicht, daß die ganze Welt um diese Zeit geschlossen wurde.

»Keine Ahnung. Wie wäre es mit einem Drink? Und ein bißchen tanzen?«

Tanzen! Sie hatte seit Jahrzehnten nicht mehr getanzt!

»Wie wäre es mit Eis essen und einer Unterhaltung, Mel? Ich möchte gerne hören, was sie so erlebt haben, und Bars sind so laut.« Wahrscheinlich würde er sie jetzt belehren, daß es in Bars heutzutage ruhig war und sie würde sich damit als jemanden bloßstellen, der nicht weiß, was läuft. Aber sie konnte schließlich unmöglich auf eine Tanzfläche losgelassen werden, ohne vorher einige Wochen zu üben! Oder sogar, ohne vorher einige Tanzstunden genommen zu haben. Den letzten Tanz, den sie beherrscht hatte, war der Twist.

»Hört sich gut an. Ich werde Sie von ihrem Kurs abholen. Wo findet er statt?«

»Im Rathaus. Es ist kein richtiger Kurs, mit Prüfung und so. Er wird von der Gemeinde veranstaltet.« Warum hatte sie das jetzt gesagt? *Nimm dich zusammen, Jane.*

»Gut. Ich werde solange im Büro arbeiten und Sie dann um halb zehn abholen. Jane …?«

»Ja?«

»Ich freue mich darauf, Sie wiederzusehen.«

»Ich mich auch. Wiedersehen, Mel.« Sie legte den Hörer auf die Gabel, umfaßte sich mit beiden Armen und wirbelte durch das Zimmer. Die Katzen stoben vor ihren Füßen auseinander. »Ich habe eine Verabredung heute abend, Miau. Eine echte, richtige Verabredung mit einem Mann, der mich freiwillig eingeladen hat!« Sie schaufelte die orangefarbene Katze in ihren Arm und walzte in das Wohnzimmer.

Leider erwischte sie einen Blick auf sich selbst, als sie am Spiegel vorbeitanzte.

»Oh, mein Gott!« rief sie aus und ließ Miau zu Boden. Sie starrte auf das Glas. »Haare! Klamotten! Make-up!« warf sie ihrem zerzausten Spiegelbild vor.

Shelley kam vorbei, als Jane gerade eine Gesichtsmaske aufgelegt hatte. »Oh, *du* probierst so etwas aus? Du siehst aus wie ein mumifizierter Waschbär!«

»Aber darunter bin ich umwerfend. Warte einen Augenblick. Ich muß es jetzt abwaschen. Komm mit nach oben, und wirf einen Blick in meinen Kleiderschrank. Ich brauche deine Hilfe.«

Als Jane mit einem geschrubbten und glänzenden Gesicht aus dem Badezimmer kam, saß Shelley auf ihrer Bettkante. »Was ist los mit dir?«

»Ich habe heute abend eine Verabredung.«

»Eine Verabredung? Mit wem?«

»Mel VanDyne. Und ich benehme mich wie eine Idiotin. Ich weiß, ich weiß. Aber ich weiß nicht, was ich anziehen soll. Etwas Bequemes, aber nicht zu lässig. Feminin, aber nicht zu mädchenhaft. Er holt mich nach dem Kurs ab, also muß es etwas sein, was ich auch normalerweise dorthin anziehen würde.«

»In Ordnung. Wohin geht ihr?«

»Nichts Großartiges. Nur Eis essen.«

»Er hat dich zum Eis essen eingeladen? Was für ein knauseriger Kerl!«

»Nein. Er hat mich zum Tanzen eingeladen, aber ich glaube nicht, daß ich noch weiß, wie man das macht. Shelley, es ist zwanzig Jahre her, daß ich eine richtige Verabredung hatte.«

»Aber es ist noch nicht solange her, daß du eine Einladung erhalten hast. Daran solltest du dich erinnern.«

»Oh, sicher. Von den Schleimern aus der Nachbarschaft, die sich auf jede stürzen, von der sie glauben, daß sie verfügbar ist. Der eine, der ständig diese Polyester-Freizeitanzüge trägt, ruft mich immer noch ungefähr einmal im Monat an. Wahrscheinlich hält er sich an ein bestimmtes Schema. Und dann ist da noch der mit dem Bierbauch und den vielen Goldkettchen, der jede Frau mit ›Baby‹ anspricht. Weißt du eigentlich, daß er mich eine Woche nach Steves Tod angerufen hat? *Eine Woche!* Ich war so verletzt, daß ich in Tränen ausgebrochen bin. Er hielt es für ein ermutigendes Zeichen.« Jane schüttelte sich bei der Erinnerung daran.

»Pink. Ein aprikosemäßiges Pink«, sinnierte Shelley. »Ich bin gleich wieder da.« Sie rannte davon und kam ein paar Minuten später mit einer Bluse in einer Tüte von der Reinigung zurück. »Das ist es. Hast du einen BH mit Spitze?«

»Einen.«

»Gut. Dieser Stoff ist gerade dünn genug, daß ein Spitzen-BH ein bißchen durchschimmert. Sexy, ohne zu dick aufzutragen. Dann deinen weißen Rock dazu. Und du kannst auf keinen Fall diese schreckliche Handtasche mitnehmen, die wie eine Satteltasche aussieht. Er wird sonst glauben, daß du zum Campen willst.«

»Weißt du, ich plane in dem Bewußtsein, daß mir jeden Moment Pierce Brosnan über den Weg laufen könnte, und wenn er mich bittet, mit ihm durchzubrennen, bin ich vorbereitet.«

»Eiskrem und Durchbrennen liegen meilenweit auseinander. Ich habe eine kleine weiße Handtasche, die du dir ausleihen kannst.«

Sie einigten sich über Schuhe und Schmuck und debattierten gerade über Strümpfe, als Katie und Cecily nach Hause kamen. »Hallo, Mama, du mußt dir unbedingt anschauen, was wir ...«, setzte Katie an, dann blickte sie sich in Janes Zimmer um. Kleidungsstücke lagen überall verstreut. »Hier sieht es ja aus, wie in meinem Zimmer. Was ist los?«

»Deine Mutter hat heute abend eine Verabredung.«

»Eine Verabredung?« Auf Katies Gesicht spiegelten sich in rascher Abfolge eine ganze Reihe von Emotionen. Letztendlich schien sie angenehm überrascht zu sein. »Cool, Mama. Mit wem?«

»Detective VanDyne«, antwortete Jane.

»Echt? Er ist O.K. Für einen alten Kerl.«

Jane ging zu ihr hinüber und umarmte sie. »Du hast gerade alles in die richtige Perspektive gerückt. Und jetzt zeig mir deine neuen Sachen.«

Um viertel vor sechs trafen sie sich pflichtschuldig, um zu Mrs. Pryce zu fahren. Sie nahmen Shelleys Lieferwagen, weil er hinten eine Fläche hatte, auf der sie das Essen abstellen konnten, ohne daß etwas verschüttet wurde. Von Jane waren die beiden Teller mit je einer Quiche, die sie unter der Anleitung ihrer Mutter gemacht hatte. Shelley steuerte den Fruchtsalat bei, und Cecily spendierte etwas Käse und Windbeutel, die mit

Olivencreme gebacken waren. Außerdem hatte sie noch eine Platte mit Teufelseiern vorbereitet.

»Ich habe gesehen, wie sie sie macht«, sagte Jane in einem gekränkten Tonfall, als Cecily ins Haus zurückging, um ihre Handtasche zu holen. »Ich habe genau dasselbe Rezept benutzt, aber wenn ich diese Olivendinger zubereite, dann gerinnt der Teig und wird zu einer Pfütze. Sie sehen dann aus wie dieses Zeug aus einer obszönen Bäckerei. Ihre gehen immer auf.«

»Sei nicht sauer, Jane. Es gibt viele Dinge, die du besser machst als sie«, erwiderte Shelley.

»Nenn mir vier. Ach, was soll's. Ich könnte es nicht mitansehen, wie du grübelst, um sie zusammenzubekommen. Ich kann fühlen, wie mein Haar zusammenfällt.«

»Dein Haar sieht großartig aus, und wenn ich dich in der Nähe einer Dose Haarspray erwische, breche ich dir das Handgelenk.«

»Oh, Shelley, ich benehme mich wie eine Idiotin, und ich kann es einfach nicht ändern. Priscilla würde sich nie so verhalten.«

»Priscilla? Wer zum Teufel ist Priscilla?«

»Ach, vergiß es. Sag mir noch mal, warum wir das hier eigentlich machen.«

»Weil Missy uns umbringt, wenn wir es nicht tun.«

Cecily kam zurück zum Wagen. »Mama, bist du sicher, daß es dir nichts ausmacht, wenn ich heute nach dem Kurs ausgehe?« erkundigte sich Jane.

»Natürlich macht es mir nichts aus. Ich bin doch kein Gast, ich bin deine Mutter«, entgegnete Cecily mit fester Stimme. »Auf diese Weise können Katie und ich hinter deinem Rücken über dich herziehen«, fügte sie mit einem Lächeln hinzu, während Shelley den Wagen zurücksetzte.

Das Haus von Mrs. Pryce war eines der älteren in der Nachbarschaft. Es war erbaut worden, als ihr Vorort noch eine eigenständige Stadt war, bevor Chicago sich ausweitete und alles umzingelte. Im Vorgarten gab es einige vernachlässigte Blumenbeete, und entlang der Grenzen zu den Nachbargrundstücken wucherten Hecken. Die weiße Farbe des Hauses sah so aus, als würde sie jeden Moment abpellen. An der Tür wurden sie von einer Hausangestellten in Uniform erwartet. Sie war eine alte Dame, sah etwas asiatisch aus – wahrscheinlich eine Philippinin oder eine Thailänderin – und blickte mürrisch drein. Wer würde das nicht, dachte Jane, wenn er für Mrs. Pryce arbeiten müßte? »Willkommen, meine Damen«, sagte sie und nahm ihnen so viele Teller wie nur möglich ab.

Jane ging vor und hatte plötzlich das Gefühl, erblindet zu sein, weil sie in einem dunklen Flur stand. »Das ist die Spare-in-der-Zeit-dann-hast-du-in-der-Not-Schule des richtigen Beleuchtens«, murmelte Shelley und tastete nach Janes Arm.

Sie stolperten in das Wohnzimmer, wo es etwas mehr Licht gab. Shelleys Griff um Janes Arm wurde fester, und sie schnappte nach Luft. Das Haus war derart überfüllt mit Kunstgegenständen, daß das Auge sich kaum entscheiden konnte, worauf es den Blick richten sollte. Mrs. Pryce hatte ganz offensichtlich die letzten sechs oder sieben Jahrzehnte damit verbracht, durch die Welt zu reisen und alles aufzulesen, was sie finden konnte. Orientalische Messingfigürchen kämpften gegen südamerikanische Töpferwaren um einen Platz auf den Regalen. Spanische Schals, die wiederum von belgischer Spitze bedeckt wurden, lagen auf Tischen, auf denen eine Sammlung von nachgeahmten und echten Meissener Zierfiguren stand. Japanische Lackkästchen rangen mit chinesischen Emaillearbeiten und billigen Plastikwimpeln um Aufmerksamkeit. Ein Haufen primitiver Puppen war in einen großen Silberkelch gestopft, der auf einem zerbrechlichen, mit Holzintarsien und Perlmutt verzierten Tisch aus Burma stand.

In der Luft lag der Geruch eines vernachlässigten Museums: warm, modrig, mit einem leichten Hauch von Stockflecken und Marmorpolitur. Es gab keine Klimaanlage, sondern nur ein paar schwache Tischventilatoren, die sich kaum bewegten. Jane vermutete, daß lediglich die hohen Decken dieses alten Hauses sie alle vor dem Erstickungstod bewahrten.

Sie starrte einen Moment wie gebannt umher, bevor sie sich zu ihrer Mutter umdrehte, die vor sich hingrinste. »Über den ganzen Globus verstreut gibt es Bazarhändler, die sich bei dem Gedanken an sie die Hände reiben«, murmelte Cecily.

»Ich sehe, daß Sie meine Schätze bewundern«, sagte Mrs. Pryce.

Einen Moment lang war sich Jane nicht sicher, woher die Stimme kam. Dann gelang es ihr, die Augen zu konzentrieren, und sie entdeckte Mrs. Pryce in der Nähe eines Fensters, das mit mehreren Vorhängen verdeckt war. Sie saß auf einem reich verzierten Stuhl mit hoher Lehne – er sah fast aus wie ein Thron. Ihre selbstgefällige Miene machte deutlich, daß sie wirklich stolz auf all diesen Schrott war, den Jane selbst als so schäbig empfand.

»Das ist alles sehr – interessant«, sagte Jane mit einem aufrichtigen Gesichtsausdruck. Sie hörte ein Geräusch hinter sich. Es klang, als ob Shelley mit den Zähnen knirschte.

»Ihre Mutter könnte auch ein Haus voller wertvoller

Erinnerungen haben, wenn sie nur vorausgeplant hätte«, erläuterte Mrs. Pryce, an Jane gewandt, als ob Cecily überhaupt nicht anwesend wäre.

»Sie haben das hier geplant?« hakte Jane nach.

Was für ein umwerfender Gedanke.

»Sicher. In den ganzen Jahren, in denen wir unterwegs waren, haben wir diese Sachen hierher geschickt, um sie lagern zu lassen. Als mein Mann dann pensioniert wurde, zogen wir hier ein und umgaben uns mit all dem, was wir gesammelt hatten. Ich kann Ihnen gar nicht beschreiben, wie vergnüglich es war, als wir die ganzen Erinnerungen noch einmal auffrischen konnten. Es ist eine Schande, daß Sie das nicht auch getan haben«, fügte sie hinzu, und dieses Mal wandte sie sich direkt an Cecily.

»Woher wissen Sie, das ich es nicht getan habe?« erkundigte sich diese.

»Sie sind nicht der Typ dazu. Ihr Frauen mit den gutaussehenden Diplomaten-Ehemännern wißt nie die Gelegenheit zu nutzen. He! Fassen Sie das nicht an!«

»Ich habe nichts angefaßt«, schnappte Ruth Rogers zurück.

Jane hatte nicht einmal bemerkt, daß sie da war. Ruth und ihre Schwester Naomi, beide in gemusterten Kleidern, waren mit dem Rest des Raumes verschmolzen. Sie schauten sich gerade eine Kinderkrippe an, die ganz aus lackierten Nüssen gearbeitet war. Als Jane sich weiter umdrehte, stellte sie fest, daß Grady Wells auch schon anwesend war. Er saß hilflos auf einem kleinen Gobelin-Sofa, inmitten der darauf verstreuten Kinkerlitzchen. Sein Blick war der eines Mannes, dem man gerade mitgeteilt hatte, daß seine Frau Fünflinge erwartet.

Jane ging zu ihm hinüber und setzte sich neben ihn. »Ist alles in Ordnung?« erkundigte sie sich.

»Was? Oh, ja. Es ist erstaunlich, nicht wahr? Ich glaube nicht, daß ich jemals einen Menschen getroffen habe, der so wenig Geschmack in so großem Ausmaß hat. Haben Sie den Teller mit den Tacco-Chips aus Gips gesehen?«

»Nein, aber ich habe eine Madonna mit Kind entdeckt, die aus Weide geflochten ist, und eine dreidimensionale Gobelin-Stickerei – eine Kopie eines der bayerischen Schlösser von König Ludwig.«

Er deutete mit dem Daumen über seine Schulter. »In diesem Zimmer hängt ein riesiger Wandteppich mit Jagdmotiven in vierhundertundsieben verschiedenen Brauntönen. Er hat sogar das Etikett eines Museums, das dies bestätigt. Man hat das Gefühl, als sei man gerade in einen Schacht gefallen und habe sich das Bein gebrochen. Mann! Was für ein Ort.«

Sie blickten beide auf, als Missy den Raum betrat. Sie kam stolpernd zum Stehen und starrte entsetzt umher. Gradys Lachen war ein fröhliches Schnaufen. Missy schnappte Janes Blick auf, trat zu ihr hin und flüsterte: »Ist das hier Absicht, oder hat es einen Unfall mit dem Umzugs-Lkw gegeben? Wie bewegt man sich zwischen diesem ganzen ... Kram?«

Bevor Jane antworten konnte, orderte Mrs. Pryce Missy zu sich, damit sie ihr ihre Aufwartung machte. »Ich bin überrascht, daß alle erschienen sind«, sagte Jane zu Grady. »Ich wäre nicht hier, wenn Shelley mir nicht gesagt hätte, daß ich muß – und ich wollte es mir nicht mit ihr verderben.«

»Ich hatte Angst, daß sie hinter meinem Rücken etwas über mich sagen könnte, falls ich nicht komme«, erklärte Grady.

»Was ist mit Mr. Neufield? Aus welchem Grund mag er hier sein?«

»Ist er hier? Oh, ja. Ich sehe ihn. Er hält sich hinter dem Klavier versteckt. Ich habe keine Ahnung. Ich vermute einfach, weil er so gesetzestreu ist. Wenn man ihm sagt, daß er etwas tun soll, dann tut er es auch. Ich könnte mir vorstellen, daß sie ihm bei der Armee eingebläut haben, Befehle zu befolgen. Ob Desiree wohl kommen wird? Was glauben Sie?«

»Ich hoffe es. Ich möchte sehen, wie sie reagiert.«

Sie mußten nicht sehr lange warten. Desiree Loftus verharrte zunächst regungslos auf der Türschwelle. Sie nahm mit einem schnellen Blick ihre Umgebung auf und begann dann zu lachen. »Gütiger Vater im Himmel! Ist etwa ein Verleih für Karnevalsartikel in die Luft geflogen und hat seine Trümmer hier abgeladen?«

Alle lachten, außer Mrs. Pryce. »Was? Was haben Sie da gesagt?« wollte sie wissen.

»Mein liebes, altes Ding«, erwiderte Desiree, trat in den Raum und rief: »Das hier ist die göttlichste abscheuliche Anhäufung von Dingen, die ich je gesehen habe. Wie *haben* Sie das nur angestellt?«

»Was Sie sagen ergibt keinen Sinn!« entgegnete Mrs. Pryce. »Göttlich? Abscheulich? Sagen Sie, was Sie meinen oder sagen Sie überhaupt nichts. Und glauben Sie ja nicht, daß ich hier irgendwelche Drinks serviere. Sie werden sich Ihr Teufelsgebräu woanders besorgen müssen. Dies hier ist ein gutes christliches Haus.«

»Teufelsgebräu?« murmelte Grady in Janes Richtung, während er seinen Ellenbogen sachte in ihre Rippen stieß. Jane gab ihrem unwiderstehlichen Drang zu kichern nach, und sogleich bestand die Gefahr, daß sie in einen hysterischen Lachanfall ausbrechen würde.

»Das Abendessen ist fertig«, verkündete das ältliche Dienstmädchen von der Tür aus, die zu dem Zimmer führte, das Grady als den Grund eines Schachts beschrieben hatte. Jeder suchte sich seinen Weg durch den ganzen Klimbim in die vorgegebene Richtung, und alle erwarteten, ihr mitgebrachtes Essen auf dem Tisch zu finden – aber dem war nicht so. Mrs. Pryces Eßzimmertisch war einer von der langen, schmalen Sorte. Er sah aus wie ein Gestell, das man aus einem verfallenen spanischen Schloß als Beute hatte mitgehen lassen. Es gab kaum genug Platz für zehn Gedecke, geschweige denn für die Servierschüsseln. Eine Weile standen alle etwas verlegen herum, nicht sicher, ob sie sich setzen sollten, um auf die Bedienung zu warten oder ob es galt, einen Suchtrupp für das Essen zu organisieren.

»Nehmen Sie Ihre Teller mit in die Küche, und bedienen Sie sich selbst«, böllerte Pryce. Sie wies mit ihrem Stock die Richtung und hätte Shelley dabei fast an der Schulter aufgespießt. Shelley wirbelte herum und bedachte Mrs. Pryce mit einem ihrer Blicke, der normalerweise jeden einschüchterte. Aber Mrs. Pryce konnte ebenso blind wie taub sein, wenn sie wollte. Sie schien Shelleys starren Blick gar nicht zu bemerken.

»Meine Talente lassen mich im Stich«, wandte sich Shelley mit einem verdutzten Gesicht an Jane.

»Nein, tun sie nicht. Sie ist nur die eine unter einer Million, die immun ist«, erwiderte Jane tröstend.

Die Küche sah so aus, als sei sie vor einem halben Jahrhundert einmal sehr modern gewesen. Seither war hier nicht viel getan worden. Schicke, weiße Fliesen hatten mit der Zeit einen gräulich-gelben Ton angenommen, und der Mörtel trug eine unbeschreibliche Farbe. An der Spüle schimmerten die Holzbohlen durch den alten

Linoleum-Boden. Das Auffüllen der Teller erwies sich als ein schwieriges Unterfangen. Das Hausmädchen hatte die verschiedenen Schalen und Teller in der ganzen Küche und in der Speisekammer, die von der Küche ins Eßzimmer führte, verteilt. Es gab ein großes Durcheinander mit Gerempel und Gedrängel.

»Wir benehmen uns wie eine Herde Schafe, die ihren Leithammel verloren hat«, sagte Jane, als sie mit ihrer Mutter zusammenstieß.

»Mich erinnert es an Züge in Indien«, erwiderte Cecily. »Alle zusammengepfercht auf engstem Raum, jeder versucht sich zu bewegen und gleichzeitig dabei zu essen. Es ist wirklich gräßlich. Ich habe bereits meinen Ellenbogen in irgend jemandes Krautsalat getunkt.«

»Bekleckere dich bloß nicht«, warnte Shelley, die sich neben Jane quetschte und versuchte, ein Brötchen mit Schinken und Ei zu erwischen. »Ich hätte dir ein Lätzchen umhängen sollen, damit du sauber bleibst. Geh schon und setz dich hin.«

»Ich sitze schon. Es sieht nur so aus, als ob ich stehen würde«, sagte Jane mit einem Lachen. »Der Druck der anderen hält mich auf dieser Höhe fest.«

Jane gelang es schließlich, sich zu befreien, und sie ging, ihren Teller balancierend, zum Tisch. Anscheinend hatte einer der Besucher ihren Teller in der Drängelei mit seinem eigenen verwechselt und einen undefinierbaren Klumpen aus Reis und Kokosnuß, den sie niemals auch nur zu probieren in Erwägung gezogen hätte, auf ihrem Teller fallenlassen. Jemand anderes hatte wohl einen Teller für Mrs. Pryce gefüllt – wahrscheinlich das Dienstmädchen –, denn Pryce hatte nicht gegen die Menge in der Küche angekämpft. Sie saß in königlicher Haltung am Kopfende des Tisches auf einem Stuhl, der ein Pendant zu dem war, auf dem sie vorher gesessen hatte.

»Wo ist mein Tee?« fragte Mrs. Pryce plötzlich in die Runde. Niemand beachtete sie, da sich alle gerade bemühten, Platz zu nehmen und dabei im wahrsten Sinne des Wortes mit ihren Nachbarn auf Tuchfühlung gingen. »Offensichtlich muß ich wohl alles selber machen«, knurrte Mrs. Pryce, stand mit Mühe auf und taumelte in Richtung Diele.

»Komisch, und ich hatte den Eindruck, das sie *nichts* selber macht«, erwiderte Missy.

»Steht irgendwo Salz auf dem Tisch?« fragte Desiree. Es gab eine allgemeine Bewegung. »Oh, da ist es. Bob, direkt neben dir.« Jeder war gezwungen, die Ellenbogen zu verlagern, um einen Porzellansalzstreuer in der Form eines mit Stroh bedeckten Landhauses weiterzureichen.

»Entschuldige, Grady«, sagte Missy, als sie an seinen Arm stieß und ihn dazu brachte, den Löffel fallen zu lassen.

»Was ist das für ein grünes Zeug?« fragte jemand.

Ruth blickte ständig über ihre Schulter auf die Tapete mit den zahlreichen Brauntönen, als ob die Gefahr bestünde, daß sich diese plötzlich lösen und über ihren Kopf werfen könnte, um sie zu ersticken. Jedesmal, wenn sie den Kopf drehte, stieß sie an ihre Schwester, die verdrießlich in ihrem Essen herumstocherte.

»Gehört das hier zu Ihnen oder zu mir?« fragte Cecily Shelley und bewegte vorsichtig ihre Beine unter dem Tisch.

»Oh, ich habe mir auch nichts zu trinken mitgebracht«, sagte Jane und stand auf. »Mama? Shelley? Möchtet ihr etwas?«

»Ich werde mir Kaffee holen«, erwiderte Shelley und

erhob sich ebenfalls. Die Diele war jetzt leer, und auch Mrs. Pryce war nicht zu sehen. Jane bemerkte, daß es noch eine andere Tür gab, um in die Küche zu gelangen, die wahrscheinlich durch den düsteren Flur führte. Mrs. Pryce mußte diesen Weg gegangen sein. Das Dienstmädchen saß auf einem hohen Hocker in der Nähe der Spüle und starrte aus dem Fenster, während sie geistesabwesend mit einem Niednagel spielte.

Jane und Shelley kamen mit ihren Getränken zurück und fanden die anderen auf dem Boden kriechend vor, weil sie Grady bei der Suche nach seiner Kontaktlinse halfen. Mrs. Pryce fand sie schließlich – als sie vom Wohnzimmer her ins Zimmer kam und darauftrat. Anstatt sich bei Grady zu entschuldigen, hielt sie einen Vortrag über die Nutzlosigkeit aller neumodischen Dinge und betonte, daß ihre Generation mit Brillen zufrieden gewesen sei.

»O.K. mir reicht es jetzt«, sagte Grady, der sich wütend vom Boden erhob. »Könnte mich jemand nach Hause fahren, damit ich meine Brille holen kann?«

Es erscholl ein ohrenbetäubender Chor von Freiwilligen.

»Ich muß sowieso noch etwas für den Kurs holen«, übertönte Missy den Rest. »Ich werde Sie fahren, Grady. Die Zeit wird nicht reichen, um noch einmal herzukommen. Wir sehen uns dann später«, sagte sie – es fehlte nicht viel und sie wäre davongerannt.

Jane sah ihnen betrübt nach. Sie blickte auf ihre Uhr. Sie waren erst eine halbe Stunde da, aber es schienen bereits endlose Tage zu sein. Nur aus Verpflichtung zu ihrer Mutter – und Priscilla – lief sie nicht weinend hinter Grady und Missy her, um sie anzuflehen, mitkommen zu dürfen.

»Ich finde, ein Lehrer sollte sich wie der Kapitän eines Schiffes verhalten: Er ist der letzte, der das sinkende Schiff verläßt, wenn es zur Katastrophe kommt«, sagte Jane mit einem düsteren Blick zu Missy, als sie den Klassenraum betraten.

Missy lachte. »Ich habe es hier doch mit erwachsenen Menschen zu tun, die für sich selber sorgen können. Und Sie haben überlebt, sonst wären Sie jetzt nicht hier, um auf mir herumzuhacken.«

Jane schob einen weiteren Umschlag auf das Pult. »Noch etwas von Priscilla«, sagte sie mit gedämpfter Stimme.

»Oh, gut! Jane, ich möchte mit Ihnen über diese Sache reden. Kann ich morgen früh einmal vorbeischauen?«

»Sicher.«

Die übrigen Kursmitglieder trafen nach und nach ein und warfen Missy und Grady drohende Blicke zu. Grady schaute schuldbewußt drein. Missy dagegen überhaupt nicht. Mrs. Pryce kam als letzte. Sie setzte sich wieder auf den Stuhl in der Mitte der ersten Reihe. Niemand hätte gewagt, ihr diesen Platz streitig zu machen.

»Ich rieche immer noch nach diesem Haus«, murmelte Shelley.

Missy begann mit ihrem Vortrag. »Heute möchte ich die Stunde damit beginnen, über einige grundlegende Regeln zu sprechen, die für jede gute Schriftstellerei zutreffen, wie auch immer das Thema lauten mag, ob es um einen fiktiven Text geht oder um einen Sachtext ...«

Mrs. Pryce hustete einige Male.

Missy wartete höflich und fuhr dann fort: »Zuerst einmal habe ich die Liste einiger guter Grammatik- und Stilistikbücher kopiert, die Sie sich eventuell besorgen können. Sie sollten immer eins in Reichweite haben, wenn Sie schreiben. Grady, würden Sie die hier bitte für mich verteilen?«

Er sprang auf, nahm die Zettel und begann, sie auszuteilen. Als er bei Mrs. Pryce angelangt war, griff sie nach ihrem Blatt und sagte: »Holen Sie mir ein Glas Wasser.«

»In einer Minute«, erwiderte Grady und beugte sich vor, um Ruth Rogers, die auf der anderen Seite saß, eine Kopie zu reichen.

Mrs. Pryce schlug seinen Arm weg. »Sofort.«

Grady zuckte mit den Schultern und ging hinaus auf den Flur. Mrs. Pryce reckte ihren Hals, wandte sich um und blickte die anderen wild an. »Warum starren Sie denn so? Sie sind alle Dummköpfe!«

»Mrs. Pryce, ich werde Sie bitten müssen, den Raum zu verlassen, wenn es noch einen weiteren Ausbruch gibt«, sagte Missy mit fester Stimme.

Pryce schien sie nicht gehört zu haben, oder zumindest tat sie so.

»Wohin ist dieser idiotische Kerl gegangen?« fragte sie. »Gehen Sie wieder zurück an Ihre Arbeit. Alle. Ich werde dafür sorgen, daß mein Mann sich um diese Sache kümmert, wenn es sein muß.«

Jane fühlte einen Anflug von Besorgnis. Wenn sie sich richtig erinnerte, war General Pryce seit einigen Jahren tot.

Grady kam mit einem Plastikbecher voller Wasser zurück. Als er ihn zu Mrs. Pryce hinüberreichte, hatte sie einen Hustenanfall. Sie stürzte das Wasser hinunter, würgte leicht und sagte: »Warum machen Sie diese ganzen Lampen an? Sie tun das nur, um mich zu quälen. Nun, Sie werden sich damit nur selbst blenden, und es geschieht Ihnen recht. Sie sind alle gegen mich. Glauben Sie nicht, daß ich das nicht weiß ...« Ihre Stimme ging in die Höhe, sie klang trocken und heiser. Naomi, die blasser als gewöhnlich und eindeutig alarmiert aussah, rückte mit ihrem Stuhl einige Zentimeter weiter zu Jane und ihrer Mutter hinüber. Mrs. Pryce schlug mit ihrem Stock um sich und traf ein paar Stühle, bevor sie ihn fest auf den Boden stützte und sich aufrichtete. Aber dann ließ sie sich wieder schwer auf den Stuhl zurückfallen.

»Sie!« rief sie und richtete ihre Aufmerksamkeit plötzlich auf Bob Neufield. »Sie haben bekommen, was Sie verdienten, und versuchen Sie nicht, mir etwas anderes zu erzählen. Verdorbene, hübsche Jungs wie Sie sollten nicht die Gelegenheit haben, einem so feinen Land wie diesem zu dienen ...«

Bob Neufield richtete sich auf und sah aus, als habe man ihm ein Messer ins Herz gerammt.

»Mrs. Pryce, Sie sollen sich ruhig verhalten!« sagte Missy und schaute sich verzweifelt um. »Was ist mit Ihnen los?«

»Ich werde Ihnen noch etwas Wasser holen. Beruhigen Sie sich.« Grady redete auf Mrs. Pryce ein, als ob sie ein ungehorsames Kind wäre.

»Sie werden sich selbst blenden. Und es geschieht Ihnen recht«, wiederholte Mrs. Pryce. Ihr starrer Blick war zu einem Blinzeln geworden, und ein unkontrollierbares Zittern hatte ihren Körper erfaßt.

Ruth Rogers war von ihrem Stuhl aufgestanden. Sie legte eine Hand auf die Stirn von Mrs. Pryce und griff mit der anderen nach deren Handgelenk. Mrs. Pryce wehrte sich. »Nehmen Sie die Hände weg! Wie können Sie es wagen, mich anzufassen, Sie widerwärtiges Weibsbild!«

Ruth ließ sich nicht abschütteln und blickte Missy an. »Sie scheint Fieber zu haben, und ihr Puls ist sehr schnell.«

»Ich werde einen Krankenwagen rufen«, erwiderte Missy, während sie um ihr Pult herumlief und aus dem Zimmer rannte.

Jane schaute ihre Mutter an. »Gibt es wohl irgend etwas, was wir tun können?«

»Ja, lass' uns den Weg für die Sanitäter freimachen.«

Mrs. Pryce war immer noch aufgebracht und versuchte, von Ruth wegzukommen, die sie mit festem Griff auf ihrem Stuhl festhielt. Naomi klammerte sich ebenfalls an die ältere Frau, die erstaunliche Kräfte offenbarte. Jane, Shelley und Cecily begannen, die Stühle beiseite zu schieben, um einen größeren Durchgang zu schaffen. Desiree Loftus, die verängstigt aussah, sprang auf und beteiligte sich ebenfalls. Bob Neufield stand im Hintergrund und sah aus wie ein Angehöriger der Militärgarde, der den Befehl erhalten hatte, sich nicht zu rühren.

Jetzt konnten sie das Martinshorn hören. »Also, laßt uns Platz machen«, sagte Grady und begann mit Bob

Neufields Hilfe, alle Leute, außer Ruth und Naomi, in Richtung Tür zu schieben. Die Frauen griffen nach ihren Habseligkeiten und gingen mit hinaus.

Als Jane den Raum verließ, wurde sie beinahe von drei Sanitätern überrannt. Sie schlüpfte an ihnen vorbei und lehnte sich gegen die Flurwand. »Ich brauche etwas frische Luft«, sagte sie mit einem schwachen Gefühl in der Magengegend.

Cecily ergriff ihren Arm und manövrierte sie die Treppe hinauf auf den Ausgang zu. Im selben Moment, als sie im Foyer an den vorderen Doppeltüren angelangt waren, wurde eine der Türen aufgerissen.

»Jane! Sind Sie in Ordnung?« fragte Mel VanDyne und stützte sie sogleich mit seiner Hand.

Sie blickte auf. »Mir ist nur ein wenig unwohl. Was tun Sie hier?«

»Ich war im Büro, als der Anruf wegen einer Frau im Kellergeschoß des Rathauses durchkam. Ich hatte befürchtet – nun, ich bin froh, daß es Ihnen gut geht. Was ist passiert?«

»Eine alte Dame aus unserem Kurs hatte einen Schlaganfall oder einen Infarkt oder sonstwas. Es ist schrecklich.« Sie holte tief Luft und schaute ihn an. »Es ist schön, Sie wiederzusehen«, fügte sie in dem Bewußtsein hinzu, daß es nicht gerade eine angemessene Äußerung war. Dennoch sah er besser aus, als sie in Erinnerung hatte, und er wurde noch attraktiver, wenn er sich um sie sorgte. Wie kam es, daß sich daß Aussehen von Männern mit den Jahren verbesserte, während es mit Frauen eher bergab ging? wunderte sich Jane.

Cecily räusperte sich nachhaltig.

»Oh, entschuldige. Mutter, dies hier ist Mel VanDyne. Mel, meine Mutter, Cecily Grant.«

»Jetzt weiß ich endlich, woher Sie Ihr gutes Aussehen haben«, sagte Mel grinsend. Es war ein abgegriffenes, klischeehaftes Kompliment, aber aus seinem Mund klang es gut. »Ich freue mich, Sie kennenzulernen, Mrs. Grant.«

»Sollten Sie nicht besser nach unten gehen?« erkundigte sich Jane.

»Nein. Ich bin nur ein Zuschauer. Es gab doch nichts Verdächtiges, oder?«

»Überhaupt nicht«, erwiderte Cecily. »Nur eine sehr niederträchtige ältere Dame, die dabei ist, vor ihren Schöpfer zu treten – wahrscheinlich, um ihm mitzuteilen, was er mit der Welt falsch angestellt hat.«

Sie saßen inzwischen nebeneinander auf dem Rand eines Blumenkastens in der Nähe der Türen. Die roten Lichter des Krankenwagens strichen über den Parkplatz und tauchten sie und das Gebäude alle paar Sekunden in eine rote Farbe. Ein weiterer Polizeiwagen fuhr vor, und die beiden Beamten nickten VanDyne zu, als sie in das Gebäude hineingingen. Einen Moment später traten Ruth und Naomi, gefolgt von Shelley, aus der Tür. Naomi hielt ihre Hand ausgestreckt, als sehnte sie sich danach, sich an ihre kräftige, kompetente Schwester zu lehnen.

»Wie geht es ihr?« fragte Jane.

»Sie ist tot«, antwortete Shelley. »Zumindest entsprach der Abgang ganz ihrer Natur. Oh, Sie sind Detective VanDyne, nicht wahr? Schön, Sie wiederzusehen.«

»Wie geht es Ihnen, Mrs. Nowack? Und was meinen Sie mit ›der Abgang entsprach ihrer Natur‹?«

»Sie war eine fürchterliche, widerliche Person. Meine Schwiegermutter ist dagegen die reinste Mutter Theresa. Sie hatte eben eine Art Anfall und erzählte schreckliche Dinge über die Leute, die anwesend waren. Was machen wir jetzt?«

Während sie noch sprach, wurde die Tür geöffnet. »Sie könnten erst einmal zur Seite treten«, sagte Grady. Er öffnete die Türen weit und klemmte sie fest. Jane erwartete, die Sanitäter direkt hinter ihm zu sehen, aber Missy, Bob Neufield und Desiree Loftus kamen als nächste heraus. Neufields Gesicht war weiß und trug einen maskenhaften Ausdruck, und Desiree sah plötzlich alt und verletzlich aus. Ihre Hand lag leicht auf seinem Arm.

»Kommen Sie bitte alle zu mir herüber«, rief Missy in ihrer besten Lehrerin-Manier. »Sind alle da? Ja, ich glaube schon. Trotz dieses tragischen und beunruhigenden Vorfalls bin ich der Meinung, daß der Kurs weitergehen sollte. Heute abend werden wir natürlich nichts mehr tun, aber ich schlage vor, daß wir uns morgen abend zur üblichen Zeit treffen und dann eine Stunde länger machen. Es gilt, sehr viel Material zu besprechen, und sie alle haben schließlich gutes Geld bezahlt. Sind Sie mit meinem Vorschlag zufrieden? Alle?«

Es gab ein schwaches Gemurmel der Zustimmung.

»Ihre Lehrerin ist eine vernünftige Frau«, murmelte Mel in Janes Richtung.

»Also dann«, fuhr Missy fort. »Ich schlage vor, daß wir alle nach Hause gehen und versuchen, diese Sache so schnell wie möglich zu vergessen. Man sollte nicht schlecht über eine Tote reden, aber Mrs. Pryce war keine wertvolle Bereicherung für den Kurs. Ich freue mich aufrichtig, Sie alle morgen zu sehen.« Sie lächelte Jane zu. »Sehen Sie, ich glaube nicht daran, daß irgend jemand mit dem Schiff untergehen sollte.«

Sie begannen alle, sich zu entfernen, als Jane plötzlich sagte: »Mrs. Pryces Hausmädchen! Sie hat die arme Frau herbefohlen, um sie nach dem Kurs abzuholen. Jemand sollte ihr Bescheid sagen.«

Missy seufzte. »Ich vermute, es ist meine Aufgabe. Ich werde vorbeifahren.«

»Sollen Jane und ich Sie begleiten?« fragte Mel.

»Ja, das wäre schön – wer sind Sie überhaupt?«

Jane stellte die beiden einander vor.

»Ein Polizeibeamter?« fragte Missy mit alarmiertem Tonfall.

»Nicht im Dienst. Jane und ich hatten eine Verabredung nach dem Kurs.«

»Sieh an, sieh an«, erwiderte Missy und warf Jane einen Blick zu wie eine treusorgende Tante. »Wie schön. Ich möchte Ihnen nicht den Abend verderben, aber ich wäre sehr dankbar, wenn Sie die Zeit opfern und mich dorthin begleiten würden. Das Hausmädchen wird vielleicht froh sein zu erfahren, daß ihre Knechtschaft beendet ist, aber wer weiß? Ich wüßte nicht, was ich mit ihr anfangen sollte, falls sie sich vor meinen Augen in Tränen auflöst.«

Als sie in Mels Wagen stiegen, manövrierten die Sanitäter gerade eine Bahre durch die Türen. Die Gestalt darauf war vollkommen zugedeckt. Jane wußte, daß sie über den Tod von Mrs. Pryce traurig sein sollte, aber sie konnte nur eine gewisse Traurigkeit über ihr Leben empfinden – über ihr verschwendetes, leeres, von einem bösen Geist geprägtes Leben, das zuletzt nur noch mit Souvenirs gefüllt war. Jane wurde plötzlich bewußt, daß sie zwischen all dem Schrott und all den Schätzen nicht ein einziges Bild eines *Menschen* gesehen hatte.

Sie klingelten dreimal. Schließlich öffnete das Hausmädchen die Tür. Obwohl es fast dunkel war, hielt sie die Hand schützend vor die Augen und blinzelte. »Ja? Wer sind Sie? Die gnädige Frau ist nicht zu Hause.«

»Ich bin die Kursleiterin. Mrs. Jeffry und ich waren vorhin hier zum Abendessen«, erwiderte Missy. »Dürfen wir hereinkommen?«

»Ja. Aber die gnädige Frau ist nicht hier.« Sie fischte ein Taschentuch aus ihrer Tasche und schien durch die Aktion ein wenig aus dem Gleichgewicht zu geraten. Einen Moment lang lehnte sie sich gegen den Türrahmen und rückte dann zur Seite.

Sie folgten ihr in den Flur. »Ich fürchte, wir haben schlechte Neuigkeiten«, begann Missy. »Mrs. Pryce wurde während der Stunde krank ...«

»Ja, ja. Ich werde sie abholen.«

»Nein, Sie brauchen sie nicht abzuholen. Sie wurde ins Krankenhaus gebracht ...«

»Schlüssel. Autoschlüssel. Weiß nicht wo – der Rasen. Ja. Den Rasen spritzen – es wird einen Sturm geben«, sagte sie und begann, in einer fremden Sprache vor sich hin zu reden. Mel schaute fragend auf Missy und Jane. »Ist sie verrückt?« schien sein Blick zu sagen.

»... und dann gehen wir zum Markt«, fuhr das Hausmädchen fort. Sie geriet ins Stolpern, und Jane griff nach ihrem Arm, um sie vor einem Fall zu bewahren.

»Mel, da stimmt etwas nicht. Genauso hat sich Mrs. Pryce aufgeführt: empfindlich gegen Licht, irres Gerede, Gleichgewichtsstörungen.«

Die Frau lehnte sich an die Wand und preßte ihre Hand gegen den Brustkorb.

»Wo ist das Telefon?« fragte Mel mit dringlichem Tonfall.

Missy versuchte, das Hausmädchen zu beruhigen,

während Jane und Mel sich auf die Suche nach einem Telefon machten. Als er es gefunden hatte, wählte er schnell, meldete sich und nannte die Adresse von Mrs. Pryce. »Schicken Sie einen Krankenwagen, und lassen Sie den Eingang des Rathauses versiegeln. Möglicherweise hat dort ein Verbrechen stattgefunden.«

Er legte den Hörer auf und sah Jane an. »Eine Verabredung mit Ihnen ist wirklich aufregend«, sagte er und verzog das Gesicht.

Missy kam am nächsten Morgen um zehn vorbei. Jane war bereits seit acht Uhr auf, aber sie fühlte sich immer noch benommen. Es war letzte Nacht spät geworden.

»Können Sie überhaupt Gesellschaft vertragen?« erkundigte sich Missy. Sie sah auch etwas mitgenommen aus.

»Sicher. Kommen Sie herein. Möchten Sie ein Glas Eistee?«

»Nur, wenn Sie es mir ins Gesicht schütten, damit ich wach werde.«

»Sind Sie gestern auch noch lange aufgewesen?«

»Die Polizei hat mich bis fast zwei Uhr vernommen, und dann konnte ich nicht einschlafen. Puhhh, es ist so ruhig hier! Wo sind denn die anderen?«

»Katie liegt noch im Bett, und meine Mutter besucht einen alten Freund in Evanston. Ich konnte letzte Nacht auch nicht schlafen. Als ich dann endlich eingenickt war, rief Mel gegen vier Uhr an, um mir zu sagen, daß das Hausmädchen – ihr Name ist übrigens Maria Espinoza – wahrscheinlich wieder gesund werden wird. Sie haben ihr auf den Verdacht hin, daß die beiden etwas Falsches gegessen hatten, sofort den Magen ausgepumpt.«

»Und was haben sie gefunden?«

»Ich habe keine Ahnung. Mel erwähnte nur, daß die Leute aus der Pathologie sagten, die Symptome könnten auf eine ganze Reihe von Giften zutreffen. Aber sie werden erst Bescheid wissen, wenn sie eine Autopsie an Mrs. Pryce vorgenommen haben und der Mageninhalt von Maria analysiert ist. Igitt! Stellen Sie sich einmal vor, mit solchen Tätigkeiten seinen Lebensunterhalt bestreiten zu müssen!«

»Also deshalb fragten sie mich immer wieder über das Abendessen aus!«

»Ich denke schon. Der Mann, der mich vernahm, wollte genau wissen, wer was mitgebracht hatte.«

»Ich nehme an, sie vermuten eine vorsätzliche Vergiftung?« fragte Missy.

»Etwas anderes kann ich mir nicht vorstellen. Denn wenn ein Gift aus Versehen in eines der Gerichte gelangt wäre, hätten mehr als zwei Leute erkranken müssen. Wir haben uns schließlich alle bemüht, von sämtlichen Gerichten etwas zu probieren. Und wenn es sich um irgendeine seltsame Allergie gehandelt hätte, wäre nur eine Person betroffen gewesen. Aber es ist auf jeden Fall verrückt.«

»Wie meinen Sie das?«

»Nun ja, sie war eine wirkliche Hexe, aber davon gibt es viele, und die werden nicht umgebracht. Wenn es sich tatsächlich um Gift handelt und es bewußt verabreicht wurde, dann heißt das, es war jemand aus dem Kurs – und so etwas ist für mich unvorstellbar.«

»Unwahrscheinlich, zugegebenermaßen«, entgegnete Missy. »Ich glaube, ich nehme Ihr Teeangebot doch an, wenn Sie nichts dagegen haben.«

»In Ordnung. Lassen Sie uns die Gläser mit nach draußen nehmen, solange es noch so schön ist. Heute sollen es um die dreißig Grad werden.«

Es war zwar bereits warm, aber draußen gerade angenehm. In der Nacht hatte es etwas geregnet, und der Garten sah erfrischt aus. Willard kam mit ihnen nach draußen, um einmal durchs Gemüsebeet zu tollen, ehe er sich dem Hundegeschäft widmete und Vögel anbellte.

»Es ist mehr als unwahrscheinlich, daß es jemand aus dem Kurs war«, fuhr Jane mit dem Gespräch fort, sobald sie sich unter dem Schirm auf der Terrasse niedergelassen hatten. Sie rief nach Willard, der widerstrebend zurückkam und unter ihrem Stuhl in sich zusammensackte. »Jemanden umzubringen muß eine große Angelegenheit im Leben eines Menschen sein. Wenn man dazu tendiert, Leute umzubringen, weil sie einem fürchterlich auf die Nerven gehen, gibt man diesem Drang wahrscheinlich schon früh im Leben nach, oder?«

»Ich bin nicht sicher, ob ich Ihnen folgen kann«, erwiderte Missy leicht irritiert.

»Nun, vergeben Sie mir meine Offenheit, aber niemand im Kurs, uns beide eingeschlossen, ist noch ein wirklich junger Hüpfer. Und ich denke, wir können davon ausgehen, daß noch niemand zuvor einen anderen Menschen getötet hat.«

»Soweit mir bekannt ist nicht. Außer vielleicht Bob Neufield«, entgegnete Missy, während sie sich ihr Haar aus der Stirn strich und eine Sonnenbrille aus ihrer Handtasche fischte.

»Warum gerade er?«

»Einfach, weil ich aus seinem Verhalten schließe, daß er ein Angehöriger des Militärs oder der Exekutive war oder sonst einen dieser steifen Berufe ausgeübt hat. Der Mann bewegt sich, als hätte er einen Stock verschluckt, und an seinen Klamotten sieht man nicht einmal ein Knitterfältchen. Also, wenn er dem Militär angehört hat, wäre es möglich, daß er im Krieg jemanden getötet hat. Er ist bestimmt alt genug, um in Korea und Vietnam gewesen zu sein.«

»Ich verstehe, was Sie meinen«, sagte Jane. »Haben Sie gehört, wie Mrs. Pryce ihm etwas über ›dem eigenen Land dienen‹ zurief?«

»Ja. Sie machte Andeutungen, daß er eine Schwuchtel ist und gefeuert wurde. Der arme Kerl. Er war so ziemlich der einzige, der von ihrer scharfen Zunge verschont blieb, und am Ende hat sie ihn dann doch noch erwischt.«

»Glauben Sie, daß es stimmt?« fragte Jane. »Normalerweise würde es mich einen Teufel scheren, aber unter diesen Umständen – vielleicht ist es wichtig. Haben Sie der Polizei etwas über diese Äußerungen gesagt?«

»Ich weiß nicht, ob es stimmt, und nein, ich habe der Polizei nichts gesagt. Ich habe mich bis zu diesem Moment gar nicht daran erinnert. Hören Sie, Jane, ich möchte nicht herzlos erscheinen, aber eigentlich bin ich gekommen, um über etwas anderes mit Ihnen zu reden. Es wäre zu schade, wenn es bei diesem ganzen Durcheinander unterginge. Ich möchte mit Ihnen über ihr Priscilla-Projekt reden.«

»Oh, ja?« War es plötzlich wärmer geworden oder wurden bloß ihre Nerven plötzlich lebendig?

Missy blickte sie über den Rand ihrer Sonnenbrille

an. »Ja. Lassen Sie mich eine Frage stellen – macht Ihnen das Ganze Spaß, oder tun Sie es nur aus Pflichtbewußtsein dem Kurs gegenüber?«

»Ich habe Spaß daran. Tatsächlich ist es mir fast peinlich zuzugeben, wieviel Spaß es mir macht …« Jane war einen Moment ruhig. »Nein, das stimmt nicht ganz. Es macht mir Freude, aber im Grunde bin ich davon besessen. Ich glaube, die Abwesenheit der beiden Kinder treibt mich dazu, meinen mütterlichen Drang, über das Leben eines anderen zu bestimmen, woanders auszulassen. Das Schöne an Priscilla ist, daß sie tun muß, was ich sage. Ich wage es kaum zu sagen, aber obwohl ich gestern abend durcheinander war, habe ich mich eine halbe Stunde lang hingesetzt, um einige Dinge zu notieren, die ich mir für Priscilla ausgedacht hatte, die sie sagen und tun könnte. Es ist dennoch seltsam. Ich bin nicht so sicher, ob sie wirklich gewillt ist, diese zu sagen und zu tun …«

Missy nickte. »Meine stille Hoffnung war, daß es so ist – und andererseits habe ich befürchtet, daß Sie so antworten würden. Jane, ich möchte Ihnen keine Angst einjagen, aber ich denke, daß Sie gerade ein Buch ausbrüten. Ich kenne die Symptome.«

»Ausbrüten …? Sie meinen, ein Buch schreiben?« spottete Jane. »Das ist lächerlich. Ich habe nicht die entfernteste Ahnung, wie man ein ganzes Buch schreibt.«

»Sie schreiben eine Seite nach der anderen. Genauso, wie Sie es jetzt schon machen.«

»Nein. Ich würde es nicht einmal in Betracht ziehen. Wirklich nicht.«

Dieses ganze Gespräch war so revolutionär, daß es ihr fast den Atem nahm. Konnten normale, einfache Menschen Bücher schreiben? Missy tat es. Mann, oh Mann!

Einen Augenblick lang war es so, als hätte Mrs. Pryce nie existiert, als hätte sie sich nie umbringen lassen.

»Es tut mir leid, Ihnen dies sagen zu müssen: Sie ziehen es nicht planmäßig in Betracht«, sagte Missy. »Schreiben ist etwas, das Sie tun müssen. Es ist eine Besessenheit, um es mit Ihren eigenen Worten zu sagen. Die Welt besteht aus Leuten, die nicht schreiben können und solchen, die die Finger nicht vom Schreiben lassen können. Dennoch, ich möchte Sie nicht drängen. Ich wollte Ihnen lediglich eins sagen: Falls Sie sich entschließen sollten, den ernsthaften Versuch zu unternehmen, ein Buch zu schreiben, dann würde es mir ein großes Vergnügen bereiten, Ihnen zu helfen.«

Willard rappelte sich auf und legte eine Tatze auf Janes Knie. Geistesabwesend fischte sie einen Eiswürfel aus ihrem Tee und fütterte ihn damit. Er machte es sich wieder gemütlich und begann geräuschvoll zu kauen. »Wollen Sie damit sagen, daß Sie glauben, aus meiner Geschichte könnte ein Buch werden?« fragte Jane.

Missy nickte. »Für eine Anfängerin schreiben Sie erstaunlich gut. Natürlich ist gutes Schreiben noch nicht ausreichend – der Aufbau muß stimmen, dann das Marketing und vieles andere mehr. Aber ein guter Schreibstil ist nun einmal die Basis.«

Sie hörten das Quietschen des Gartentores, und einen Moment später erschien Shelley. »Oh, gut. Ihr seid noch hier. Mel VanDyne hat mich gerade angerufen. Er sagte, daß du nicht ans Telefon gehen würdest und fragte, ob ich wüßte, was aus dir geworden ist. Ich antwortete, ich könne dich und Missy hier draußen sehen, und er bat darum, daß sich niemand von der Stelle rührt.«

»Der Krug mit dem Eistee steht auf dem Küchenbord«, sagte Jane in der Überzeugung, damit ihrer Rolle als Gastgeberin Shelley gegenüber Genüge getan zu haben. Sie versuchte immer noch, mit dem fertig zu werden, was Missy ihr gesagt hatte.

»Vielleicht später«, erwiderte Shelley.

»Bloß nicht noch mehr Fragen von VanDyne«, stöhnte Missy. »Die wenigen Einzelheiten, die ich kenne, beginnen mich zu langweilen. Es ist nur noch eine Frage der Zeit, bevor ich anfange, sie mit Phantasieschnipseln auszuschmücken. Schriftsteller sind geborene Lügner.«

Jane schnappte Shelley, die ihre Hand nach Janes Tee ausgestreckt hatte, das Glas vor der Nase weg. »Hol dir selbst eins«, sagte sie.

Bevor Shelley zurückkam hörte Jane, wie eine Autotür in der Einfahrt zugeschlagen wurde. »Kommen Sie gleich in den Garten«, schrie sie burschikos. Sie war froh, daß sie sich trotz ihrer Müdigkeit heute morgen die Haare gewaschen und anständige Sachen angezogen hatte. Mel war zwar wieder in seine Polizistenrolle geschlüpft, aber vielleicht nahm er sie ja doch als Frau wahr, nicht nur als eine Zeugin am Rande einer Untersuchung.

Er trat mit einem Glas Eistee in der Hand auf die Terrasse. Unmittelbar hinter ihm folgte Shelley, die den Krug und eine mit Eis gefüllte Schüssel auf einem Tablett trug. Jane fragte sich, wie sie die Eismaschine dazu gebracht hatte, ihre Würfel herauszurücken. Sie tendierte dazu, eine große, klumpige Masse statt einzelner Stücke zu produzieren. Aber es gab auf der ganzen Welt wohl kein Haushaltsgerät, mit dem Shelley nicht fertig wurde.

Mel ließ sich seufzend nieder. Die anderen waren zumindest in den Genuß einer kurzen Nachtruhe gekommen, aber Mel schien seit gestern abend durchgearbeitet zu haben. Er trug dieselbe Kleidung, aber abgesehen von seinem tiefen Seufzer schaute er frisch und hellwach aus. Er wiederholte noch einmal, was er Jane am frühen Morgen über Maria Espinoza und die Tests gesagt hatte. Es lagen immer noch keine endgültigen Resultate vor. »Also, meine Damen, ich möchte noch einmal mit Ihnen das Essen, die Sitzordnung und so weiter durchgehen.«

Willard war mit seinem Eiswürfel fertig und bemerkte endlich, daß es Neuankömmlinge gab. Er trottete zu Mel hinüber und legte seinen Kopf auf dessen Knie. Mel tätschelte den großen, eckigen Kopf und wedelte mit der Hand, um den Mückenschwarm zu vertreiben, der dem Hund überallhin folgte.

»Wir sind alle schon darüber befragt worden«, erwiderte Missy. »Können wir nicht über andere Dinge sprechen? Es ist so, als ob man dasselbe Kapitel immer wieder durcharbeitet.«

»Nicht, bis wir etwas geklärt haben. Also, wer könnte etwas in die Quiche oder den Tee getan haben?«

Jane setzte sich kerzengerade hin. »Warum gerade in die Quiche oder den Tee?«

»Weil sich im Magen des Hausmädchens sonst nichts befand. Mrs. Pryce dagegen hatte anscheinend alles mögliche gegessen.«

»Aber *ich* habe die Quiche gemacht«, protestierte Jane.

»Genau«, sagte er kühl und warf ihr einen starren Blick zu.

»Sie glauben doch nicht, daß *ich* sie ermordet habe?«

»Ehrlich gesagt, glaube ich das nicht, aber irgend jemand hat es ganz offensichtlich getan, und es ist meine traurige Aufgabe herauszufinden, wer und wie. Ich kann davon ausgehen, daß die Quiche selbst nicht vergiftet war, sonst wären auch noch andere Leute erkrankt. Also wurde es wohl in ihr Essen oder das Getränk gegeben, nachdem sie ihren Teller und die Tasse gefüllt hatte. Wer könnte wohl den Teller ausgetauscht oder etwas ins Essen getan haben?«

»Jeder«, riefen Shelley und Missy wie aus einem Mund.

Shelley fügte die Erklärung hinzu. »Das Eßzimmer ist ein sehr kleiner Raum, und alle saßen eng zusammengedrängt. Wir langten alle übereinander hinweg oder um die anderen herum und stießen ständig mit allen Gliedmaßen aneinander. Mrs. Pryce saß am Kopfende des Tisches mit dem Rücken zum Flur und zur Küche, wo die Gerichte aufgestellt worden waren. Wir mußten uns an ihr und an den anderen vorbeiquetschen, um überhaupt dorthin zu kommen.«

»Hat sie ihren Teller selbst gefüllt?«

Die drei Frauen warfen sich Blicke zu. »Das glaube ich nicht«, antwortete Jane schließlich. »Zumindest war sie nicht in dem Ameisenhaufen zu finden.«

»Wie bitte?«

»Ich wollte damit sagen, daß sie sich nicht mit uns anderen herumdrängte, als wir unser Essen holten. Zumindest glaube ich nicht, daß sie da war.«

»Saß sie am Tisch, als Sie zurückkamen?« fragte Mel.

»Ja, und sie hatte einen Teller mit Essen vor sich. Beim ersten Mal.«

»Beim ersten Mal? Was?«

»Als ich mich das erste Mal setzte. Aber ich hatte vergessen, mir etwas zu trinken zu nehmen und ...«

Mel hob seine Hand. »Warten Sie. Schritt für Schritt.

Woher hatte sie den Teller, wenn sie sich selbst nichts aufgefüllt hat?«

»Ich weiß es nicht. Er stand bereits vor ihr, als Shelley und ich Platz nahmen. Erinnern Sie sich, Missy?«

Missy hielt ihre Augen fest geschlossen. »Ich versuche es mir vorzustellen. Ich kann es einfach nicht ins Gedächtnis zurückrufen. Ich meine mich erinnern zu können, daß ihr jemand einen Teller hinstellte, aber ich sehe nicht, wer es war. Und ich bin auch nicht sicher, ob ich es mir nicht nur zurechtlege. Es ist nicht meine Absicht, Details zu erfinden, aber es ist nun einmal Teil meiner Arbeit, so etwas zu tun, und ich kann es nicht immer einfach abstellen.«

»Ich weiß Ihre Ehrlichkeit zu schätzen«, sagte Mel und sah dabei aus, als würde er ihr am liebsten den Hals umdrehen. »Können Sie mir die Reihenfolge nennen, in der die Leute an den Tisch kamen?«

»Ich habe keine Ahnung«, erwiderte Missy. »Die Leute kamen, gingen und kamen wieder zurück. Als ich mich aus der Menge in der Küche befreit hatte – warten Sie mal –, da war Grady, glaube ich, schon da. Ja, genau, denn er rammte mich aus Versehen mit dem Stuhlbein, als ich mich hinsetzte. Und noch jemand. Ich glaube, es war Ruth Rogers. Oder vielleicht ihre Schwester. Ich habe nicht genau darauf geachtet. Ich war verwirrt über ein Gericht, das ich mir meiner Ansicht nach nicht selbst auf den Teller getan hatte.«

»Mit Kokosnuß?« erkundigte sich Jane. »Irgend jemand hat mir auch einen Klumpen davon gegeben. Vielleicht ... vielleicht war der Tee vergiftet, und in dem Kokosnußzeug befand sich das Gegenmittel, und deshalb wollte jemand sichergehen, daß wir alle etwas davon bekamen. Aber das kann auch nicht sein, denn ich habe meins nicht gegessen und müßte demnach eigentlich tot sein.« Sie schaute in Mels Richtung, und ihr wurde bewußt, daß sie sich nicht gerade mit Ruhm bekleckerte.

Mel räusperte sich. »Nachdem Sie das nun selbst ausgeschlossen haben, könnten wir vielleicht fortfahren? Sie sagten, Sie verließen den Tisch …«

»Ja, Mrs. Pryce machte eine Bemerkung in ihrer hochnäsigen Art, daß sie kein Getränk habe, und da fiel mir auf, daß ich mir auch keins mitgebracht hatte. Also gingen wir – das heißt Shelley und ich – noch einmal zurück …«

»Und Sie holten Mrs. Pryce einen Tee?«

»Nein, das habe ich nicht getan«, rief Jane laut. »Sie ging vor uns los und war schon verschwunden, als Shelley und ich in die Küche kamen. Ich vermute, sie ist andersherum gegangen, denn als wir an den Tisch zurückkehrten, trampelte sie gerade über Gradys Kontaktlinsen. Sie betrat das Eßzimmer durch die andere Tür.«

»Hatte Sie dann ihren Tee?« beharrte Mel.

Jane griff nach Willards Halsband und zog ihn von Mel fort, weil er über dessen Hosenbein sabberte. »Tut mir leid um die Hose. Ich weiß nicht, ob sie ihren Tee hatte. Wahrscheinlich schon. Deshalb war sie ja in die Küche gegangen. Aber ich habe nach unten auf Grady und die Kursteilnehmer geschaut, die alle über den Boden krochen. Dies wäre in der Tat ein guter Zeitpunkt gewesen, um etwas auf ihr Essen zu tun. Jeder war mit Grady beschäftigt. Sicherlich haben Sie bereits alle anderen hierüber befragt.«

»In endlosen Wiederholungen«, entgegnete Mel angewidert. »Und es klingt wie eine Feueralarm-Übung in einer Irrenanstalt. Die Hälfte dieser Leute weiß nicht, wo sie gewesen sind – und schon gar nicht, wo sich die anderen zu irgendeinem Zeitpunkt befunden haben. Schauen Sie, ich möchte Sie bitten, mir genau aufzuschreiben, was Sie getan haben, in welcher Reihenfolge, und woran Sie sich erinnern können, was die Position der anderen Leute betrifft. In der Zwischenzeit möchte ich mich mit Ihnen über mögliche Motive unterhalten.«

Alle drei Frauen lächelten.

»Was ist los? Was ist so witzig an der Frage nach Motiven?«

Shelley weihte ihn ein: »Es dürfte Ihnen schwerfallen, jemanden aufzutreiben, der mehr Feinde hatte – und das auf internationaler Ebene. Wahrscheinlich existieren in der ganzen Welt Klubs, die sich ausschließlich gebildet haben, um zu diskutieren, was man ihr am besten antun könnte.«

Mel ließ sich in seinen Stuhl zurückfallen, und sein Blick wanderte langsam von Shelley zu Jane. »Eines Tages«, sagte er sehr bedächtig, »eines Tages, Jane, wenn wir mal sehr viel Zeit haben, werde ich Ihnen sagen, was ich von den Leuten halte, mit denen Sie verkehren.«

»Es ist schade, daß wir ihn verscheucht haben, bevor wir die Gelegenheit hatten, über Motive zu reden«, sagte Shelley, während der rote MG in der Auffahrt dröhnend zum Leben erwachte.

»Und ich finde es schade, daß er verschwunden ist, ohne sich wieder mit mir zu verabreden«, murmelte Jane in ihren Eistee.

»Oh, Jane. Das tut mir leid«, erwiderte Shelley. »Aber deine Gedanken verlaufen momentan wirklich sehr eingleisig.«

»Shelley, auf diesem Gleis bewegen sich meine Gedanken schon länger. Ich hoffe nur, daß mein Körper auch mal die Gelegenheit bekommt, aufzuholen. Ich bin bereits seit einiger Zeit Witwe, das weißt du. Ich möchte nicht pietätlos sein, aber ich habe meine Hormone nicht mit Steve zu Grabe getragen.«

»Du hast doch wohl nicht vorgehabt, in der Eisdiele mit ihm zu schlafen, oder?« fragte Shelley trocken.

»Ich hatte lediglich die Hoffnung, irgendwann in die Situation zu kommen, gefragt zu werden«, erwiderte

Jane säuerlich. »Und die Eisdiele schien ein erster Schritt in diese Richtung zu sein.«

Missy warf Jane einen verständnisvollen Blick zu.

»Dennoch, es ist sein Job, diese Sache hier zu klären. Ganz offensichtlich war es Mord«, fuhr Shelley fort.

»Was ich nicht verstehe«, sagte Missy, »ist, warum jemand glaubte, sie ermorden zu müssen. Schließlich war sie hoch in den Achtzigern, schätze ich. Wenn sie wirklich so sehr gehaßt wurde, warum hat der- oder diejenige nicht einfach in genüßlicher Erwartung ihrem natürlichen Tod entgegengesehen? Es konnte doch nicht mehr allzu lange dauern. Da hat jemand, wie mir scheint, ein unnötiges Risiko auf sich genommen.«

»Offensichtlich sollte sie davon abgehalten werden, irgend etwas zu tun oder zu sagen«, spekulierte Jane, die die Aussicht auf eine pikante Diskussion über sich selbst und Mel VanDyne aufgegeben hatte. Sie wollte im Grunde sowieso nicht darüber reden – außer vielleicht mit ihm.

»Sie hat ja wirklich über jeden im Kurs hergezogen.« Shelley goß sich noch etwas Tee ein und ging dann hinüber zum Zaun, der zwischen Janes und ihrem Garten verlief. Dort knipste sie ein Pfefferminzblättchen ab und ließ es in ihr Glas fallen.

»Ja, Sie und Jane sind so ziemlich die einzigen, die sie verschont hat«, sagte Missy.

»Was uns auch wieder zu Verdächtigen macht. Bis zu uns war sie noch nicht vorgedrungen«, entgegnete Shelley fröhlich.

»Shelley! Bist du verrückt geworden? Ich bin diejenige, die die verdammte Quiche gemacht hat, das ist schon schlimm genug!« rief Jane. »Ich glaube, jemand hatte die Befürchtung, sie könne eine Sache vertiefen, über die sie bereits Andeutungen gemacht hatte.« Sie holte einen weiteren Eiswürfel aus ihrem Glas und warf ihn auf den Rasen, in der Hoffnung, daß Willard und seine Mücken sich dorthin begeben würden. Der Hund dachte jedoch, es handele sich um ein Apportierspielchen und brachte den Eiswürfel zurück.

»Zum Beispiel?«

»Nun ... etwa Desiree als Trinkerin zu bezeichnen. Stell dir nur mal vor, Mrs. Pryce wußte Bescheid über irgendeine schlimme Geschichte, die Desiree getan hat, als sie einmal betrunken war. Ein Kind überfahren oder sonstwas. Nicht, daß sie es wirklich getan hätte. Aber Mrs. Pryce schien sich nicht besonders um den Wahrheitsgehalt ihrer Anschuldigungen zu scheren.«

Shelley nahm diesen Argumentationsstrang auf. »Oder ihre Vorwürfe gegen Grady.«

»Grady?« fragte Missy. »Warum Grady? Er würde sich niemals etwas zuschulden kommen lassen. Er ist so ziemlich der aufrichtigste Mensch, den ich kenne.«

»Ich meinte es ja nur theoretisch«, entgegnete Shelley geduldig. »Sie hatte bereits im Kurs begonnen, Grady wegen der städtischen Gelder mit Dreck zu bewerfen. Angenommen, er hatte Angst, sie würde es demnächst von den Häuserdächern schreien?«

»Aber Grady würde *niemals* irgendwelche Gelder veruntreuen.«

»Das ist nicht der Punkt. Ich bin sicher, daß Sie recht haben, aber das hätte Mrs. Pryce nicht davon abgehalten, anderen Leuten so etwas zu erzählen. Ich nenne dies alles ja nur als Beispiel. Sie wissen ja, daß eine falsche Anschuldigung dem Ruf eines Menschen ebenso schaden kann wie eine wahre. Die Leute denken, wo es Rauch gibt, da ist Feuer, und ehe man sich versieht, wird allgemein als Wahrheit akzeptiert, daß das Opfer schuldig ist und bloß nicht erwischt wurde.«

»Wie bedrückend«, sagte Missy. »Trotzdem kann ich mir Grady Wells nicht als Mörder vorstellen, und es wird Ihnen nie gelingen, mich davon zu überzeugen.«

»Das hatte ich auch gar nicht vor«, erwiderte Shelley. »Er sollte wirklich nur als Beispiel dienen. Jane, du bist so seltsam still. Lauschst du wieder deinen Hormonen?«

»Wie? Oh, nein. Ich dachte über das Hausmädchen nach. Man nimmt doch an, daß sie versehentlich oder mit Absicht von derselben Person vergiftet wurde, die auch Mrs. Pryce getötet hat. Aber was ist, wenn sie selbst diese Person war? Sie hätte gerade genug von dem Gift nehmen können, um selbst krank zu werden, aber nicht genug, um zu sterben, damit jeder genau das glauben sollte, was wir gerade glauben.«

»Aber sie konnte sich doch nicht darauf verlassen, daß wir rechtzeitig auftauchen würden, um sie zu retten!«

»Na und? Nichts hätte sie davon abhalten können, im richtigen Moment ans Telefon zu gehen, um Hilfe zu holen. Wie wir gesehen haben, wollte sie gerade den Hörer abnehmen, als wir dort ankamen.«

»Aber Jane, wenn sie nicht gerade heimlich eine registrierte Apothekerin ist, wie sollte sie dann an ein tödliches Gift gelangen, oder woher wußte sie, wieviel für eine tödliche Dosis notwendig ist?«

»Ich habe keine Ahnung. Aber wir kennen das Gift ja noch nicht. Vielleicht ist es etwas, was üblicherweise für andere Zwecke benutzt wird oder dort verbreitet ist, wo auch immer sie herkommt.«

»Ich kann es nicht recht glauben, aber schließlich ist alles möglich«, entgegnete Shelley. »Was für ein Motiv soll sie gehabt haben?«

»Motiv?« rief Jane. »Sie war die Sklavin dieser schrecklichen Frau. Was für ein besseres Motiv kann es da geben? Für Pryce zu arbeiten muß in etwa so gewesen sein, als würde man für das emotionale Gegenstück von Charles Manson arbeiten. Denk doch mal nach: Es wäre unvorstellbar schrecklich, tagaus, tagein mit dieser Frau leben zu müssen. Wenn du an einem Punkt angelangt bist, an dem du es nicht mehr aushalten kannst, weißt du gleichzeitig, daß es eine ganze Reihe von anderen Verdächtigen gibt. An jedem beliebigen Punkt in Pryces Leben konnte man sicher sein, daß sie innerhalb der letzten Woche mindestens zwei oder drei Leute tödlich beleidigt hatte.« Jane erwärmte sich langsam für diese Theorie. »Wenn ich vorgehabt hätte, sie zu töten, hätte ich mir einen Zeitpunkt und einen Ort wie gestern abend ausgesucht: ein Haufen ihrer Opfer zusammengepfercht in ihrem eigenen Haus. Jeder kann Essen mitgebracht haben, das vergiftet war ...«

»Also, sind Sie wirklich der Ansicht, daß es das Hausmädchen war?« erkundigte sich Missy.

Jane dachte eine Minute nach. »Nein«, antwortete sie ruhig. »Bin ich eigentlich nicht. Die andere Seite der Medaille zeigt uns, daß das Hausmädchen fast ebenso alt und verdreht wie Pryce ist. Und sie steht nun ohne Arbeit da. Ich bin sicher, daß der alte Drachen keine Vorsorge für sie getroffen hat – wahrscheinlich hat sie nicht einmal ihre Sozialversicherung gezahlt –, und das Mädchen muß es gewußt haben. Mrs. Pryce zu töten wäre so, als ob sie das Huhn umbringt, das die goldenen Eier legt. Das Huhn mag böse sein und die Eier in Wahrheit aus Blech, aber all das wäre noch besser, als alt und mittellos in einem fremden Land zu sitzen.«

»Streiche das Hausmädchen«, sagte Shelley.

»Was ist mit meiner Theorie über Bob Neufield?« fragte Missy. Sie erzählte Shelley von ihrer Überzeugung, daß Bob Neufield ein Angehöriger des Militärs gewesen sei und man ihn möglicherweise wegen Homosexualität entlassen hatte.

»Ich dachte, das käme nicht mehr vor«, warf Shelley ein.

»Ich weiß nicht, ob sie es heute noch tun, aber er lebt bereits seit ungefähr zehn Jahren hier, und soweit ich weiß, war es damals auf jeden Fall üblich.«

Shelley rührte ihr Pfefferminzblättchen um und überlegte laut: »Wie könnte sie davon gewußt haben? Pryce, meine ich.«

»Durch die Armee, meine Liebe. Ich bin sicher, daß es dort in den oberen Rängen genauso zugeht, wie in jedem anderen Berufszweig: Klübchen bilden sich, und es wird getuschelt. Zumindest ist es auch unter Schriftstellern so. Ich weiß etliche persönliche Dinge über Autoren, die ich noch nie getroffen habe. Wenn Neufields Rang hoch genug gewesen ist, hat sie von der Sache gewußt. Soweit uns bekannt ist, war sie ja verantwortlich dafür, daß er rausgeworfen wurde – wenn er überhaupt rausgeworfen wurde.«

»Oh ...«, sagte Jane.

»Bedeutet dieses Geräusch, daß dir ein Licht aufgegangen ist?« erkundigte sich Shelley.

»Ich weiß nicht genau. Ich habe einmal kurz ihr Buch durchgeblättert, und da ging es irgendwo um einen Hinweis, den sie gegeben hat und der zu einer Entlassung führte. Ich habe es nicht ausführlich gelesen, das ganze Buch war so widerlich ...«

Missy schaute sie entsetzt an. »Sie wissen, was dies alles hier bedeutet, oder?«

Shelley nickte. »Es bedeutet, daß wir wirklich dieses ekelhafte Buch lesen müssen. Ich wäre lieber ein Jahr lang Hausmutter bei den Pfadfindern.«

»Jemand sollte lieber VanDyne ein Exemplar geben«, sagte Jane. »Und schaut nicht mich dabei an. Ich werde es nicht tun. Wenn ich nicht sowieso schon längst meine Chancen bei ihm verspielt habe, wäre ich damit endgültig aus dem Rennen. Und es ist notwendig, daß wir es auch lesen. Haben Sie noch ein Exemplar übrig, Missy?«

»Eins? Ich habe mindestens zwanzig. Sie hat mir eine ganze Kiste aufgedrängt. Vielleicht dachte sie, ich würde einen kleinen Buchvertrieb aufmachen und die Bücher aus dem Kofferraum meines Wagens heraus verkaufen. Aber ich kann unmöglich das ganze verdammte Ding lesen. Mein eigenes Buch ist in einem Monat fällig, und es würde auf meinen Stil abfärben. Ich hätte Angst, daß sich meine Heldin in eine hassenswerte, selbstgerechte Tussi verwandelt. Sie und Shelley sollten es übernehmen, darin nach Hinweisen zu suchen.«

»Ich weiß nicht, ob es überhaupt helfen würde«, sagte Shelley. »Wem – außer Bob Neufield – hätte sie noch über den Weg laufen können, bevor sie hierherzog?«

»Fast jedem«, antwortete Jane. »Meine Mutter kannte sie. Und es gibt sicherlich noch eine Reihe von Leuten im Kurs, die einmal woanders gelebt haben. Von Desiree weiß ich, daß sie als junges Mädchen in verschiedenen Ecken der Welt gelebt hat. Jeder hätte sie vorher kennen können.« Sie holte eine Mücke aus ihrem Eistee.

»Und dich konnte sie auch kennen. An deine Mutter schien sie sich jedenfalls zu erinnern.«

»Aber erst, als meine Mutter sie darauf hinwies«, gab Jane zu bedenken. »Pryce war eine Frau, die sehr mit sich selbst beschäftigt war. Um beim Militär geht es zu wie beim Außenministerium: Man lernt im Laufe seines Lebens eine riesige Zahl von Leuten kennen, und man muß ein echtes Talent besitzen, um sich überhaupt an einen Teil von ihnen zu erinnern.«

»Deine Mutter kann es scheinbar.«

»Sie ist eine der wenigen Talentierten. Deshalb ist sie ein solcher Gewinn für die Arbeit meines Vaters. Ich glaube, sie wären nicht da, wo sie heute sind, wenn meine Mutter nicht diese Fähigkeiten hätte.«

»Wirklich? Na, da muß sie ja eine großartige Frau sein«, sagte Missy bewundernd.

»Ja«, erwiderte Jane säuerlich.

»Aha. Erkenne ich hier etwa einen Fall von PMS?«

»Was bedeutet PMS?« wollte Jane wissen.

»Das ›Perfekte-Mutter-Syndrom‹«, erwiderte Missy. »Ich habe jahrelang darunter gelitten. Als ich Kind war, kamen meine Schulfreunde zu uns, um meine Mutter zu besuchen – nicht mich. Sie war so verdammt perfekt. Verständnisvoll, lustig, schön ...«

Jane nickte. »Und dabei weiß man auch noch, daß das eigene Verhalten eigentlich dumm ist. Schließlich war einem schon bewußt, daß man dankbar sein sollte – genügend Altersgenossinnen haßten immerhin ihre Mütter, nicht wahr?«

»Absolut richtig ...«

Shelley räusperte sich und sagte in dem Tonfall, den sie meist in ihrer Eigenschaft als Vorsitzende der »Eltern-Lehrer-Vereinigung« anschlug: »Meine Damen, ich befürchte, wir kommen vom Thema ab – jemand in unserer Nachbarschaft, in einem Kurs, den Missy fortzusetzen beabsichtigt, ist ein Mörder. Oder habt ihr das vergessen?«

»Ja, ja. Sie haben ja recht«, gab Missy zu. »Aber wir haben Grady und Bob Neufield und das Hausmädchen bereits ausgeschlossen. Ich nehme einmal an, daß wir selbst und auch Janes Mutter ebenfalls als Täterinnen ausscheiden, oder?«

»Ganz sicher!« sagte Jane nachdrücklich.

»Also, wer bleibt da noch übrig? Desiree Loftus und die ›biblischen Schwestern‹, wie Desiree sie immer nennt.«

»Ziemlich gut getroffen«, sagte Shelley. »Desiree schießt oft übers Ziel hinaus, aber sie hat ein gutes Herz. Und Ruth und Naomi – nun, ich bin immer wieder überrascht, daß sie überhaupt im Garten arbeiten: Ich kann mir nämlich nicht vorstellen, daß eine der beiden es über sich bringt, Schädlinge zu töten.«

»Und was Desiree betrifft: Sie wurde von Pryce wirklich gehaßt, aber sie schien es als einen irren Witz aufzufassen«, wandte Shelley ein. »Sie erzählte mir einmal, daß sie gewissermaßen stolz darauf sei, von bestimmten Leuten gehaßt zu werden. Es schien ihr Spaß zu machen, Mrs. Pryce anzustacheln.«

»Ich weiß nicht«, erwiderte Shelley. »Die Bemerkung über ihre Trinkerei hat sie doch kurz irritiert. Tatsächlich nur kurz, aber vielleicht hat sie einen empfindlichen Nerv getroffen.«

»Trinkt sie wirklich, oder ist sie nur exzentrisch?« fragte Missy.

»Oh, ich glaube, sie trinkt wirklich«, entgegnete Jane. »Sie destilliert Zeug in ihrem Keller. Oder fermentiert es, oder so etwas in der Art. Zumindest hat sie einen Versuch gewagt. Einmal, als ich für einen wohltätigen Zweck bei ihr sammeln kam, hat sie mich hereingebeten, um es mir zu zeigen. Naomi Smith hatte ihr erklärt, wie man ein widerliches Gebräu aus Kapuzinerkresse-Blüten oder sonstwas produziert, und sie wollte, daß ich es probiere. Es sollte eigentlich Wein sein, aber es war so, als würde man Lysol mit verdächtig aussehenden Schlammstückchen trinken.«

»Dann könnte sie also auch Gift in ihrem Keller herstellen, oder?« fragte Shelley.

»Das glaube ich nicht. Sie schien keine Ahnung davon zu haben, wie man irgend etwas herstellt«, erwiderte Jane. »Wahrscheinlich hatte sie sich nur vorübergehend dafür begeistert, wie sie es mit vielem tut. Erinnert ihr euch noch daran, als sie versuchte, ihre eigenen Solartafeln auf dem Dach aufzustellen? Die Stadt hat sie gebremst, weil man befürchtete, der ganze Mist könne sich zu einer Lawine entwickeln und jemanden erschlagen.«

»Und irgendwann hat sie doch mal beschlossen, einen Garten mit Pflanzen des Südens anzulegen«, erinnerte sie Missy. »Sie ließ den ganzen Rasen entfernen und statt dessen Steine und Kakteen anliefern. Niemand konnte sie überzeugen, daß der erste Frost die Kakteen zu Brei verwandeln würde. Es muß sie ein Vermögen gekostet haben, das ganze verrottete Zeug und die Findlinge wieder herausreißen zu lassen und erneut Gras zu säen.«

»Geld ...«, bemerkte Jane. »Vielleicht dreht sich der Mord an Mrs. Pryce ja um Geld. Bei den meisten Verbrechen geht es doch darum, oder? Gibt es vielleicht etwas unglaublich Wertvolles unter all dem Schrott in ihrem Haus, etwas, das ihre Kinder erben wollten? Da standen immerhin einige wirklich nette Sachen. Ihre Familie hat bereits eine lange Zeit gewartet. Vielleicht waren sie es nun leid.« Jane schob ihren Stuhl ein Stück zur Seite, um der Sonne zu entgehen, die unangenehm warm geworden war. Es wäre sicherlich angenehmer, drinnen zu sitzen, aber Jane haßte es, im Haus eingesperrt zu sein.

»Aber Jane, du vergißt, daß keins ihrer Kinder an unserem Kurs teilnimmt!« gab Shelley zu bedenken.

»Das ist schon klar«, entgegnete Jane. »Trotzdem: Ihre Kinder wären jetzt in den Sechzigern und die Enkel vielleicht um die vierzig. Sie könnte ein Enkelkind haben, das sie noch nie gesehen hat. Wahrscheinlich hatte sie ein miserables Verhältnis zu ihrer Familie. Es würde mich nicht überraschen, wenn sie sich von allen entfremdet hätte. Sie hat ihre Familie nie erwähnt. Ist euch aufgefallen, daß es in ihrem Haus keine Bilder von Leuten gibt? Ich glaube, das machte alles dort so besonders deprimierend. Da gab es nichts Menschliches. Nur irgendwelches Zeug.«

Missy begann, ihre Handtasche, die Autoschlüssel und die Sonnenbrille zusammenzusuchen. »Ich glaube, daß das, was wir gerade getan haben, wichtig war. Es sieht so aus, als ob wir bewiesen hätten, daß niemand in der Lage gewesen ist, sie zu töten und daß es sich bei dem Vorfall lediglich um eine besonders abstoßende Illusion gehandelt hat.«

Jane lachte. »Ich liebe es, wenn Sie wie eine Schriftstellerin reden.«

Während Missy aufstand, betrat Denise Nowack auf der anderen Seite den Garten. Sie trug einen riesigen Schlapphut, der nicht nur ihre Haare verdeckte, sondern auch ihre Stimme dämpfte. »Mami!« schrie sie. »Da ist ein Mann am Telefon, der Mrs. Jeffry bittet, ins Haus zu gehen und den Hörer abzunehmen, wenn es klingelt.«

»Jane? Hier ist Mel. Es tut mir leid, daß ich vorhin so schnell verschwunden bin.«

»Haben Sie seit gestern überhaupt geschlafen?« fragte sie und ärgerte sich insgeheim sofort, weil sie wieder einmal in ihre Mutterrolle fiel. Sie hatte es schließlich mit einem erwachsenen Mann zu tun, und wenn er nicht genug Schlaf bekam, mußte er allein mit diesem Problem fertig werden.

»Ein bißchen. Können wir uns zum Mittagessen treffen?«

Jane lächelte. »Arbeit oder Vergnügen?«

»Arbeit, fürchte ich.«

Ihr Lächeln verschwand.

»Dann sollten wir uns irgendwo treffen, wo wir ungestört reden können. Wie wäre es, wenn Sie zu mir kommen?« Während sie sprach, ging sie in Gedanken bereits verzweifelt den Bestand ihres Kühlschranks durch. Ein kurzer Ausflug zum Lebensmittelladen wäre nötig.

»Ungestört? In Ihrem Haus? Jane, das ist so, als würde man versuchen, einen gemütlichen Plausch inmitten eines Feueralarms zu halten!«

Jane vermutete, daß er wahrscheinlich in einem hermetisch abgeschlossenen, von Experten schalldicht gemachten Luxusappartement wohnte – mit weißen Teppichen und einem Türsteher, der ungewollte Gäste fernhielt. Es trennten sie Welten. »In Ordnung, dann denken Sie sich was aus. Gegen eins?«

»Das paßt gut. Ich hole Sie ab.«

Eine Minute später stand Shelley an der Küchentür. »Ich habe aus Versehen dein Glas mit nach Hause genommen. Hier. Das war VanDyne, nicht wahr?«

»Ja, er hat mich zum Essen eingeladen. Als Verdächtige, schätze ich.«

»Jane, die Polizei lädt ihre Verdächtigen nicht zum Essen ein. Gott! Dein Haar. Wie können wir es bis heute Mittag in Ordnung bringen?«

»Gar nicht. Shelley, ich habe eine erwachsene Entscheidung getroffen. Wenn Mel VanDyne überhaupt an mir interessiert ist, dann weil ich ein Exemplar einer bestimmten Gattung bin: ein Hausfrauia Domestica. Also kann ich auch meiner Rolle entsprechend aussehen. Schließlich ist es das, was ich bin.«

»Mir kommen gleich die Tränen.«

»Nein, es ist die Wahrheit. Wir haben nichts gemeinsam.«

»Er ist ein Mann, und du bist eine Frau. Das ist genug.«

»Er ist im Grunde ein Yuppie, und ich bin eine fröhliche Vogelscheuche mit Schwangerschaftsstreifen.«

»Weißt du, was du brauchst?«

»Was?« fragte Jane mißtrauisch. »Eine Nacht in der Stadt? Silikon für den Busen? Eine neue Dauerwelle?«

»Einen Job.«

Jane ließ sich am Küchentisch nieder und deutete Shelley an, sich zu ihr zu setzen. »Das zu hören hatte ich wirklich als letztes erwartet. Seltsamerweise hast du meine Aufmerksamkeit gewonnen«, fügte sie hinzu. »Ich bitte um eine Erklärung.«

»Nun, wir sind eine aussterbende Gattung – Mütter, die einfach nur Mütter sind. Schau dich in der Nachbarschaft um. Von Jahr zu Jahr wird es tagsüber ruhiger. Alle machen sich davon, um etwas zu tun, das ihnen das Gefühl gibt, mehr als nur eine Hausfrau zu sein.«

»Du hast recht, aber das alles hat nichts damit zu tun, warum *ich* einen Job brauche. Ich brauche Geld.«

»Jane – ist es so schlimm, daß ich dir Geld leihen soll?«

Jane lächelte. »Nein. Danke, Shelley. Es ist nicht so, als ob ich verzweifelt wäre. Ich kann die Versicherungen, das Essen, die Schulkleidung und alles Notwendige kaufen. In dieser Hinsicht habe ich wirklich Glück. Die meisten alleinerziehenden Mütter sind nicht so gut dran. Aber es betrifft die Nebensächlichkeiten, die leider nicht wirklich nebensächlich sind. Mein Auto fällt auseinander, meine Kleider sind abgenutzt und aus der Mode. Selbst die Badehandtücher sind verschossen. Ich habe mir letzte Woche welche angesehen, und sie kosten ein Vermögen. Mike braucht eine neue Tuba, die er jetzt hat ist mindestens aus sechster Hand, und wir haben sie billig bekommen. Wir hatten immer vor, ihm eine neue zu kaufen, falls er mit dem Spielen weitermacht.«

»Du hast noch das Geld, das dir deine Freundin in ihrem Testament hinterlassen hat.«

»Ja, und ich behalte es für mich selbst, wie du mir geraten hast. Ich würde es nicht wagen, mich einer deiner Anordnungen zu widersetzen. Aber ich möchte es nicht für Handtücher oder ähnlichen Kram ausgeben. Es soll für etwas Wichtiges aufgehoben werden – ich weiß nur noch nicht, wofür.«

»Als Investition in ein eigenes Unternehmen?«

»Etwas in der Art. Aber was könnte ich machen? Als Mutter schneide ich ganz gut ab, und da meine Kinder ohne ihren Vater auskommen müssen, haben sie eine Ganztagsmutter verdient. Ich habe nicht die Absicht, wie meine Mutter zu werden.«

»Was ist falsch daran, perfekt zu sein?« erkundigte sich Shelley grinsend.

Jane seufzte. »Meine Mutter war eine perfekte Ehefrau, keine perfekte Mutter.«

»Ich dachte, diese beiden Dinge gehören gewöhnlich zusammen.«

»Ja, normalerweise schon. Also, dir kann ich es ja erzählen: Meine Mutter hat meinen Vater immer bewundert. Sie brauchten meine Schwester und mich nicht, um eine Familie zu gründen. Die beiden allein bildeten bereits eine Familie. Während meiner ganzen Kindheit taten wir, was für seine Karriere das Beste war – auch wenn es für uns bedeutete, daß wir nie lange genug irgendwo blieben, um uns zu Hause zu fühlen. Die Schulen, die meine Schwester und ich besuchten, wechselten von Jahr zu Jahr – sogar die Länder, in denen sie sich befanden, änderten sich ebensooft. Ich fand das immer schrecklich. Aber erst als ich erwachsen war, wurde mir bewußt, *wie* schrecklich.«

»Aber das lag daran, wie er seinen Lebensunterhalt verdiente, Jane. Wäre es dir lieber gewesen, wenn deine Mutter irgendwo allein mit euch zurückgeblieben wäre?«

»Du lieber Gott, nein! Ich hatte aber einfach nie das Gefühl, daß ich auch mal an erster Stelle käme. Wenn ich krank wurde, und es fand eine wichtige Feier in der Botschaft statt, besorgte sie eine Krankenschwester, die bei mir blieb, und ging zur Feier, weil es wichtig für die Karriere meines Vaters war.«

»Wenn sie extra eine Krankenschwester anheuerte, dann hat sie dich ja nicht gerade vernachlässigt«, wandte Shelley leise ein.

»Oh, Shelley, ich wollte damit nicht sagen, daß sie mich vernachlässigt hat. Ich weiß, daß ich in vielerlei Hinsicht sehr viel Glück hatte. Alle vernünftigen Einwände, die du mir nennen könntest, habe ich mir bereits selbst vorgesagt. Versteh doch, du sitzt hier und sprichst mit Jane Jeffry, einer halbwegs intelligenten, erwachsenen Frau, aber die Person, die hier herumjammert, ist die kleine Janie Grant, ein egoistisches Kind, das *nur einmal* die ganze Aufmerksamkeit ihrer Mutter auf sich lenken möchte. Deshalb bin ich nicht willens, irgend etwas anzufangen, was meine Aufmerksamkeit zu sehr von den Kindern ablenkt. Ich möchte nicht wie meine Mutter sein.«

»Das verstehe ich. Ich glaube, du könntest einen Psychiater gebrauchen, aber ich verstehe dich. Aber was ist mit den vielen Stunden im Jahr, in denen die Kinder in der Schule sind und deine Aufmerksamkeit gar nicht einmal wünschen?«

»Du weißt, daß ich in dieser Zeit beschäftigt bin. Du tust doch das gleiche: kochen, putzen, Fahrgemeinschaften bilden, für die Gemeinde arbeiten. Ich habe meine blinden Kinder, die ich jede Woche fahre ...«

»Aber deine eigenen Kinder können lernen, beim Kochen zu helfen, und du könntest dir eine Putzfrau nehmen, wenn du ein zusätzliches Einkommen hättest. Mike hat jetzt den Führerschein und könnte einen Teil der zu erledigenden Fahrten übernehmen, wenn du es zulassen würdest, daß Thelma ihre Drohung wahr macht und ihm ein Auto kauft. Wenn du dir einen Halbtagsjob oder eine Arbeit zu Hause besorgen würdest, könntest du immer noch viele von deinen anderen Aufgaben beibehalten. Jane, es würde ihnen kein bißchen weh tun, wenn sie zu Hause etwas mehr Verantwortung übernehmen müßten.«

»Du hast gründlich über diese Sache nachgedacht, nicht wahr?« fragte Jane.

»Soweit es mich betrifft, kann ich dir versichern, daß ich es getan habe.«

»Du willst dir auch eine Arbeit suchen?«

»Ich denke darüber nach, Paul auf irgendeine Weise mit den Konzessionen zu helfen.« Shelleys Mann war ein erfolgreicher Pole der zweiten Generation, der eine Kette von griechischen Fast-Food Restaurants besaß.

»Aber dein Arbeitgeber würde dann zu deinem Haushalt gehören, und es machte ihm wahrscheinlich nichts aus, wenn du mal zu Hause bleibst, weil ein Kind die Masern hat oder du Vorbereitungen für die Karnevalsfeier der Eltern-Lehrer-Vereinigung treffen mußt.«

»Ja, aber wenn es darum geht, ist deine Situation ähnlich. Es gibt schließlich die Apotheken von Steves Familie. Du hast doch schon einmal dort gearbeitet.«

Jane hielt ihre Zeigefinger, zu einem Kreuz übereinandergelegt, hoch. »Für Thelma arbeiten? Bist du jetzt völlig durchgedreht? Es ist schlimm genug, sie als Schwiegermutter zu haben.«

»Vielleicht hast du recht.«

»Wie auch immer, mein derzeitiger Job beinhaltet, daß ich Katie wachmache und auf Trab bringe. Vielen Dank, daß du dir mein egoistisches Gequengel angehört hast.«

»Wozu sind Freundinnen da?« erwiderte Shelley.

Mel VanDyne tauchte um Punkt ein Uhr auf, bepackt mit einem Picknick in Papiertüten, das er bei einem exklusiven Außer-Haus-Restaurant erstanden hatte. Sie fuhren einige Straßen weiter zu einem Stadtpark und stellten einen kleinen Picknicktisch in größtmöglicher Entfernung von ein paar rauhen Softball-Spielern auf. Er nahm vier gefüllte Weinkühler aus einen kleinen isolierten Beutel.

»Wo ist der Rest der Familie?« fragte er höflich, während er teure kleine Butterbrote ohne Rinde und einzelne Plastikbecher mit Nudelsalat auspackte.

»Mein ältester Sohn schaut sich mit einem Freund einige Unis an, mein jüngster Sohn macht eine Reise mit seiner Großmutter, Katie arbeitet, und meine Mutter besucht einen Freund«, spulte Jane herunter und war stolz, daß sie dem Drang widerstehen konnte, die einzelnen häuslichen Arrangements weiter zu erläutern. Jetzt, da ihr Entschluß feststand, sich nicht länger zu bemühen, einen guten Eindruck auf ihn zu machen, fühlte sie sich in seiner Nähe viel wohler.

»Also, erzählen Sie mir von den Leuten beim Abendessen.«

Der höfliche Teil war offensichtlich abgehakt.

Jane faßte mit einigen Worten die Diskussion zusammen, die sie am Morgen mit Shelley und Missy geführt hatte. »Natürlich wissen wir überhaupt nichts über die Familie. Oder über das Hausmädchen.«

»Wir haben ein paar Nachforschungen angestellt«, sagte er und wickelte einige Plastikgabeln aus, von denen er ihr eine hinüberreichte. »Nach Aussage des Hausmädchens lebt nur noch ein Sohn, der als Klempner tätig war und nach seiner Pensionierung nach Arizona gezogen ist. Die beiden bereits verstorbenen Töchter hinterließen Kinder und Enkel. Sie leben überall im Land verteilt. Es gibt einen Safe im Haus. Wahrscheinlich enthält er das Testament, aber wir haben bisher die Kombination noch nicht gefunden. Wir hoffen, daß sich auf die Todesanzeige in der Zeitung hin ein Anwalt melden wird. Das Hausmädchen weiß nicht, wer Mrs. Pryces Anwalt war, und es geht ihr noch nicht gut genug für eine gründliche Vernehmung. Im Schreibtisch befand sich ein Scheckbuch, das einen Kontostand von fast zwanzigtausend Dollar aufweist – es besteht also die Möglichkeit, daß es um Geld geht.«

»Was ist mit dem Hausmädchen?«

»Sie ist in ziemlich schlechter Verfassung. Die Frage, ob sie sich selbst vergiftet hat, stellt sich kaum, obwohl es natürlich möglich ist. Sie könnte sich immerhin bei der Dosierung verschätzt haben.« Auf Janes erstaunten Blick hin fügte er hinzu: »Wir denken natürlich auch darüber nach.«

»Was ist mit dem Gift? Was war es?«

»Wir wissen es noch nicht. Das Labor der Pathologie macht die üblichen Tests: Arsen, Strychnin, Digitalis. Aber diese Tests dauern länger als erhofft, und bisher ist noch nichts bekannt. Es gibt ungefähr eintausend verrückte Sachen, die giftig sind, und es dauert einfach eine Weile, Tests auf jede einzelne durchzuführen. Das Ganze wird noch durch die Tatsache kompliziert, daß Mrs. Pryce so alt war. In ihrem Alter versagen einige Systeme von selbst – oder besser gesagt, sie haben versagt. Außerdem besteht die Möglichkeit, daß man ihr und dem Hausmädchen eine praktisch nicht nachweisbare Menge von irgendeinem Gift verabreicht hat, um sie um die Ecke zu bringen. Maria Espinoza sagt, daß sie neunundsiebzig ist, und

Pryce war siebenundachtzig, und beide hatten Probleme mit dem Herzen. Es hätte also etwas sein können, was sie und mich nur ein bißchen krank macht, aber für die beiden tödlich war.«

»Aber der Mörder muß das gewußt haben. Schränkt das nicht den Kreis auf Leute ein, die sie gut genug gekannt haben, um die Dosis abzuschätzen?«

»Nicht unbedingt. Der Mörder könnte etwas verabreicht haben, was er gerade zur Hand hatte, in der Hoffnung, daß es wirken würde. Vielleicht sollte es sie nicht einmal töten. Nur ›zur Strafe‹ krank machen.«

»Hätte sie es im Haus haben können? Irgendein Medikament?«

»Unwahrscheinlich. Viele Stoffe, die in großen Mengen giftig sind, werden in Medikamenten in minimalen Mengen verarbeitet. Man müßte dann einen ganzen Haufen von Pillen verschlingen, um daran zu sterben. Aber es war in der Quiche oder im Tee. Präziser ausgedrückt: in der Quiche, die Mrs. Pryce gegessen hat oder in ihrem Tee. Das Hausmädchen hatte sich keinen eigenen Teller zurechtgemacht, sie aß und trank, was von dem ihrer Arbeitgeberin übrigblieb. Ich glaube, es war eine Angewohnheit von ihr. Sie hat ausgesagt, daß sie ein oder zwei Happen von der Quiche genommen hat, die ihr aber zu seltsam geschmeckt habe. Deshalb ließ sie den Rest übrig. Unglücklicherweise hatte sie, als wir dort ankamen, bereits alle Teller in die Spülmaschine gestapelt und das Gerät angestellt.«

»Warum hat Pryce es nicht herausgeschmeckt?«

»Ich weiß es nicht. Der Pathologe sagt jedoch, daß manche älteren Leute ihren Geschmackssinn verlieren. Oder vielleicht war sie einfach ein Vielfraß, und es machte ihr nichts aus.«

»O doch, es machte ihr etwas aus. Sie ließ einige häßliche Bemerkungen über jedes Gericht fallen, das sie auf ihrem Teller hatte: Im Kartoffelsalat war zuviel Mayonnaise, in der Salatsauce zuviel Öl, und Missys Kuchen fand sie zu trocken. Aber ich glaube, das alles hat wohl eher mit ihrem Charakter zu tun, nicht mit dem Geschmack. Und es schien mir, daß sie trotz ihrer Beschwerden einiges verdrückt hat.«

»Lassen Sie uns noch einmal durchgehen, was sie jedem einzelnen an den Kopf geworfen hat«, sagte Mel. »Essen Sie übrigens das Brot nicht auf?«

Er hatte es bereits geschafft, seinen Anteil an eßbaren Leckerbissen hinunterzuschlingen. »Ich gebe Ihnen aber nur die Hälfte«, erwiderte Jane. Sie war zwar nicht besonders hungrig, hatte aber schon viel Gutes über das Restaurant gehört, in dem er das Picknick besorgt hatte. Nun wollte sie wenigstens probieren, ob die Leute recht hatten. »Lassen Sie mich überlegen – sie beschuldigte meine Mutter, ein Schmarotzer der Botschaft zu sein, was wirklich eine garstige Bemerkung war. Sie bezeichnete Desiree als Trinkerin, Grady als Veruntreuer von Geldern und Missy als Pornographin. Sie wollte nicht neben Naomi sitzen, weil sie Angst hatte, daß sie sich bei ihr anstecken könnte, und zum Schluß machte sie eine Bemerkung über Bob Neufield – er sei zu verdorben, um seinem Land zu dienen.«

Mel machte sich mit der einen Hand Notizen und aß mit der anderen. »Uh-huh. Also sie ist nicht auf Sie oder Ihre Freundin Shelley oder auf Ruth Rogers losgegangen?«

»Bis zu diesem Zeitpunkt, meinen Sie?« fragte Jane und dachte an Shelleys Theorie, wonach sie die eigentlichen Verdächtigen seien, weil sie sie umgebracht haben könnten, um sie davon abzuhalten, irgend etwas Schreckliches über sie öffentlich zu machen.

»Nicht unbedingt«, murmelte er, am letzten Rest ihres Nudelsalats kauend. »Ich versuche nur, das Ganze möglichst klar zu sehen. Veruntreuung ist eine ziemlich starke Anschuldigung. Zu fürchten, daß man sich von jemandem eine Grippe einfangen könnte, ist nichts dagegen.«

»Oh, es ist aber keine Grippe. Mrs. Pryce warf Naomi vor, sie habe Krebs und verlangte, daß sie sich woanders hinsetzen sollte. Ruth Rogers ging dazwischen und wies sie zurecht. Sie sagte, ihre Schwester habe eine seltene Blutkrankheit, die nicht ansteckend sei.«

»Trotzdem, es mag zwar mächtig unhöflich sein, aber es richtet keinen echten Schaden an.«

»Da stimme ich Ihnen zu, aber wenn sie Grady näher kennen würden, wüßten sie, wie verrückt auch diese Anschuldigung ist. Er ist wirklich ein netter Mann.«

Er schaute sie mitleidig an. »Jane, es haben schon oft wirklich nette Menschen Geld unterschlagen. Das eine schließt das andere nicht notwendigerweise aus.«

»Aber ich *möchte* nicht, daß es Grady gewesen ist – oder irgendein anderer aus dem Kurs!« sagte Jane.

»Nein? Aber es war jemand von Ihnen, und *ich* möchte nicht, daß er oder sie davonkommt. Möchten Sie das?«

Es war eine dumme Frage, und sie machte Jane wütend. »Warum haben Sie mich gestern eingeladen?« fragte sie und war über diese Frage fast ebenso überrascht wie er.

»Warum ...? Ich weiß es nicht. Um mich für mein Verschwinden zu entschuldigen. Um zu sehen, wie es Ihnen geht. Um Ihnen für das Weihnachtsessen zu danken ...«

»Aus Pflichtgefühl?« hakte sie nach.

»Nein!« schnappte er zurück. Er begann, die Reste des Essens einzusammeln und in eine leere Tüte zu stopfen. »Aber ich habe im Moment ziemlich viele Verpflichtungen, und denen sollte ich mich jetzt besser widmen. Sind Sie fertig?« Seine Stimme klang kalt und förmlich.

»Es scheint so«, erwiderte sie und nahm einen Bissen von dem Brötchen, das sie vor seinen Aufräumarbeiten hatte retten können.

Sie stiegen ins Auto und fuhren zurück, ohne noch ein Wort miteinander zu wechseln. Als Mel in ihre Einfahrt bog, sagte er: »Es tut mir leid. Ich bin müde, und Morde kotzen mich einfach an. Bekomme ich noch eine Chance? Wie wäre es mit einem späten Essen heute abend nach Ihrem Kurs?«

»Unter zwei Bedingungen.«

»Oh, ja? Und wie lauten die?« fragte er argwöhnisch.

»Sie legen sich erst einmal aufs Ohr und halten dann Ihre gierigen Hände von meinem Essen fern.«

Mel grinste.

Jane blieb in der Einfahrt stehen, beobachtete, wie er davonfuhr und wurde sich bewußt, daß er gerade etwas Wesentliches gesagt hatte. Mord kotzte auch sie an. Oberflächlich gesehen, konnte sie der Tod von Mrs. Pryce nicht weiter berühren. Das lag zum Teil daran, daß Pryce eine so furchtbare Person gewesen war und zum Teil an ihrer Beschäftigung mit dem Besuch ihrer Mutter und der Geschichte über Priscilla, an der sie arbeitete. Aber im Innersten war sie doch sehr bekümmert.

Zu töten war falsch. Es gab keine Provokation, die ausreichte, um es zu rechtfertigen. Und Jane war überzeugt, daß das Töten zu einer dieser schrecklichen Hürden gehörte, die man, wenn sie einmal genommen waren, immer einfacher übersprang. Zum ersten Mal wurde ihr bewußt, daß es aus eben diesem Grunde eine Person gab, die für alle im Kurs gefährlich werden konnte. Aber wenn dieser in einigen Tagen vorüber war, würden alle wieder ihre getrennten Wege gehen und sich nur noch ab und an in der Reinigung oder im Supermarkt treffen. Und wenn diese Person bis dahin davongekommen war, würde es immer schwieriger werden, die Wahrheit herauszubekommen.

Dieses Verbrechen ließ sich im Moment viel leichter lösen als später. Mel und die Polizei machten keine Fortschritte, trotz all ihrer technischen Möglichkeiten. Hier handelte es sich nicht um einen dieser Fälle, wo es Blutproben und Fingerabdrücke gab, die man analysieren konnte. Dies war eine sehr persönliche Sache. Ein Verbrechen in der Nachbarschaft, das auch in der Nachbarschaft gelöst werden mußte, nicht in einem Polizeilabor.

Als Jane zur Tür hereinkam, läutete das Telefon. Ruth Rogers war am Apparat. »Jane, Ihre Mutter ist eine so liebenswerte, interessante Frau, und während des Kurses haben wir nie genug Zeit, uns richtig zu unterhalten. Haben Sie beide vielleicht heute nachmittag Zeit, um zum Tee vorbeizukommen?«

»Ruth, wie nett von Ihnen. Ich würde liebend gerne kommen, aber ich muß erst noch abwarten, ob Mutter nicht schon Pläne gemacht hat.«

In diesem Augenblick betrat Cecily die Küche. Sie hatte ein Handtuch um ihren Kopf geschlungen. »Hört sich großartig an«, sagte sie, nachdem ihr Jane die Sache erläutert hatte.

»Dann kommen Sie doch gegen drei«, schlug Ruth vor.

Nachdem dies abgemacht war, legte Jane auf. »Ich wußte gar nicht, daß du da bist«, sagte sie zu Cecily. »Wie war das Essen mit deiner Freundin?«

»Gut, außer, daß ich langsam in dieses Alter komme, wo alle Zeitgenossen darüber sprechen wollen, wer gerade gestorben ist. Es ist deprimierend. Ich konnte mich jedoch beherrschen und habe nicht über den Tod von Mrs. Pryce gesprochen. Harriet kannte sie nicht und hätte die Gerechtigkeit dieser Geschichte nicht würdigen können. Ich habe deinen Wagen in die Garage gestellt und die Schlüssel auf den Eßtisch gelegt.« Cecily rubbelte ihr Haar noch ein letztes Mal, brachte das Handtuch ins Gästebadezimmer, das an die Küche angrenzte, kam dann zurück und strich sich mit den Fingern durch die feuchten Locken. Jane fühlte eine Welle weiblichen Neides in sich aufsteigen, denn dies war alles, was ihre Mutter tun mußte, um umwerfend auszusehen. Sie sprach sie darauf an.

Cecily setzte sich lächelnd an den Küchentisch. »Es tat mir immer leid, daß ihr Mädchen das Haar eures Vaters geerbt habt. Aber andererseits hast du meine starken Zähne und meine Füße. Wir haben entzückende kleine Füße, nicht wahr? Du hättest seine Füße erben können und wärst wahrscheinlich jetzt gezwungen, in U-Booten herumzulaufen. Du warst mit dem Polizisten aus, nicht wahr? Weiß die Polizei mittlerweile schon mehr?«

»Nicht viel.« Sie erzählte ihrer Mutter von den Schwierigkeiten, die sie bei der Identifizierung des Gifts hatten. »Er hat mich hauptsächlich über die Leute im Kurs befragt.«

»Was für eine Schande, daß es so geschehen mußte. Es gibt wohl nicht die geringste Chance, daß es jemand außerhalb der kleinen Gruppe gewesen ist, oder?«

»Ich glaube nicht. Das Hausmädchen ist erkrankt, weil sie die Reste von Mrs. Pryces Teller gegessen hat – also mußte ihr Essen das Gift enthalten. Und da es das gleiche Essen war, das wir alle hatten, muß es jemand auf ihren Teller getan haben, während wir umherliefen und versuchten, uns zu bedienen und einen Platz zu suchen – oder aber, während die Suche nach Gradys Kontaktlinse im Gange war.«

»Aber wer? Sie scheinen alle ganz normale, nette Leute zu sein. Wie gut kennst du sie eigentlich?«

»Die meisten von ihnen flüchtig bis ziemlich gut. Bob Neufield kenne ich nur vom Sehen. Ich weiß nichts über ihn, außer, daß er gelegentlich freiwillig den ›Freunden der Bibliothek‹ hilft. Zum Beispiel, wenn es darum geht, die Kisten für den jährlichen Bücherverkauf der ›Freunde‹ zum Einkaufscenter zu schaffen. Und was Grady betrifft: Den habe ich mehrere Male bei Nachbarschaftspicknicks und Stadtratsangelegenheiten getroffen. Er besitzt eine Firma, die Spielkarten herstellt, und er läßt andauernd Gedenkkarten für Leute herstellen, die er dann verschenkt. Jahrestage, Geburtstage, Gründungsfeiern der Stadt. Er ist sehr großzügig, und die Leute mögen ihn. Er lebt allein. Wenn man den Gerüchten glauben darf, war er einmal verheiratet, aber seine Frau ist früh gestorben.«

Cecily nickte. »Was weißt du über die exotische Maid in Kaftan und Sandalen?«

»Desiree Loftus. Ich treffe sie regelmäßig irgendwo. Sie scheint eine Menge Geld aus einer mysteriösen Quelle zu besitzen. Sie begeistert sich für immer neue Themen und versucht dann, jedem, der gewillt ist, zuzuhören, eine lange Predigt darüber zu halten. Kryogenik. Mysteriöse Diäten. Nudismus. Dinge in der Richtung.«

»Und wie steht es mit den Damen, die uns zum Tee eingeladen haben?«

»Ruth Rogers gehört hier zum Inventar. Sie lebt schon

seit ewigen Zeiten in unserer Stadt. Sie hat manchmal auf die Kinder aufgepaßt, als sie noch klein waren. Ließ sich nie dafür bezahlen. Zur Begründung sagte sie immer, daß sie Kinder liebe. Sie war früher Kindergärtnerin und vermißt ihren Beruf wohl sehr.«

»Und ihre Schwester?«

»Naomi wohnt seit einigen Jahren hier. Ich habe nie viel von ihr gesehen, die meiste Zeit ist sie krank. Vor sechs Monaten wurde sie von einem Krankenwagen abgeholt – von meinem Küchenfenster aus kann man gerade das letzte Stück ihrer Einfahrt sehen. Soviel ich weiß, hat sie ein sehr schweres Leben gehabt. Die beiden haben sich mit Hilfe einer Organisation wiedergefunden, die vermißte Verwandte aufspürt. Ich glaube, sie sind beide verwitwet. Jemand hat mir einmal erzählt, daß Naomi eine beeindruckende Kochbuchsammlung besitzt. Wertvolle alte Bücher, glaube ich. Oder vielleicht ist es auch Ruth, die diese Sammlung hat, ich bin mir nicht sicher.«

»Was ist mit der Kursleiterin? Missy?« fragte Cecily. »Jedesmal, wenn ich sie anschaue, erinnert sie mich an jemand, aber du könntest mich totschlagen, ich weiß nicht an wen.«

»John Cleese?«

Cecilys Augen wurden groß, und sie begann zu lachen. »Gott! Du hast recht. Wie schade, daß du es mir gesagt hast!«

»Mach dir nichts draus. Sie weiß es. Ich habe gehört, daß sie sich auf Partys manchmal überreden läßt, den Sketch mit dem toten Papagei vorzuführen. Missy ist ein großartiger Mensch. Sie hat irgendwo einen Ehemann. Einmal erwähnte sie, daß sie ihn seit zehn Jahren nicht gesehen hat, aber sie haben sich nie scheiden lassen, weil sie beide der Ansicht sind, daß eine Ehe mehr als genug ist. Zumindest hat sie es so formuliert. Ich glaube, sie ist katholisch, vielleicht ist das der wahre Grund, warum es zu keiner Scheidung kam. Früher hat sie Textbücher für den Englischunterricht geschrieben, aber jetzt verfaßt sie Liebesromane. Sie sagt, die Bezahlung sei besser.«

Willard hatte seinen Kopf auf Cecilys Knie gelegt und warf ihr bittende Blicke zu. Cecily stand auf und spendierte ihm eine Kleinigkeit aus der Plastikdose, die auf dem Schrank stand. Dann ließ sie ihn durch die Küchentür hinaus.

»Trotzdem, wenn wir davon ausgehen, daß du und ich und Shelley nichts mit der Sache zu tun haben«, sagte sie, »dann bedeutet es, daß einer dieser netten Leute Mrs. Pryce umgebracht und fast auch ihr Hausmädchen getötet hat.«

»Nur herein, herein«, sagte Ruth Rogers. Sie hatte ein hellblaues Kleid mit fließenden Ärmeln und den unvermeidbaren Rüschen an. Dazu trug sie, was ihre Mutter oft als »Tagesperlen« bezeichnete. Jane war froh, daß sie ihrem Instinkt gehorcht hatte und zu Ruths Teeparty in einem Rock und einer weißen Rüschenbluse erschienen war. »Ich bin so froh, daß Sie sich die Zeit genommen haben! Mrs. Grant – darf ich Sie Cecily nennen? Ich habe das Gefühl, als würde ich Sie durch unser Kursprojekt bereits kennen.«

»Ja, bitte«, entgegnete Cecily.

»Und ich bin Ruth. Meine Schwester und ich haben es so genossen, die ersten Kapitel der Autobiographien zu lesen! Ganz besonders Ihres. Was für ein interessantes Leben Sie hatten. Jane, schreiben Sie gar nichts über Ihr Leben?«

»Nein, aber ich habe eins erfunden, allerdings hat bisher noch niemand außer Missy einen Blick darauf werfen dürfen.«

»Was für eine wunderbare Idee! Naomi wird jeden Moment herunterkommen. Sie fühlt sich heute ein wenig schwach und ist gerade erst von ihrem Mittagsschlaf wach geworden. Möchten Sie den Garten sehen? Es ist zwar heiß draußen, aber wir müssen ja nicht lange bleiben.«

»Sie sollten ihn nur meiner Mutter zeigen. Mich würde bloß der Neid auffressen«, sagte Jane. »Ich habe gerade meinen ersten Garten angelegt und aufgrund der Tiere und der Käfer ist er eine eher mitleiderregende Angelegenheit.«

»Organische Schädlingsbekämpfung. Das ist das Geheimnis. Ich werde Ihnen einige Artikel darüber geben. Also, Cecily, ich habe einige Taglilien, die ich Ihnen gerne zeigen möchte …«

Der Klang ihrer Stimmen wurde schwächer. Jane schaute sich im Zimmer um. Alles erschien ihr ausgesprochen weiblich zu sein, ohne, daß besonderes Aufhebens gemacht wurde. Der überwiegende Teil der Einrichtung bestand aus reichverzierten, aber feinen Antiquitäten: kleine Chippendale-Tische, zwei kleine Empire-Sofas, mit Gobelinstoff bezogen, die am Kamin standen. Jane vermutete, daß sich die Farbe des Gobelinstoffes höchstwahrscheinlich »Rosenasche« nannte, eine Bezeichnung, die sie schon immer fasziniert hatte. Vor dem Kamin lehnte ein wunderschöner Fächer aus Pfauenfedern. Neben dem Wohnzimmer gab es einen Raum, der scheinbar einmal eine Terrasse gewesen war, nun aber, nach dem Umbau, zum Sonnen und als Gewächshaus benutzt wurde. Das Licht strömte ungehindert in diesen Wintergarten. Üppige afrikanische Veilchen standen auf den Fensterbänken, und luftige Farne hingen von der Decke. Die Möbel waren aus frischer heller Weide gefertigt und trugen dicke Blümchenkissen. Das Haus wurde eindeutig von Frauen bewohnt. Jane fragte sich, ob es wohl schon so ausgesehen hatte, als Ruths Mann noch lebte, oder ob Ruth und Naomi es mit der Zeit nach ihrem Geschmack verändert hatten.

Naomi betrat das Zimmer, als Jane sich gerade eine Schäferin aus Porzellan anschaute, die auf dem Kaminsims stand. »Oh, Jane. Ich habe gar nicht bemerkt, daß Sie schon da sind. Ruth hätte mir Bescheid sagen sollen. Gibt sie wieder einmal mit dem Garten an?«

»Sie zeigt ihn meiner Mutter. Ist das Ihre Kochbuchsammlung dort?« erkundigte sich Jane und wies auf ein Regal mit alten Büchern, das neben dem Kamin hing.

»Aber ja. Ich habe Brötchen für unseren Tee nach einem Rezept aus einem dieser Bücher gebacken. Möchten Sie meine Lieblingsbücher sehen?«

Einige waren gar keine richtigen Bücher mehr, nur Sammlungen loser Seiten, mit Bändern und Schnüren zusammengehalten. Andere waren so schwer gebunden, daß sich Jane über die Kraft der Frauen wunderte, die diese Bücher einmal erworben hatten. Die meisten waren in einem Verlag veröffentlicht worden, aber einige der ältesten waren handgeschrieben, um sie von Mutter zu Tochter weiterzuvererben – häufig mit Bildern und Zeichnungen, die die Zubereitungs- und Kochmethoden illustrierten. Naomi sammelte die Bücher nicht nur, sondern probierte auch, so gut es ging, die Rezepte aus. Dabei mußte sie mit Hinweisen wie »buttern bis es geronnen ist« und »man nehme ein zwei Monate altes Schweinchen ...« fertig werden. Sie versprach, einige der besten Rezepte für Jane abzuschreiben.

»Mein absoluter Favorit ist ein Rezept für Appetithappen aus einem viktorianischen Kochbuch. Die Autorin gibt an, daß man so lange würzen soll, ›bis es so scharf ist wie die Zunge einer Schwiegermutter, um es dann in sehr kleinen Portionen zu genießen‹«, erläuterte Naomi mit einem Lachen. Jane gefiel die Art, wie Naomi mit den alten Büchern umging: mit Vorsicht, aber nicht allzu übertrieben. In ihren Händen erschienen sie nicht bloß als Gegenstände, die einen historischen Wert haben, sondern wie alte Freunde.

»Oh, du hast mit deinen Büchern geprahlt, ohne daß Cecily dabei war«, schimpfte Ruth, die in diesem Moment mit Janes Mutter im Schlepptau das Zimmer betrat. »Jetzt mußt du alles noch einmal wiederholen. Meine Damen, nehmen Sie doch Platz, während ich den Tee hole.«

Naomi erzählte noch einmal das Wesentliche und war gerade bis zu ihrer Geschichte mit den Appetithappen gekommen, als Ruth sich mit dem Rücken zuerst durch die Küchentür schob, beladen mit einem silbernen Tablett. Naomi versuchte, ihr zu helfen, aber Ruth sagte, daß das Tablett viel zu schwer für sie sei. Sie setzte es auf einem niedrigen Kaffeetisch ab.

Jane fielen beim Anblick des Essens auf dem Tablett fast die Augen aus dem Kopf. Da gab es einen Teller mit kleinen Schnittchen, die mit Kuchenförmchen in ausgefallene Motive ausgestochen und mit einem Hauch Petersilie überzogen worden waren. Auf einem weiteren Teller lag ein Berg Brötchen. In einer Schüssel befand sich, wie sie später erfuhr, süße Dickmilch. Der Tee, der in einer schmalen silbernen Teemaschine dampfte, war ein starker Earl Grey. Daneben lagen bunte Zuckerstücke in winzigen Schälchen. Zum Abschluß gab es noch duftendes Blätterteiggebäck, das mit zerstoßenen Nüssen bestreut war, die in einem klebrigen, kandierten Sirup gelegen hatten. Und zwischen den ganzen Schüsseln und Tellern steckten Rosmarinzweige und mehrere kleine Glassphiolen mit zarten, leuchtenden, gelben Blumen und stechendem Laub. »Dahlberg-Gänseblümchen«, erläuterte Ruth. »Sie wachsen wie Unkraut, und die meisten Leute kennen sie nicht einmal.«

Jane war begeistert. Dieser Anblick, dieser Duft – himmlisch!

Während sie aßen, lobten sich Ruth und Naomi selbstlos gegenseitig bis über den grünen Klee: Ruth machte Komplimente über Naomis Kochkünste, Naomi rühmte Ruths gärtnerische Qualitäten, insbesondere die Zucht einer Iris, die den Namen ihres verstorbenen Mannes trug. Als Ruth von Naomi als ihrer »kleinen Schwester« sprach, war Jane überrascht. Naomi, die krank und zerbrechlich wirkte, sah gute zehn Jahre älter aus als die robuste, sonnengebräunte Ruth.

»Missy erzählte mir, daß Sie beide planen, eine gemeinsame Biographie zu schreiben«, sagte Jane, nachdem sie endlich den Punkt erreicht hatte, an dem sie mit dem Schlingen aufhören konnte und in der Lage war, zu sprechen. Sie hatte das Gefühl, daß sie nur ihre Arme und Beine anziehen mußte, um nach Hause zu rollen. »Warum haben Sie dem Kurs noch nichts daraus vorgelegt?«

»Jede von uns hat eine Menge über das eigene Leben geschrieben, aber beides zusammenzubringen ist ein großes Problem«, sagte Ruth. »Deshalb waren wir so darauf aus, Missys Kurs mitzumachen. Es liegt auf der

Hand, die Kapitel abwechselnd zu gestalten, aber ich finde, das wäre zu verwirrend – es sei denn, eine von uns würde in der dritten Person schreiben«, sagte Ruth. »Und natürlich gibt es wenige logische Überschneidungen. Es ist ja noch gar nicht so lange her, daß wir uns wiedergefunden haben.«

»Dennoch machen Sie den Eindruck, als seien Sie bereits ewig zusammen«, sagte Cecily und lutschte elegant einen Rest Sirup von ihrer Fingerspitze. »Hoffentlich finden Sie meine Frage nicht indiskret – wie kam es, daß sie damals getrennt wurden?«

»Oh, fragen Sie nur. Es ist schon so lange her. Unsere Eltern starben im Krieg, im Zweiten Weltkrieg. Ich war erst sechs und Naomi noch ein Baby.« Naomi erwiderte ihr Lächeln, aber nur schwach. Jane fühlte sich unwohl, doch Ruth würde diese Geschichte sicherlich nicht erzählen, wenn sie und Naomi sie noch nicht verarbeitet hätten.

»Alles stand auf dem Kopf«, fuhr Ruth fort. »Wir hatten nur einen Verwandten – einen Onkel, der in Deutschland gefallen war. Wir wurden vom Südpazifik zu seiner Witwe gebracht, einem jungen Showgirl. Die Frau brach in Panik aus, als man uns bei ihr ablud. Sie hat uns weggegeben, wie man junge Hunde weggibt. Wir wurden von Familie zu Familie weitergereicht. Ich hatte Glück und wurde schließlich von einem kinderlosen Ehepaar aufgenommen – einem Professor und seiner Frau. Naomi hatte nicht soviel Glück. Naomi, Liebling, solltest du nicht nach oben gehen und dich eine Weile hinlegen?« unterbrach sie ihre Erzählung.

Naomi war noch blasser geworden, und ihre Finger umgriffen wie Krallen die Armlehnen ihres Stuhls.

»Entschuldigen Sie mich«, sagte Naomi. »Ich glaube,

das sollte ich wirklich tun. Aber ich sehe Sie heute abend im Kurs. Vielleicht können wir uns ja noch einmal treffen, bevor Sie abreisen«, sagte sie zu Cecily. Ihre Stimme klang dünn und schwach.

Als sie gegangen war, sagte Cecily: »Es tut mir leid, wenn wir sie durch die Fragerei aufgeregt haben.«

»Oh, nein. Daran liegt es nicht. Es ist nur so, daß sie regelmäßige Blutübertragungen haben muß, und die nächste ist bereits ein wenig überfällig. Die Ärzte haben außerdem erst kürzlich ihre Medikamente neu angepaßt, und sie war deshalb in den letzten Tagen fürchterlich müde.«

»Es ist eine Schande, daß Mrs. Pryce so unhöflich zu ihr war, wegen ihrer Krankheit«, fügte Jane hinzu.

»Schrecklich. Ich fürchte, ich habe überreagiert. Es ist allerdings erstaunlich, wie viele Male zuvor etwas in der Art bereits passiert ist. Die meisten Leute gehen zwar subtiler vor, aber wir leben in einer gesundheitsbewußten Welt, und die Menschen erschreckt es, mit jemandem zusammen zu sein, der krank ist. Naomi sieht die Sache gelassener als ich. Sie hat mit mir geschimpft, weil ich eine Szene gemacht habe.« Trotz ihrer ruhigen Stimme sah Ruth besorgt aus und blickte einige Male über ihre Schulter, während sie sprach. Offensichtlich fragte sie sich, ob ihre Schwester heil die Stufen hinaufgekommen war.

»Wir sollten jetzt besser gehen«, sagte Cecily, erhob sich schnell und bewegte sich in einem Tempo auf die Tür zu, das höflich war und dennoch keinen Widerspruch duldete.

»Dürfte ich Sie um einen Gefallen bitten, Jane?« fragte Ruth. »Müssen Sie heute nachmittag noch irgendwohin?«

»Ja, ich muß Katie etwas zum Abendessen vorbeibringen.«

»Das trifft sich wunderbar. Würden Sie diesen Zettel auf dem Weg dorthin bei Bob Neufield abgeben? Er wohnt genau dem Schwimmbad gegenüber. Ich sollte ihn eigentlich schon heute morgen hinüberbringen, aber ich war zu besorgt wegen Naomi und habe es einfach vergessen. Naomi hatte einen kleinen Schwindelanfall, der mich etwas beunruhigt hat. Es ist die Liste für den Verkauf, den die Bücherei veranstaltet, und ich habe sie schon viel zu lange hierbehalten.«

Jane ergriff die Gelegenheit, mit Bob Neufield zu sprechen, nur allzu willig. Sie wollte ihn gerne etwas besser kennenlernen. Es war ein Impuls, den Mel VanDyne nicht gutheißen würde, da war sie sich sicher, aber die Polizei kam kaum voran, und es bestand immerhin die Möglichkeit, etwas zu erfahren, das das Geheimnis um Mrs. Pryces Tod enthüllen könnte.

»Sind die beiden nicht zwei interessante Frauen?« fragte Cecily auf dem Nachhauseweg. »Und sie hängen so aneinander und sind jeweils so stolz auf die Interessen des anderen.«

Jane lächelte und blickte sie von der Seite an. »Wünschst du dir, daß deine beiden Töchter auch so wären? Vielleicht hättest du uns einige Jahrzehnte voneinander entfernt halten sollen ... Trotzdem werde ich Marty nächste Woche wohl mal anrufen. Das ist hiermit versprochen. Und ich werde nicht einmal ihren entsetzlichen Ehemann erwähnen.«

Sie betraten das Haus. Cecily sagte mit einem Gähnen: »Die Idee, ein Nickerchen zu machen, könnte mir auch gefallen. Macht es dir etwas aus?«

»Überhaupt nicht.« Sobald ihre Mutter außer Hörweite war, griff Jane zum Telefon. »Shelley, hast du Lust, etwas herumzuschnüffeln? Ich habe einen legitimen Grund, bei Bob Neufield vorbeizuschauen. Ich brauche nur noch einen Moment, um ein Butterbrot einzupacken.«

»Du bringst Bob Neufield ein Butterbrot?«

»Nein, das Butterbrot ist für Katie. Gib mir sieben Minuten.«

Shelley wartete in ihrem kleinen Lieferwagen in der Einfahrt, als Jane mit Katies Imbiß aus dem Haus gerast kam. »Mutter und ich waren gerade zum Tee bei Ruth und Naomi«, erzählte sie, während sie den Sicherheitsgurt einschnappen ließ und ausprobierte, ob er auch richtig saß. Mit Shelley am Steuer tat sie das nicht nur zum Zeitvertreib. Sie wäre beruhigter gewesen, wenn sie auch noch einen Helm getragen hätte.

»Hast du etwas Aufschlußreiches in Erfahrung bringen können?« fragte Shelley und setzte mit halsbrecherischer Geschwindigkeit aus der Einfahrt zurück. Shelley war normalerweise ausgesprochen höflich und damenhaft. Ihre ganzen Aggressionen kamen zum Vorschein, wenn sie am Steuer saß.

»Nicht viel«, gab Jane zu und preßte den Fuß so kräftig auf ein imaginäres Bremspedal, daß sich ihre Muskeln verkrampften. Sie sagte sich immer, daß sie besser dran wäre, wenn sie ihre Augen geschlossen hielt und sich vorstellte, an Bord der Concorde zu sein, aber dazu war sie leider nicht in der Lage. »Vor allem nichts, was den Mord angeht. Ich erwähnte Ruth gegenüber, wie scheußlich es von Mrs. Pryce gewesen ist, sich so zu benehmen, als ob Naomi eine ansteckende Krankheit habe, und Ruth erwiderte, daß schon viele Leute das gleiche, wenn auch auf eine etwas freundlichere Weise getan hätten.«

»Das ist nicht dein Ernst!«

»Paß auf den Verkehr auf, Shelley!«

»Ich habe noch nie einen Unfall gemacht«, erwiderte Shelley voller Stolz. »Vergessen wir also, daß Naomi sie umgebracht hat, weil sie verletzt und beleidigt war.«

»Es war nie ein gutes Motiv«, entgegnete Jane.

»Ich weiß. Wenn jeder all die Leute umbringen würde, die ihn beleidigt haben, würde bei der Telefongesellschaft oder der Steuerbehörde bald keiner mehr übrig sein. Was ist mit Ruth? War sie wütend genug, um an Naomis Stelle etwas zu unternehmen?«

»Vielleicht in dem betreffenden Augenblick, aber sie sagte, daß Naomi ihr anschließend die Leviten gelesen habe. Ruth gab sogar zu, daß sie überreagiert habe. Ich kann mir nicht vorstellen, daß ein plötzlicher Wutanfall bis zum nächsten Tag anhält. Insbesondere dann nicht, wenn das Opfer der Beleidigung sich selbst kaum aufregt. Nun ja, sie hat sich aufgeregt, aber es scheint so, als habe sie sich bald damit abgefunden.«

»Ich nehme nicht an, daß ihr beiläufig über Gifte gesprochen habt?«

Jane hätte schwören können, daß Shelley die letzten beiden Kurven auf nur zwei Rädern des Lieferwagens genommen hatte.

»Natürlich nicht. Das wäre wohl so, als hätten wir uns erst für den wunderbaren Tee bedankt, um uns dann zu erkundigen, ob sie eventuell in der letzten Zeit jemand umgebracht haben.«

»Quatsch. Es wäre nur logisch gewesen, über das Thema zu reden.«

»Wahrscheinlich hast du recht, aber ich bin nicht dazu gekommen. Obwohl es in gewisser Weise doch zur Sprache kam. Ruth hat mir einige Artikel über organischen Gartenbau aufgedrängt. Sie nimmt das Ganze wirklich ernst. Das bedeutet wahrscheinlich, daß sie keine Pflanzengifte herumstehen hat. Wie auch immer, wir plauderten eine Weile, dann begann Naomi sich unwohl zu fühlen, und deshalb sind wir bald danach aufgebrochen.«

»Organischer Gartenbau«, grübelte Shelley und verfehlte nur knapp ein parkendes Auto.

»Es ging hauptsächlich um Kompost und den Gebrauch von Hornspänen, um Blattläuse zu töten«, erläuterte Jane. »Ich glaube nicht, daß es möglich ist, einen Menschen mit Kompost umzubringen – es sei denn, man würde ihn darin begraben.«

Shelley kam mit kreischenden Bremsen vor dem Eingang des Schwimmbades zum Stehen. »Worüber habt ihr noch gesprochen?«

»Drück einmal für Katie auf die Hupe«, sagte Jane und bemühte sich dann, die Unterhaltung so gut sie konnte wiederzugeben.

»Ich kann bei den beiden nichts Dunkles oder Mysteriöses entdecken«, sagte Shelley nachdenklich. Aus ihrem Mund klang es so, als sei das Janes Schuld.

Katie kam auf den Wagen zugeschleudert. »Hallo, Mrs. Nowack. Danke, Mom. Es ist nicht schon wieder Erdnußbutter, oder?«

»Nein, ich habe dir Camembert mit Ananas draufgetan«, erwiderte Jane ruhig. Katie schaute sie verblüfft an. »Das war nur ein Scherz. Es ist Roastbeef mit Gurken.«

»Gut. Bis nachher.«

Als sie wieder unterwegs waren, sagte Shelley: »Hat Ruth nicht früher mal als Krankenschwester gearbeitet? Vielleicht kann sie im Krankenhaus an Gift kommen.«

»Halt. Hier ist das Haus. Nein, sie war keine Krankenschwester. Sie hat als Kindergärtnerin gearbeitet. Ich möchte bezweifeln, daß sie dort mit mehr als Desinfizierungsmitteln für kleine Verletzungen zu tun hatte.«

»Jane, du bist nicht sehr kooperativ. Wir müssen herausbekommen, wer für den Mord verantwortlich ist. Jeder von uns könnte das nächste Opfer sein.«

»Ich möchte es genauso gerne herausfinden wie du. Ich habe dich lediglich darauf hingewiesen, daß du es Ruth nicht in die Schuhe schieben kannst, weil sie Krankenschwester gewesen ist, aus einem einfachen Grund, weil sie eben keine war. Mein Gott, das ist ja ein tolles Junggesellenhaus«, fügte sie hinzu und blickte aus dem Fenster auf Bob Neufields schlichtes, kastenförmiges Haus.

Das Gebäude war leuchtendweiß angestrichen, und der Rasen befand sich in einem extrem ordentlichen Zustand. Dennoch machte alles einen nackten, unfertigen Eindruck: Keine Läden umrahmten die Fenster, um einen farblichen Kontrast herzustellen, nicht einmal die einfachste Bepflanzung war auszumachen, es gab keine Blumen, und um die zementierte Fliesenveranda war nicht einmal ein Geländer gezogen worden. An den Fenstern der Vorderseite befanden sich keine Gardinen, sondern nur praktische Rollblendläden.

»Also hier wohnt ein Mann, der dringend ein Dutzend Plastikflamingos benötigt, um diesen Ort herauszuputzen«, sagte Jane mit einem Kichern, war aber sofort ernüchtert, als sie an den Grund ihres Besuchs dachte. »Jetzt stell bloß keine allzu plumpen Fragen, Shelley.«

»Was soll das denn heißen? Ich bin stets ausgesprochen taktvoll.«

»Ich will damit bloß sagen, daß es gut wäre, hinter diese Sache zu kommen, ohne uns selbst in Gefahr zu bringen. Kein ›wo waren Sie am Abend des bla bla bla‹ oder ähnliches Zeug, das so klingt, als seien wir Polizeibeamte.«

Sie parkten den Wagen auf der Straße unter einem schattenspendenden Baum und gingen auf die Eingangstür zu. Es gab keine Klingel, also klopften sie.

Bob Neufield öffnete die Tür, starrte sie an und war offensichtlich bemüht, ihre Gesichter unterzubringen. »Mr. Neufield, mein Name ist Jane Jeffry, und dies ist Shelley Nowack. Wir sind mit Ihnen in Missys Kurs.«

»Oh, natürlich. Entschuldigen Sie.« Er lächelte, aber es war der Ausdruck eines Mannes, dem man gesagt hatte, daß es höflich ist, zu lächeln, der aber nicht wirklich wußte, warum er es tun sollte.

Jane wartete einige Sekunden darauf, daß er zur Seite treten und sie bitten würde, hereinzukommen, aber er tat es nicht. »Ruth Rogers hat mich gebeten, diesen Zettel vorbeizubringen – es geht um irgendeine Sache wegen der Bücherei.« Sie reichte ihm das Blatt hinüber.

Er nahm es, warf einen Blick auf die Überschrift und sagte: »Danke.«

Es gab erneut eine peinliche Pause. Shelley beendete sie. »Wenn Sie gerade nicht zu sehr beschäftigt sind, würden wir gerne einen Augenblick reinkommen.«

Man kann sich immer auf Shelley verlassen, dachte Jane.

Neufield sah verblüfft aus, entgegnete aber: »Sicher. Kommen Sie herein.«

Das Wohnzimmer entsprach der Vorderseite des Hauses: auffallend korrekt, aber kein Hinweis darauf, daß es sich um die Wohnung eines lebendigen Menschen handelte. Die Wände waren nackt, ohne Bilder. Die Möbel schienen eine gute Qualität zu haben, aber sie sahen so aus, als seien sie für die Fotografie eines Katalogs aufgestellt worden. Alles war in geschmackvollen, langweiligen Beigeschattierungen gehalten. Es gab ein Bücherbord – ausschließlich mit Büchern darauf. Keine Fotos, Schmuckgegenstände oder Erinnerungsstücke. Lediglich eine Fußballtrophäe und das Bild einer wunderschönen jungen Frau waren zu sehen. »Sie interessieren sich für Militärgeschichte?« fragte Jane, während sie einige Buchtitel überflog.

»Ja, es ist schon immer mein Hobby gewesen. Ich habe sogar für ein Militärmagazin geschrieben«, erwiderte er, offensichtlich in dem Glauben, daß Janes Kommentar ein leidenschaftliches Interesse am Thema widerspiegelte. »Ich habe außerdem eine ganz ansehnliche Sammlung verschiedener Militaria. Möchten Sie sie einmal sehen?«

»Liebend gern«, entgegnete Jane und warf Shelley einen selbstzufriedenen Blick zu, als ob sie sagen wollte: ›Siehst du, ich kann Leute zum Sprechen bringen.‹

Er führte sie vom Wohnzimmer aus durch einen Flur, an Schlafzimmer und Bad vorbei, in den hinteren Teil des Hauses. Hier hatten sich wohl ursprünglich einmal zwei recht große Räume befunden. Die trennende Wand war herausgebrochen worden, so daß es jetzt ein riesengroßes Zimmer war. Im Gegensatz zum Rest des Hauses war es mit Ausstellungsstücken gefüllt. Gewehre,

Säbel und Schilde hingen an den Wänden. Auf Tischen mit Glasplatten türmten sich Messer. Vitrinen standen offen und gaben den Blick frei auf Helme, Kanonenkugeln, chirurgische Ausrüstungen von Feldärzten und Teile von militärischem Zug-Geschirr. Jane ließ ihren Blick einmal kurz durch den Raum eilen und entdeckte dabei mehrere Granaten, eine Anzahl von Waffen, die so aussahen, als würden sie einem zeitgenössischen Terroristen gehören und allem Anschein nach ein Maschinengewehr, das auf einem Pult lag, den Lauf zum hinteren Fenster gerichtet. Beim genaueren Hinsehen bemerkte sie ein dünnes schwarzes Kabel im Glas. Ein Alarmsystem.

Jane und Shelley sahen sich völlig verdattert an. Endlich gelang es Jane, zu krächzen: »Dies ist ja eine tolle Sammlung, Mr. Neufield.«

»Vielen Dank. Ich sammle hauptsächlich Objekte aus dem Ersten Weltkrieg, aber seit kurzem interessiere ich mich auch für den Bürgerkrieg, und infolge der Rezession sind einige gute Stücke auf den Markt gekommen.«

»Was ist das hier?« erkundigte sich Shelley und deutete auf einen Gegenstand, der auf dem Tisch neben der Tür abgestellt war.

»Ein Behälter mit Senfgas.«

»Oh!« rief sie, zog schnell ihre Hand zurück und entfernte sich von dem Tisch.

»Wahrscheinlich mittlerweile schon nicht mehr zu gebrauchen, aber ich habe mir nie die Mühe gegeben, es herauszufinden«, sagte er mit einem kurzen, bellenden Lachen. »Sie sind herzlich eingeladen, sich hier so lange Sie wollen umzuschauen, aber wenn wir hier bleiben wollen, muß ich die Tür schließen. Kontrolle der Luftfeuchtigkeit, wissen Sie.« Während er sprach, blickte er auf eine komplizierte Ansammlung von Meßgeräten.

»Oh, wir möchten nichts durcheinanderbringen«, erwiderte Jane hastig. Das Zimmer und sein Inhaber verursachten bei ihr ein unbehagliches Gefühl, und sie hatte nicht vor, sich hier einschließen zu lassen. Bob sah jedoch so enttäuscht aus, daß sie doch noch etwas blieben und sich Mühe gaben, eine andere Art von Anteilnahme außer ihrem Entsetzen zu vermitteln. Schließlich fand Jane, daß sie lange genug geblieben waren, um seine Gefühle zu schonen. »Nun, dies ist wirklich eine bemerkenswerte Sammlung«, sagte sie und ging demonstrativ zur Tür.

Sie gingen zurück ins Wohnzimmer. Bob Neufield fragte: »Möchten Sie eine Tasse Kaffee trinken?« Wieder schien es so, als ob man ihm gesagt hätte, daß dieser Teil zum Drehbuch eines Stücks gehörte, dessen Sinn ihm nicht richtig klar war.

»Wir wollten mit Ihnen über den Tod von Mrs. Pryce reden. Es ist mit großer Wahrscheinlichkeit Mord gewesen, wissen Sie«, begann Jane.

Shelley warf ihr einen überraschten Blick zu, als wollte sie sagen: »Wo waren Sie am Abend des bla bla bla?«

Er nickte. »Man hat mir zu verstehen gegeben, daß es so ist. Aus welchem Grund wollen Sie darüber reden?«

»Um zu sehen, ob wir die Sache aufklären können«, entgegnete Shelley, jegliche Vorsicht über den Haufen werfend.

»Warum bemühen Sie sich denn darum?« erkundigte er sich, aufrichtig verwirrt.

Die beiden Frauen schauten sich verdutzt an. »Möchten Sie nicht, daß der Mörder gefaßt wird, Mr. Neufield?« fragte Jane.

»Natürlich möchte ich das, aber es ist die Aufgabe der Polizei, ihn zu fassen und die des Gerichts, in anzuklagen. Ich gehe davon aus, daß jede der beiden Institutionen eine private Einmischung als gefährlich und unnötig ansieht. Und ich glaube, daß sie damit recht haben.«

Mel könnte ohne weiteres der Autor *dieses* Teils des Drehbuches sein, dachte Jane. »Haben Sie ihnen also auch alles gesagt, was Sie wußten?«

»Natürlich. Das war meine Pflicht. Aber ich hatte nicht viel zu sagen.«

»Dann haben Sie nichts Verdächtiges gehört oder gesehen?« warf Shelley ein.

»Verdächtiges? Was denn? Abgesehen von der Tatsache, daß die Frau gestorben ist?« In dem Moment, als er dies sagte, war sein Lächeln aufrichtig.

Er fand ganz offensichtlich, daß sie sich wie Idioten benahmen, und einen Augenblick lang fragte sich Shelley, ob er möglicherweise recht hatte. »Ihnen ist doch bewußt, daß einer der Leute, die am Abendessen teilgenommen haben, sie getötet hat und beinahe auch das Hausmädchen umbrachte?« fragte sie.

Bob Neufield griff nach einer Packung Zigaretten, hielt ihnen fragend das Päckchen hin und steckte sich dann eine Zigarette an. »Das ist wahrscheinlich richtig«, sagte er durch eine Rauchwolke.

Er benahm sich so vernünftig und zurückhaltend, daß Jane es kaum ertragen konnte. Es war so, als würde man sich mit einem Roboter unterhalten – oder einem Angehörigen des Militärs. »Macht Ihnen das denn nichts aus?«

»Nicht besonders. Ich wüßte nicht, warum es das tun sollte. Ich kannte die Frau nicht. Ich war weder der Täter noch das Opfer, sondern lediglich ein Beobachter, genau wie Sie, meine Damen, nehme ich an. Ein Mord ist ein unerträglicher Akt und muß bestraft werden, aber das ist nicht meine Aufgabe. Ich bin sicher, daß die Polizei ihre Leute gut in der Hand hat. Der beste Weg, einen Mann zu unterstützen, der einen harten Job erledigen muß, besteht darin, ihm nicht in die Quere zu kommen, es sei denn, daß man um Hilfe gebeten wird – an dieses Prinzip habe ich mich immer gehalten. Sie sollten vielleicht einmal darüber nachdenken, meine Damen.«

Jane fragte: »Haben Sie der Polizei erzählt, was Mrs. Pryce über Sie gesagt hat?«

Im selben Moment, als die Worte ihren Mund verlassen hatten, bereute sie es, ihrem Impuls gefolgt zu sein. Sein Kiefer wurde starr und er erblaßte. Sein Ton schließlich verriet eine Wut, die er kaum zügeln konnte. »Ja, das habe ich. Es wäre unverantwortlich, die Arbeit der Behörden durch das Zurückhalten irgendwelcher Informationen zu behindern, auch wenn sie noch so wenig mit der Sache zu tun haben.« Er stand auf und ging zur Tür hinüber. »Meine Damen, es tut mir sehr leid, aber ich habe noch eine Menge zu erledigen und muß Sie bitten, sich jetzt zu verabschieden.«

Sie schlichen zur Tür hinaus.

Als sie im Wagen saßen, sagte Shelley: »Auf dem gesellschaftlichen Parkett käme dieser Mann schnell ins Schleudern.«

»Wir aber auch«, entgegnete Jane. »Falls er unschuldig ist, haben wir ihn gerade unnötig beleidigt, und falls er etwas mit dem Ganzen zu tun hat, haben wir gerade unsere Köpfe auf den Holzblock gelegt, Herrgott, Shelley, das haben wir wirklich vermasselt. Weißt du, er könnte einen dritten Weltkrieg mit dem ganzen Zeug in seinem Hinterzimmer anfangen.«

»Mir fällt da eben etwas ein ...«, entgegnete Shelley, schloß ihre Augen und bedeutete Jane, ruhig zu sein, während sie in ihrem Gedächtnis herumkramte. »Ja! Ich erinnere mich. Hast du dieses Ding auf dem Tisch zu deiner Linken gesehen, das wie eine alte Segeltuchtasche aussah?«

»Ich glaube ja. Was war drin?«

»Scheren, Verpflegungsdosen und eine kleine Ampulle. Eine bestimmte Ausrüstung. Die gleiche habe ich auch in der Dachstube meines Großvaters gesehen, als ich meiner Mutter half, Sachen auszusortieren. Ich habe die Dinge damals Paul gezeigt, und er sagte, daß die Soldaten im Ersten Weltkrieg es als eine Art Gegenmittel gegen das Giftgas bei sich trugen. Paul sagte, es sei zu gefährlich, das Zeug im Haus zu haben. Es war etwas, das sich die Soldaten selbst injizierten, um die Wirkung des Giftgases zu bekämpfen ...«

»Und du glaubst, es könnte wirklich ein Gift sein?«

»Wäre es nicht möglich?« fragte Shelley, während sie den Wagen startete.

»Ich frage mich auch, ob die Geschichten über Spione, die eine Zyankalikapsel mit sich herumtragen, wahr sind. Würde man so etwas wohl auch in einer Militariasammlung finden?«

»Ich weiß es nicht. Ich glaube, Zyankali wirkt sofort. Zumindest tut es das immer in Büchern. Aber es würde sich bestimmt lohnen, VanDyne darüber zu befragen. Die Polizei hatte sicherlich keinen Grund, sich in Neufields Haus umzuschauen. Sie kamen schließlich nicht als Gäste, wie wir es vorgegeben haben. Gott, wir haben uns blöd benommen, Jane. Richtig dämlich.«

»Hast du das Foto auf dem Bücherbord gesehen?« erkundigte sich Jane. »Es ist, glaube, ich das einzige Bild im ganzen Haus. Eine hübsche junge Frau.«

»Und das bedeutet?«

»Keine Ahnung, was es bedeutet. Ich habe mich lediglich gefragt, ob es relevant ist.«

Selbst Shelleys Fahrweise war gedämpft – das erste Mal, soweit sich Jane erinnern konnte. Als Jane ausstieg, sagte Shelley: »Hier. Du hast dein Buch vergessen.«

Jane erkannte ein Exemplar von Mrs. Pryces selbstverlegtem Tagebuch. »Das gehört nicht mir.«

»Muß es aber. Meins ist es nicht. Mein Exemplar liegt auf dem Tisch im Gästezimmer. Ich habe es dort hingelegt, bevor ich gegangen bin.«

»Dann muß ich es zusammen mit Katies Imbiß gegriffen haben, ohne es zu bemerken«, überlegte Jane. »Also dann, bis heute abend im Kurs.«

»Meinst du, wir sollen hingehen?« erkundigte sich Shelley. »Was passiert, wenn er der Mörder ist und wir ihn gerade wütend gemacht haben?«

»Shelley, es ist doch nicht so, als ob er ansonsten keine Ahnung hat, wo er uns finden kann. Wir werden einfach sämtliche selbstgebackenen Plätzchen, die er anbietet, ablehnen.«

Sie lachten unbehaglich, und Jane ging ins Haus. Ihre Mutter saß am Küchentisch und blätterte in ihrer Ausgabe von Mrs. Pryces Biographie. Janes Exemplar lag auf einem Kochbuch neben der Spüle.

Sie schaute verblüfft auf das dritte Buch, das sie in der Hand hielt.

Jane fuhr sie an diesem Abend in ihrem alten Kombi zum Kurs, denn ihr Nervensystem hatte mehr als genug von Shelleys Fahrkünsten für einen Tag. »Shelley, dies hier *muß* dein Buch sein. Uns gehört es nicht«, sagte sie, als sie in den Wagen stieg.

Shelley hielt schweigend ihre eigene Ausgabe in die Höhe.

»Dann muß ich wohl aus Versehen das Exemplar von jemand anderem gestohlen haben«, sagte Jane verwirrt. Sie stopfte das Buch in ihre Handtasche.

Sie waren die ersten, die im Kellerraum des Rathauses ankamen. Jane wollte jeden Kursteilnehmer, der nach ihnen den Raum betrat, auf das Buch ansprechen. Bob Neufield kam als nächster. Sie zögerte, ob sie ihn fragen sollte, nachdem sie vorher so aneinandergeraten waren. Beinahe hätte sie es gelassen, aber das überzählige Buch ließ ihr keine Ruhe. Sie holte also tief Luft und ging auf ihn zu. »Mr. Neufield, ich glaube, ich habe aus Versehen etwas mitgehen lassen, das Ihnen gehört«, sagte sie und hielt ihm das Buch hin.

»Das kann ich mir nicht vorstellen«, erwiderte er und

öffnete die Aktentasche, die er zum Kurs mitgebracht hatte. Darin lag, neben den Manuskriptmappen, eine Ausgabe der Biographie von Mrs. Pryce.

»Oh, dann muß es wohl jemand anderem gehören«, entgegnete Jane. Sie nahm einen weiteren tiefen Atemzug und stürzte sich in eine Entschuldigung. »Mr. Neufield, es tut mir leid, falls wir Sie heute nachmittag beleidigt haben sollten. Es war ganz bestimmt nicht unsere Absicht.«

Er schaute sie mit einem kalten Blick an. »Ich habe es nicht als Beleidigung empfunden. Es soll vorkommen, daß Frauen in Ihrem Alter, die zuviel Zeit zur Verfügung haben, manchmal die verrücktesten Ideen haben.«

Selbst ein Schlag hätte für Jane nicht verletzender sein können. Sie starrte ihn an, versuchte gleichzeitig, eine Entgegnung zu formulieren, aber er schaute ihr lachend ins Gesicht. Dieses Mal war es ein echtes Lachen und ganz offensichtlich triumphierend. Jane drehte sich um und ging zu ihrem Platz zurück.

»Jane, was ist los?« fragte Shelley. »Du bist ja knallrot.«

»Ich kann im Moment nicht darüber sprechen«, murmelte Jane mit einer Stimme, die vor Ärger und Verlegenheit zitterte. Shelley und Cecily widmeten sich wieder ihrer Diskussion über verschiedene Apfelsorten, ein Thema, das scheinbar im Augenblick ihre ganze Aufmerksamkeit beanspruchte.

Dachte der Bastard etwa, sie sei mitten im Klimakterium und ihre Hormone könnten als Entschuldigung herhalten? Lümmelte sie sich wohl seiner Vorstellung nach den lieben langen Tag nur durch die Gegend, Bonbons essend und auf der Suche nach Abwechslung, um die Zeit totzuschlagen? Vermutlich wußte er ganz genau, daß es nicht so war und wollte sich nur auf die gemeinste Art an ihr rächen. So verärgert sie auch war, insgeheim dachte sie, daß sie diese Beleidigung wohl verdient hatte. Denn sollte er unschuldig sein, so war er mit gutem Grund über die Fragerei in seinem Haus empört.

Jane brummelte schweigend einige Minuten vor sich hin und war gerade dabei, sich wieder zu beruhigen, als Ruth Rogers und Naomi Smith den Raum betraten. Sie ging mit dem Buch in der Hand auf die beiden zu. »Nein, es gehört uns nicht«, sagte Ruth. »Wir fanden es so deprimierend, daß wir unsere Exemplare weggeworfen haben. Ich will so etwas nicht im Haus haben. Schreckliche Frau. Es gehört sich nicht, schlecht über eine Tote zu sprechen, aber ...«

Grady wollte es auch nicht für sich beanspruchen. »Meins liegt im Auto. Ich habe die Hoffnung, daß ich es irgendwann einmal verlieren werde, aber bisher hatte ich noch kein Glück. Es lag immer noch im Wagen, als ich auf dem Weg hierher war. Schmeiß es einfach weg, Jane. Es ist den anderen egal.«

Aber Jane war es plötzlich aus einem ihr unbekannten Grund nicht mehr so egal.

»Missy, gehört dies Ihnen?« erkundigte sie sich deshalb beharrlich, als Missy zur Tür hineinkam.

»Hoffentlich nicht. Das Letzte, was ich brauche, ist ein weiteres Exemplar dieses Buches.«

»Nein, es ist mein Ernst. Habe ich vielleicht irgendwann Ihres an mich genommen?«

Missy blickte sie seltsam an und schaute dann in ihrer Segeltuchtasche nach, in der sie ihre Kursmaterialien mitgebracht hatte. Sie zog eine Ausgabe hervor. »Dies ist das einzige Exemplar, das ich mit mir herumtrage. Die anderen sind immer noch in der Kiste in meinem Auto.

Ich werde sie heute gemeinsam mit dem Müll nach draußen stellen. Sind alle da? Nein, Desiree Loftus fehlt noch. Weiß jemand, ob sie noch kommen wird?«

Ruth hob ihre Hand. »Sie rief mich an und sagte, daß sie heute nicht kommt. Ihr geht es nicht gut.«

»Sie muß ihren Rausch ausschlafen«, murmelte jemand. Jane blickte sich um, aber sie konnte nicht feststellen, wer die Worte geäußert hatte.

»In Ordnung«, sagte Missy und nahm vorne ihren Platz ein, um die Aufmerksamkeit auf sich zu ziehen. »Ich möchte nun noch einmal kurz die Punkte wiederholen, die wir schon behandelt haben, um dann mit einigen Regeln und Vorschlägen fortzufahren, die die Chronologie, Rückblenden, Vorausdeutungen und anderes betreffen ...«

Jane wühlte auf der Suche nach ihrem Notizbuch in ihrem Beutel, der so sehr an eine Satteltasche erinnerte. Die überflüssige Ausgabe von Mrs. Pryces Buch ging ihr immer noch nicht aus dem Kopf. Wenn es keinem von ihnen gehörte, wie war es dann in Shelleys Wagen gelangt? Und warum?

Am Ende der Stunde hatte sie sich mehrere Seiten Notizen gemacht und zudem einige Anregungen erhalten, wie sie Priscillas Geschichte aufbauen konnte. Während sie Missy zuhörte, kam es ihr in den Sinn, daß sich alles wesentlich interessanter gestalten ließe, wenn sie mit dem Ende von Priscillas Leben beginnen würde, um mysteriöse und dramatische Ereignisse anzudeuten, die ihr zugestoßen waren, um dann an den Anfang zurückzukehren.

In ihrer Vorstellung war Priscilla zu einer alten Frau geworden: würdevoll und zurückhaltend, in fast vollständiger Isolation in einem Haus im Wald lebend. Ein Wolf leistete ihr Gesellschaft. Ein zahmer Wolf, der zu seiner Herrin aufblickte, immer bereit, sie zu verteidigen, falls sich ein Feind nähern sollte. Sie wußte nicht, wie sie plötzlich auf die Idee mit dem Wolf gekommen war, aber sie gefiel ihr. Wenn sie mit dieser Szene beginnen würde: ein einsamer, sich nähernder Reiter, Priscilla ruhig, vielleicht mit einem Begrüßungslächeln, das ihre Erschöpfung spiegelt, der Wolf aufmerksam, aber den Blick auf sie gerichtet, um ihre Reaktion auf den Besucher zu beobachten …

»Willst du wohl endlich aufwachen!« rief Shelley und versetzte ihr einen Stoß in die Rippen, als sie aus dem Gebäude traten.

»Entschuldige, ich habe gerade darüber nachgedacht …« Dann wurde ihr klar, warum Shelley sie so unsanft in die Gegenwart zurückgeholt hatte. Mel VanDynes kleiner roter MG stand an der anderen Seite des Parkplatzes, und er kam auf sie zu.

»Später, Pris«, murmelte Jane, als ob sie sich bei einem lebendigen Menschen entschuldigen müßte. »Hallo, Mel. Ich habe nicht damit gerechnet, Sie zu sehen.«

»Ich bin bei Ihnen zu Hause vorbeigefahren, aber dann fiel mir ein, daß Sie eigentlich hier sein müßten. Wie lief es heute abend?« Sein Blick schweifte fragend über die drei Frauen hinweg.

»Eine sehr interessante Stunde«, erwiderte Cecily.

»Und niemand ist gestorben«, fügte Shelley hinzu.

Jane konnte sehen, daß Mel überrascht, vielleicht sogar verärgert war über Shelleys freche Bemerkung. Jane wurde bewußt, daß er wirklich nicht viel über Frauen wußte. Wenn sie nicht gerade typische »Frauchen« waren, wußte er nicht, was er mit ihnen anfangen sollte. Wahrscheinlich dachte er, daß alle Mütter im Grunde ihres Herzens eine Donna Reed waren.

»Ich bin froh, das zu hören«, sagte er und drehte sich um, damit er sie bis zu Janes ältlichem Kombi begleiten konnte. »Jane, haben Sie Zeit für eine kleine Fahrt? Ich könnte Ihnen erst bis nach Hause folgen ...«

»Geh ruhig, Jane. Ich werde deinen Wagen nach Hause fahren«, ermunterte sie Shelley.

»Nein, Mutter soll ihn fahren. Ich bin gegen Crash-Fahrerinnen, die meinen Wagen für Rennen mißbrauchen, nicht versichert.«

»Jane, ich hatte noch *nie* einen Unfall«, wiederholte Shelley.

»Genau das ist eines der großen Geheimnisse des Universums«, erwiderte Jane. »Es rangiert gleich hinter der Frage ›Gibt es einen Gott?‹«

»Kinder!« rief Cecily. »Hört mit der Zankerei auf. Ich werde fahren.«

Mel grinste, und nachdem er Jane zum Wagen geführt hatte und selbst eingestiegen war, sagte er: »Eine Mutter bleibt eben immer eine Mutter.«

»Großer Gott, das hoffe ich nicht!« entgegnete Jane lachend. »Es ist ein Zustand, von dem ich hoffentlich irgendwann einmal kuriert werde.«

»Das meinen Sie nicht im Ernst«, sagte Mel und wandte sich um, damit er den Wagen zurücksetzen konnte. Er legte seinen Arm auf die Rückseite ihres Sitzes. Jane genoß den Moment, in dem sie die Wärme seines Arms an ihrer Schulter spürte.

»Doch das tue ich. Mel, würden Sie bitte bei Desiree Loftus vorbeifahren? Sie war heute nicht im Kurs.«

»Glauben Sie, daß ihr etwas zugestoßen ist?« Er wurde sofort sachlich.

»Nein, aber ich möchte sicher sein.«

Mel fand das Haus, ohne daß sie ihm die Adresse sagen mußte. Jane wurde bewußt, daß er ein sehr gutes Gedächtnis für die Details eines Falls haben mußte. Als sie vor der Tür hielten, konnten sie bereits durch das Vorderfenster sehen, wie Desiree eine Pflanze durchs Wohnzimmer trug. »Möchten Sie hineingehen?« erkundigte sich Mel.

Jane war erleichtert. »Das ist nicht nötig. Ich war wieder übervorsichtig. Wohin sollte es denn gehen?«

»Ich dachte an eine Cola bei McDonald's?«

»Genau die Art Verabredung, die ich liebe«, erwiderte Jane. Dann fragte sie sich, ob es falsch gewesen war, das zu sagen. Schließlich war dies hier keine richtige Verabredung. Eher eine zufällige Anmache. Sie lächelte bei dem Gedanken.

Sie holten ihre Getränke, und dann fuhr Mel zum Einkaufscenter, das um diese Zeit geschlossen und verlassen war, hielt den Wagen an und schaltete den Motor mitten auf der riesigen Parkfläche aus. »Ich wollte Ihnen etwas über den neuesten Stand der Dinge erzählen«, sagte er.

Jane hätte um ein Haar gesagt: »Und ich hatte gehofft, wir würden an unserer Beziehung weiterarbeiten.« Aber dann überlegte sie sich die Sache aus verschiedenen Gründen noch einmal – vor allem, weil sie der Wahrheit damit zu nahe gekommen wäre. Ein weiterer Grund war ihre Vermutung, daß man es heute wahrscheinlich ganz anders formulierte und er das Gefühl haben mußte, mit seiner Mutter auszugehen. Statt dessen fragte sie: »Gibt es etwas Neues über das Gift?«

»Noch nicht«, erwiderte er. »Es scheint so, als ob es noch eine Menge verrücktes Zeug gibt, sobald man einmal die üblichen Substanzen durchgetestet hat. Aber ich habe dennoch einige Dinge herausgefunden, die Sie vielleicht interessieren werden.«

»Ja?«

»Ehem ... Jane, Ihnen ist doch klar, daß dies hier höchst regelwidrig ist, nicht wahr?«

»Was genau ist regelwidrig?« Auf einem dunklen Parkplatz zu stehen, mit einer Verdächtigen an der Seite? Eine ältere Frau auf ein Cola einzuladen?

»Mit Ihnen über diesen Fall zu sprechen. Ich hoffe, daß Sie alles, was ich Ihnen mitteile, für sich behalten werden.«

Jane dachte ernsthaft darüber nach. »Außer gegenüber Shelley. Sie ist mein Watson. Oder vielleicht bin ich der ihre. Das habe ich noch nicht so genau herausbekommen.«

Eine lange Zeit erwiderte er nichts.

»Sie mögen Shelley nicht, oder?« fragte sie.

»Daran liegt es nicht ...«

»Sie nimmt kein Blatt vor den Mund. Sie sagt immer, was sie denkt, und es ist mir schon oft passiert, daß sie sagt, was *ich* denke, ohne, daß es mir vorher bewußt war«, fügte Jane hinzu. »Ich weiß, Sie empfinden unser Verhalten bei dieser Sache als herzlos, und wahrscheinlich ist es das auch, aber Frauen halten nun einmal einiges aus.«

Er wandte sich ihr zu und lächelte sie an, herablassend, wie sie fand.

Vielleicht lag es daran, daß sie immer noch Bob Neufields frühere Beleidigung im Hinterkopf hatte. Vielleicht war sie auch an einem Wendepunkt in ihrem Leben angekommen. Auf jeden Fall schrieb sie plötzlich jegliche Vorsicht in den Wind.

»Nun, schauen Sie mal, Detective VanDyne, ich weiß, daß Sie ein wichtiger Kriminalbeamter und Macho sind. Sie glauben, die echten Widrigkeiten des Lebens zu kennen, während Hausfrauen bloß dumme Häschen sind, die sich über Trivialitäten den Kopf zerbrechen – aber da liegen Sie gründlich falsch. Jede Frau, die ein Baby an den Füßen hochhalten und es fast bewußtlos schlagen mußte, um eine Perle zu lösen, die sich in der Luftröhre festgesetzt hatte, weiß genausoviel über Leben und Tod wie Sie – und zudem auf eine sehr viel persönlichere Art und Weise. Wir lernen sehr viel über das Leben, denn Mütter erleben es noch einmal, in jedem ihrer Kinder. Sie haben die Ängste eines Teenagers lediglich einmal erlebt. Ich habe es bereits dreimal mitgemacht, und es steht mir noch ein weiteres Mal bevor.«

Sie war jetzt in Fahrt und konnte nicht mehr aufhören. »Sie glauben, daß Putzen und Kochen und Saugen stumpfsinnige Tätigkeiten sind. Aber sie sind wichtig. Sie schaffen einen sicheren Hafen. Solche dummen, langweiligen Aktivitäten schaffen einen Ort, an dem Kinder wissen, daß sie geliebt werden und daß es an diesem Ort jemanden gibt, der sein Bestes tut, um auf sie aufzupassen, egal wie schlimm das Leben sie auch herumschubsen mag. Sie würden nicht der Mensch sein, der sie sind, wenn sie nicht eine sorgende Mutter gehabt hätten. Männer denken immer, sie seien so verdammt stark, aber haben Sie sich eigentlich einmal einen Augenblick Zeit genommen, darüber nachzudenken, wer diese starken Männer aufgezogen hat? Wer hat ihnen beigebracht, das zu sein, was sie sind? Frauen waren es! ›Einfache‹ Frauen, die die Katzenscheiße aufwischen, Kartoffeln schälen, verdammte Halloweeen-Kostüme zurechtschneidern und es dabei immer noch fertigbringen, den wichtigsten Job in der ganzen Welt zu bewältigen: die nächste Generation großzuziehen!«

Jane hörte auf zu toben, bereits schockiert über ihr Verhalten.

Sie räusperte sich, nahm einen Riesenschluck aus ihrem Becher, der sie fast zum Ersticken brachte und sagte: »Entschuldigen Sie. Ich muß wohl ganz plötzlich das Gefühl gehabt haben, mitten im Wahlkampf zu stehen.«

Mel nahm ihr wortlos den Plastikbecher aus der Hand und warf ihn auf die Straße. Dann legte er seine Hand auf ihre Wange, beugte sich nach vorne und küßte sie.

»Erzähl mir genau, was passiert ist«, sagte Shelley. »Ich möchte jedes intime Detail hören.« Es war neun Uhr am Donnerstag morgen, und sie tranken eine Tasse Kaffee in Janes Küche.

»Alles?« erkundigte sich Jane mit einem gespielten dramatischen Seitenblick. »Nicht mit meiner Mutter im Haus.«

»Das habe ich jetzt gehört«, rief Cecily von der Treppe aus. »Erspar mir die kindliche Heimlichtuerei und sag mir, was er über die Ermordung von Mrs. Pryce weiß«, fügte sie hinzu, als sie die Küche betrat und sich eine Tasse Kaffee eingoß.

»Noch nichts über das Gift«, erwiderte Jane und legte einige Brötchen in einen Korb, die sie vor zwei Stunden beim Bäcker geholt hatte. »Übrigens soll ich euch beide zum Stillschweigen verpflichten. Eigentlich dürfte ich euch gar nichts erzählen, also müßt ihr aufrichtig schwören, daß ihr nichts weitererzählt.«

Ihre Freundin und ihre Mutter nickten beide feierlich.

»Er hat mir bloß darüber berichtet, was sie über die

Leute aus dem Kurs herausgefunden haben. Bob Neufield wurde aus der Armee gefeuert. Man gab ihm eine …«

Sie schwieg einen Moment. »Ich habe das Wort vergessen. Es war keine unehrenhafte Entlassung, aber auch keine ehrenhafte Entlassung. Verdammt! Wie konnte ich die Bezeichnung nur vergessen?«

»Ist doch egal, wie sie lautet«, warf Shelley ein. »Warum wurde er rausgeworfen?«

»Konnte er nicht sagen. Diese Wie-auch-immer-sie-heißt-Entlassung bedeutet, daß die Armee keine Beschuldigungen erhoben hat und daß man eine weiße Weste behält. Die Armee hat anschließend lediglich keine Verwendung mehr für den Betreffenden. Mel sagt, dies passiert meistens dann, wenn der Soldat eine Angewohnheit oder Eigenschaft hat, die die Armee als unpassende Neigung ansieht: Homosexualität, Alkoholismus, Spielsucht, Unfähigkeit, mit anderen klarzukommen. Es gibt also keine Aufzeichnungen über irgendwelche Beschuldigungen, weil keine vorgebracht wurden. Aber sie haben seine verschiedenen Stationierungen mit denen von General Pryce verglichen, und es gibt überhaupt keine Überschneidungen. Mrs. Pryce kann ihn kaum getroffen haben, bevor sie hierherzog.«

»Warum hat sie dann diese Bemerkung über ihn fallenlassen?« wunderte sich Cecily laut.

»Die Polizei geht von der Theorie aus, daß sie zu diesem Zeitpunkt bereits phantasierte. Schließlich war es beinahe das Letzte, was sie gesagt hat. Sie lag bereits im Sterben. Sie vermuten Wahnvorstellungen, in denen sie ihn mit jemand anderem verwechselt hat. Ich kann mir das gut vorstellen. Er hat ein sehr typisches militärisches Aussehen, selbst in Zivilkleidung. Stellt ihn euch in Uniform vor. Er sähe dann aus wie hundert andere ordentliche, gut durchtrainierte, kurzhaarige Militärangehörige mittleren Alters.«

»Ob sie wohl recht haben?« fragte Cecily.

»Ich hoffe es. Wir haben ihn immerhin tödlich beleidigt, und wenn er der Mörder wäre, war das ziemlich dumm«, erwiderte Shelley.

»Was gibt es sonst noch?« fragte Cecily.

»Ein Anwalt ist mit dem Testament von Mrs. Pryce aufgetaucht, in dem nichts von besonderem Interesse steht. Es existiert ein mäßiges Vermögen. Das vorhandene Geld wird treuhänderisch für die Enkel verwaltet. Ihr werdet allerdings überrascht sein zu hören, daß das Haus und der ganze Plunder darin an das Hausmädchen geht.«

»Sie muß irgend etwas gegen die alte Dame in der Hand gehabt haben«, sagte Shelley. »Ich kann mir nicht vorstellen, daß Pryce ihr auch nur einen Pfennig gegeben hätte, weil sie ein gutes Herz hatte.«

»Sie muß eine Menge gegen sie in der Hand haben«, sagte Jane. »Mel erzählte, daß das Mädchen seit 1940 bei ihr war. Überlegt nur einmal: über fünfzig *Jahre* mit La Pryce zu verbringen. Es ist undenkbar!«

»Was ist mit den anderen aus dem Kurs?« erkundigte sich Shelley.

Jane zuckte mit den Schultern. »Nichts, was wir nicht schon wüßten.«

»Nichts!« sagte Shelley erbost. »Kann die Polizei nicht mehr leisten als das?«

»Sie wissen nur Sachen über die Leute, wenn sie in offiziellen Unterlagen festgehalten wurden. Festnahmen, Prozesse oder so was. Und sie kennen die Militärunterlagen.«

»Dann sollten wir die Untersuchungen von Verbrechen demnächst der Steuerbehörde übertragen«, kommentierte Shelley. Sie war immer noch erzürnt über eine Steuerprüfung, die sie einige Monate vorher über sich hatte ergehen lassen müssen. »Die wissen wirklich alles. Ich nehme an, in irgendeiner staubigen Akte gibt es sogar Unterlagen darüber, welche Zahnpasta-Marke wir benutzen.«

»Er hat mir erzählt, daß Grady einmal einen Strafzettel für zu schnelles Fahren bekommen hat«, sagte Jane. »Um fair zu sein, sollte man bedenken, daß sie wahrscheinlich an mehr Informationen gelangen könnten, wenn sie genau wüßten, wonach sie eigentlich suchen.«

»Oh – wir machen also plötzlich die abenteuerlichsten Verrenkungen, nur um die Polizei fair zu behandeln«, erwiderte Shelley. »Das muß wirklich eine tolle Verabredung gewesen sein.«

»Ich war nur eine Stunde weg«, entgegnete Jane.

»Eine Menge aufregender Sachen können in einer Stunde passieren«, sagte Shelley.

Jane ignorierte sie und wandte sich ihrer Mutter zu. »Hast du Katie gesagt, daß ich mit Mel aus war?«

Cecily nickte.

»Was hat sie gesagt? Wie hat sie reagiert?«

Cecily seufzte. »Genau, was du erwartet hast. Sie ist ein wenig eifersüchtig, etwas verlegen und hat ein bißchen Verständnis.«

»Ich bin seit anderthalb Jahren Witwe«, sagte Jane.

Cecily hob ihre Hand. »Mein Schatz, du mußt dich mir gegenüber nicht rechtfertigen – und auch nicht Katie gegenüber. Ich finde, daß Detective VanDyne ein netter junger Mann ist, und du hast ein eigenes Leben verdient. Aber weißt du, wir denken über unsere Eltern nie nach, als ob sie wirkliche Menschen wären. Versetze dich in ihr Alter zurück. Stell dir vor, dein Vater wäre nicht dagewesen und ich hätte Verabredungen mit anderen Männern gehabt.«

Jane wich zurück. »Das hätte mich schockiert!«

Shelley nahm ein zweites Brötchen und bestrich es mit Butter. »Es ist wohl noch schlimmer für Kinder, deren Vater gestorben ist. Wenn es um eine Scheidung geht, haben sie zweifellos schon das Schlimmste von beiden Elternteilen miterlebt und sind in der Lage zu verstehen, warum die beiden sich nicht mehr mögen. Aber Katie hat keine Ahnung davon, daß zwischen dir und Steve etwas nicht in Ordnung war …«

»Da ist sie nicht die einzige. Ich hatte auch keine Ahnung, bis zu dem Augenblick, als er seine Sachen zusammenpackte, um mich wegen dieser Tussi zu verlassen …«

»Jetzt denk einfach nicht darüber nach. Ich wollte nur zu bedenken geben, daß sie das nicht weiß. Sie glaubt, daß der Verkehrsunfall das Ende einer perfekten Ehe bedeutete und ihr einen perfekten Papa nahm. Für sie muß es so sein, als ob du seine Erinnerung verrätst.«

»Und was soll ich dagegen machen?« fragte Jane und wandte sich instinktiv ihrer Mutter zu.

Cecily lächelte. »Nichts. Sie wird damit fertigwerden. Kinder sind anpassungsfähig, genauso wie Mütter. Im übrigen ist in ihrem Alter das eigene Leben viel interessanter als deins.«

»Traurig, aber wahr«, erwiderte Shelley mit einem Lachen. »Um zum eigentlichen Thema zurückzukehren: Was sollen wir unternehmen? Der Kurs trifft sich nur noch zweimal, und ich glaube langsam, wenn wir bis dahin nichts herausgefunden haben, werden wir es wohl nie tun.«

»Mir geht es genauso«, entgegnete Jane, »obwohl ich eigentlich nicht weiß, warum wir uns darum kümmern sollten.«

»Also, was stellen wir als nächstes an?« erkundigte sich Cecily unbeirrt.

»Ich dachte, wir könnten Desiree besuchen. Bloß um zu sehen, wie es ihr geht und warum sie gestern abend nicht dagewesen ist«, erwiderte Jane.

»Meinst du, sie hätte uns nicht gegenübertreten können, ohne daß sich ihre Schuld offenbart?« fragte Shelley.

Jane war sich nicht sicher, ob Shelley dies ernst meinte oder lediglich scherzte. »Ich habe heute morgen in Pryces Buch gelesen, und da gibt es etwas, worüber ich sie befragen möchte. Außerdem will ich herausfinden, ob das überzählige Buch ihr gehört.«

»Oh, Jane! Denkst du immer noch darüber nach?«

»Shelley, es ist nur *eine* kleine verrückte Sache, die mich beschäftigt.«

»Hast du VanDyne davon erzählt?«

»Ja, und er nimmt es so ernst, wie ich es tue.«

Shelley begann, die Teller zusammenzustellen. »Ich wünschte, meine Worte wären nicht wahr, aber, Jane, es schwirren unzählige Ausgaben von diesem verdammten Ding umher.«

»Willst du mit uns kommen, Mama?« fragte Jane.

»Nein, besser nicht. Katie schien wach zu werden, als ich die Treppe herunterkam. Ich werde hierbleiben und ein Schwätzchen mit ihr halten. Warum läßt du den Wagen nicht hier stehen? Dann können wir etwas herumkurven, wenn sie Lust dazu hat.«

Jane schaute ihre Mutter an. »Du solltest eigentlich tief besorgt um mein Wohlergehen sein. Ich habe gestern abend eine kleine Belehrung zu diesem Thema geliefert. Und dennoch schlägst du vor, daß ich in einem Auto mitfahre, das von Attila, dem Hunnenkönig, gesteuert wird.«

»Aber sie hatte noch nie einen Unfall«, entgegnete Cecily mit einem Lachen.

Wir haben uns Sorgen um Sie gemacht«, sagte Jane zu Desiree, als sie zur Tür kam.

Desiree hielt ein Taschentuch an ihre rote Nase. Ihre Augen waren auch gerötet. »Es tut mir leid, daß ich eine Stunde versäumen mußte. Kommen Sie herein, meine Lieben.«

Obwohl es Sommer war, hatte Desiree anscheinend die Heizung an. Es war unerträglich heiß im Haus und roch seltsam. »Ich bemühe mich gerade, diese Erkältung sozusagen auszukochen«, erläuterte Desiree, bevor sie sich die Nase putzte. »Und ich aromatisiere die Luft mit medizinischen Kräutern. Und stellen Sie sich vor, später erwarte ich den Besuch eines Bauunternehmers, der mir ein Angebot für ein Gewächshaus machen soll, das ich an die Küche anbauen möchte. Kräuter sind so wichtig für unser Leben, und das wird so vernachlässigt. Kräuter bilden die Basis für jede Medizin, wissen Sie, und sie können unseren geistigen ebenso wie unseren körperlichen Zustand beeinflussen ...«

Jane und Shelley tauschten einen Es-ist-wieder-einmal-soweit-Blick.

»Ich bin froh, daß Sie vorbeigekommen sind. Ich wollte gerne über das Feld hinter Ihren Häusern sprechen ...«

»Dort sollten eigentlich Häuser errichtet werden, aber der Bauunternehmer ist pleite gegangen. Die Sache liegt schon seit Jahren beim Gericht«, sagte Shelley.

»Und meine Katzen wären am Boden zerstört, sollte dort jemals etwas gebaut werden. Es ist ihr eigener privater Dschungel«, fügte Jane hinzu, die das Gefühl hatte, das vernachlässigte Feld beschützen zu müssen.

»Aber ist es nicht offensichtlich? Dort könnten Wildpflanzen angebaut werden. Es wäre ein wundervoller Gewinn für unsere Nachbarschaft, und die Leute hätten freien Zugriff auf die erstaunlichen heilenden Eigenschaften der Pflanzen, die dort wachsen würden.«

»Aber dafür müssen sie durch meinen Garten marschieren«, warf Shelley ein.

Desiree ließ sich nicht im mindesten von Shelleys sachlichem Einwand beeinflussen. Sie lächelte liebenswürdig. »Besitz ist eine Illusion, meine Liebe. Keine von uns kann die Erde besitzen. So lange nicht, bis man uns begräbt und wir eins werden mit ihr.«

»So lange ich Steuern zahle und der Gärtner seine Rechnungen schickt, bin ich eins mit ihr«, sagte Shelley mit Nachdruck.

Desiree war bereit, ihre Argumentation weiter auszuführen, aber Jane hatte Angst, daß diese philosophische Diskussion aus den Fugen geraten könnte. »Desiree, ich habe Mrs. Pryces Buch durchgelesen …«

»Wirklich, meine Liebe? Warum um Himmels willen haben Sie das getan? Es ist ein fürchterlich gefährliches Buch!«

»Gefährlich? In welcher Hinsicht?«

»Es hat eine schreckliche schwarze Aura. Aber die fand sich ja auch bei der Frau selbst.«

Jane erwiderte: »Ich dachte, Sie sagten, ihre Aura sei ...« »Jane!« fiel ihr Shelley ins Wort.

»Ja, schon gut. Was ich sagen wollte: Ich habe gelesen, daß Mrs. Pryce in den frühen sechziger Jahren eine Weile in Paris gelebt hat. Wenn ich mich recht erinnere, sagten Sie doch, daß Sie auch dort gelebt haben. Sind Sie ihr eigentlich jemals begegnet?«

Desiree sah überrascht aus. »Oh, das glaube ich nicht. Sie gehört nicht zu den Menschen, die man vergißt, denke ich – so sehr man es auch möchte.«

»Aber aus meiner Erfahrung weiß ich, daß amerikanische Kolonien im Ausland meistens in sehr engem Kontakt zueinander sind«, gab Jane zu bedenken. »Sie haben sie doch sicherlich zumindest einmal getroffen oder von ihr gehört?«

Desiree lachte. »Meine Liebe, das ist genau einer der großen Fehler von Amerikanern. Sie machen sich auf zu den phantastischsten Orten, tun sich dann mit ihren Landsleuten zusammen und kommen so nie dazu, zu sehen, was um sie herum geschieht. Auf meinen Reisen habe ich mir daher immer besondere Mühe gegeben, Treffen mit meinen Landsleuten eher zu vermeiden.«

Jane warf Shelley einen Blick zu, die den Kopf in einer Weise schüttelte, die besagte »gib es auf«.

»Wo wir gerade über das Buch von Mrs. Pryce reden«, beharrte Jane, »es sieht so aus, als hätte ich ein Exemplar zuviel. Ich muß es von irgend jemandem mitgenommen haben. Kann es sein, daß es Ihnen gehört?«

»Oh, ich habe keine Ahnung, und ehrlich gesagt ist es mir auch egal, wo meins ist.« Sie schwieg einen Moment und dachte nach. »Allerdings ... wenn Sie eins übrig haben, könnte ich es vielleicht als Insektenvernichter in meinem Garten benutzen.«

Sie schaute die beiden Frauen an und fügte hinzu: »Oh, ich sehe schon, daß Sie sich über mich lustig machen, aber der Einfluß übersinnlicher Kräfte ist sehr real, selbst wenn es schwierig ist, dies in wissenschaftlichen Begriffen auszudrücken. Ich hatte einmal eine wunderschöne Eiche im Garten, die eingegangen ist – und ich weiß, daß es an den häßlichen Gartenmöbeln gelegen hat, die mir meine Schwägerin geschenkt hatte und die unter dem Baum standen.«

Shelley schnappte sich plötzlich ein Papiertaschentuch aus der Box, die auf einem Tisch stand, und tat so, als ob sie sich die Nase putzen müßte. Jane konnte jedoch sehen, daß sich die Schultern ihrer Freundin vor Lachen schüttelten und wurde davon fast angesteckt. »Desiree, wir wollen Sie nicht von ihrem Gesundheitsritual abhalten«, sagte sie, um Fassung ringend.

»Oh, bleiben Sie doch noch. Ich habe einen wunderbaren Löwenmaul-Tee und einige Maismehl-Kuchen im Haus.«

Shelley schnaufte.

»Nein, wirklich nicht. Ich muß schnell nach Hause und Katie zur Arbeit fahren. Wir wollten nur kurz nachschauen, wie es Ihnen geht. Vielen Dank ...« Sie zögerte, holte einmal tief Luft und kniff sich in ihr Bein, um sich durch den Schmerz abzulenken. »Vielen Dank, trotz allem. Shelley, los geht's! *Sofort!*«

Sie schafften es, außer Sichtweite des Hauses zu kommen, bevor Shelley den Wagen an die Seite fuhr, ihren Kopf auf das Lenkrad legte und sich vor Lachen ausschüttete. »Gartenmöbel als Attentäter!« keuchte sie. »Ich frage mich, ob ›Stormin Norman‹ darüber Bescheid weiß? Er hätte doch bloß veranlassen müssen, eine Ladung davon zum Golf runterzuschicken. Dann hätte er es sich erspart, die ganze Reserve zu mobilisieren.«

»Shelley, würdest du dich bitte endlich zusammenreißen?« sagte Jane zehn Minuten später, als sie Shelleys Einfahrt hinauffuhren. Sie waren beide vom Lachen erschöpft.

»In Ordnung. Ich bin drüber weg«, erwiderte Shelley und beendete ihre Behauptung mit einem Kichern.

»Also, das hier ist jetzt ernst. Shelley, hör mir zu. Das Gift könnte von ihren Pflanzen kommen. Und sie hat bestritten, daß sie Mrs. Pryce in Paris getroffen hat.«

»Vielleicht, weil es stimmt. Das ist doch möglich, Jane«, entgegnete Shelley und wischte sich über die Augen. »Und was die Pflanzen betrifft, da kann ich mir nicht vorstellen, wie sie jemanden damit umbringen könnte – höchstens aus Versehen.«

»Vielleicht war es genau das.«

»Ach, komm schon, Jane. Sie hat einfach etwas zusammengerührt, trug zufällig eine Flasche von dem Zeug mit sich herum und hat es dann aus Versehen genau in dem Moment auf Mrs. Pryces Quiche gekippt, als niemand zusah? Nicht sehr überzeugend.«

Jane runzelte die Stirn. »In dem Punkt hast du recht.

Trotzdem kann sie unmöglich so verdreht sein, wie sie tut. Niemand käme auf diese Weise durchs Leben. Möglicherweise ist sie in Wahrheit gescheit und listig.«

»Oh, ich glaube schon, daß sie schlau ist. Einige der schlauesten Leute, die ich kenne, sind gleichzeitig auch die verrücktesten«, antwortete Shelley.

Jane zog ihre Augenbraue in die Höhe. »Du spielst doch nicht etwa auf mich an, oder? Hör mir gut zu, Shelley, ich weiß, wovon ich spreche, wenn es um diese Paris-Angelegenheit geht. Ich bin überall auf der Welt groß geworden, und glaube mir, selbst in einer so großen Stadt wie Paris wissen die Amerikaner, die dort leben, alles über einander, selbst, wenn sie sich nie persönlich treffen.«

»Aber du sprichst über normale Menschen, Jane. Desiree ist der Typ Frau, die damals sicherlich in einer Kommune lebte und versucht hat, den Franzosen Esperanto beizubringen oder Süßwasseraustern zu züchten, oder was auch immer ihr Steckenpferd zu der Zeit gewesen sein mag. Ich kann mir einfach nicht vorstellen, wie das gesamte diplomatische Corps seine Arme ausbreitet, um Desiree an seine kollektive Brust zu pressen, kannst du das?«

»Oh, Himmel, nein! Vielleicht stimmt es, was du sagst. Aber – es tut mir leid, daß ich schon wieder davon anfange – du wirst sicherlich ihr Versäumnis bemerkt haben, zu beweisen, daß die überzählige Ausgabe des Pryce-Buches nicht ihr gehört?«

Shelley hielt sich verärgert die Hände an die Ohren. »Na und? Jane, die Sache mit dem Buch wird langsam zur fixen Idee bei dir.«

»Da bin ich mir nicht so sicher. Ich bin einfach überzeugt, daß dieses Buch etwas zu bedeuten hat.«

»Es bedeutet, daß du klebrige Finger und ein schauriges Gedächtnis hast.« Shelley stützte sich auf die Hupe, und auf Janes fragenden Blick hin sagte sie: »Denise hat in zehn Minuten einen Termin beim Zahnarzt.«

Jane stieg aus. Im selben Moment kam Denise aus dem Nowackschen Haus gerannt, warf sich auf den Rücksitz des kleinen Lieferwagens und rief: »Schnell, Mama! Es könnte mich jemand sehen.«

In ihrem eigenen Haus war es ruhig, als Jane zur Tür hereinkam. Sie schaute in die Garage. Der Wagen war weg, was wahrscheinlich bedeutete, daß sowohl ihre Mutter als auch ihre Tochter fort waren. Sie schrie die Treppe hinauf, um sicherzugehen. Die einzige Antwort war eine gesegnete Stille, die nur von dem leisen Klimpern der Hundemarke unterbrochen wurde, die um Willards Hals hing und die sich bewegte, als er aus seinem Versteck hinter dem Sofa geschlichen kam.

»Laß' uns nach draußen gehen, Löwenherz«, sagte sie. Sie klemmte sich ihre Mappe mit Priscillas Geschichte und ihr Exemplar von Mrs. Pryces Buch unter den Arm, nahm eine gut gekühlte Dosenlimonade aus dem Kühlschrank und ging hinaus auf die Terrasse.

Miau fegte gerade mit einem Vogel im Maul über den hinteren Zaun. Jane legte schnell ihre Sachen ab und lief in seine Richtung, aber er sah sie kommen und trat mit einem großen Sprung die Flucht an, ohne auch nur eine einzige Feder zu verlieren. Der Vogel lag ganz still in seinem Maul. Jane gab auf. Ihr Ehrgefühl gebot ihr, so viele Kreaturen wie möglich vor der blutrünstigen Katze zu retten, aber sie zog eine Grenze, wenn es für sie bedeutete, Zäune zu überklettern oder sich durch das Feld hinter dem Haus zu kämpfen. Wie sagte ihr Sohn Mike doch immer: Natur ist eben Natur. Aber sie erinnerte sich an die Zeit, als er ein sehr kleiner Junge war und sich auch über die Trophäen, die die Katzen nach Hause brachten, aufregte. Jetzt hatte er eine Sammlung von Eichhörnchenschwänzen an seiner Pinnwand hängen. Die Katzen fraßen die Eichhörnchen, die sie fingen, ließen die Schwänze aber immer für Mike übrig.

Sie vermißte ihren Sohn. Beide Söhne. Diese Woche, die sie in relativem Frieden verbracht hatte, war zwar schön gewesen, aber langsam wurde ihr das alles unheimlich. Das Leben war für sie unwirklich, so lange kein Jungenslip um das Geländer geschlungen war und sich beim Saugen kein festgetretenes Hamsterfutter im Teppich fand. So sehr sie es auch genoß, zuzusehen, wie ihre Kinder heranwuchsen, der Gedanke an dieses Haus ohne sie war eine Horrorvorstellung. Aber darüber mußte sie sich jetzt keine Gedanken machen, beruhigte sie sich. Die Rückkehr beider Jungen war für morgen geplant.

Morgen.

Von diesem Zeitpunkt an würde sie wieder ganz in ihre Mutterrolle schlüpfen: die Kinder zu ihren Freunden fahren oder zu irgendwelchen Unterrichtsstunden, mit Mike darüber streiten, wie oft er das Auto haben konnte, eine Million Wäscheladungen pro Tag bearbeiten und wie eine Verrückte kochen, um ihren gigantischen Appetit zufriedenzustellen. Der Großteil ihrer Freizeit fiele weg und wahrscheinlich auch jegliche Chance, herauszufinden, wer Mrs. Pryce ermordet hatte. Und dennoch würde sie weiterhin in der Nachbarschaft des Mörders leben. Sie und ihre Kinder. Ohne die geringste Vorstellung davon, was den Mord ausgelöst haben könnte, würden sie nie wieder sicher sein.

Je mehr sie darüber nachdachte, desto furchtsamer und ärgerlicher wurde sie.

Sie schaute sich ihren Garten an und war entsetzt über das ganze Unkraut, das in den letzten Tagen, in denen sie die Beete vernachlässigt hatte, geschossen war. Sie hockte sich auf den Boden und zupfte halbherzig an dem Vogelknöterich, der auf die Tomaten übergreifen wollte. Ihr kam plötzlich der Gedanke, daß sich Menschen mit Gärten vergleichen ließen: Einige waren produktiv oder schön oder beides, andere dagegen schädlich und gierig. Mrs. Pryce gehörte auf die Seite des Unkrauts, das einem das Leben schwermachte. Und dennoch hatten die anderen Pflanzen nicht das Recht, dieses Unkraut zu zerstören. Nur der Gärtner konnte dies tun. Von diesen Gedanken deprimiert erhob sie sich. Sie wollte lieber an Priscilla denken. Oder vielleicht an Mel VanDyne.

Sie hob ihre Mappe und die Dose vom Boden auf und legte die Sachen auf den Terrassentisch. In diesem Moment bemerkte sie den kleinen Vogelkäfig. Er mußte zu den Dingen gehören, die Katie in ihrem Kaufrausch erstanden hatte. Sie hob ihn in die Höhe und lächelte. Es war ein niedlicher, kleiner, verzierter Käfig, der aus feinen Bambusstäben gearbeitet war – nicht groß genug für einen echten Vogel, aber ein hübscher kleiner Schmuckgegenstand, den man auf ein Regalbrett stellen oder mit Bonbons füllen konnte. Jane schob ihn zur Seite und zog ihren Notizblock aus der Mappe.

Am liebsten würde sie jetzt gerne die Füße hochlegen und an diese wenigen entzückenden Minuten gestern abend auf dem Parkplatz des Einkaufscenters zurückdenken. Sechs, vielleicht sieben richtige Küsse, bevor

Mel sich daran erinnert hatte, daß er eigentlich arbeiten sollte. Jammerschade war das. Aber es war wundervoll gewesen, wieder einmal in den Armen eines Mannes zu liegen, wenn auch nur für eine solch kurze Zeit. Und es war großartig, alt genug zu sein, um sich nicht darum zu scheren, wo er so gut küssen gelernt hatte. Das Alter hatte doch gewisse Vorzüge.

Sie schüttelte sich und sagte: »An die Arbeit, Jane.« Sie las noch einmal durch, was sie zuletzt geschrieben hatte und fügte eine weitere Seite schnell dahingekritzelter Zeilen hinzu, bevor sie einige Minuten später den Wagen in der Einfahrt hörte. Wahrscheinlich waren es Cecily und Katie, die zurückkamen. Sie legte den Stift zur Seite und ging zurück ins Haus.

»Mom, ich komme zu spät zur Arbeit!« rief Katie und flog durch die Küche.

Cecily folgte ihr gelassen und anmutig wie immer. »Es war ihr nicht bewußt, daß deine Uhr im Auto nachgeht, und ich hatte keine Ahnung, daß sie heute mittag arbeiten muß.«

»Das ist schon O.K. Es ist nur ein Weg von drei Minuten, und sie hat noch vier zur Verfügung. Ich werde sie bringen. Ich muß sowieso noch einkaufen«, erwiderte Jane, nahm die Autoschlüssel und ihre Handtasche. »Dieser kleine Käfig ist übrigens niedlich. Ich habe aber vergessen, ihn mit reinzubringen.«

Cecily blickte sie an. »Welcher Käfig?«

»Der Miniatur-Vogelkäfig. Das kleine Bambusding. Hast du es nicht mit Katie gekauft?«

»Nicht, daß ich wüßte.« Cecily wich zurück, als Katie auf ihrem Weg nach draußen an ihr vorbeirannte. Sie trug nun einen Badeanzug und zog hüpfend ihre Shorts über.

Auf dem Weg zum Schwimmbad fragte Jane: »Gehört dir der kleine Vogelkäfig auf der Terrasse?«

»Ich habe doch keinen Vogel! Was sollte ich also mit einem Vogelkäfig? Mom, kannst du nicht schneller fahren? Ich werde zu spät kommen.«

Jane setzte ihre Tochter ab, die prompt so langsam über den Parkplatz schlenderte, als hätte sie noch Stunden zur Verfügung. Jane wußte, daß Katie dies mit Absicht tat. Es galt in ihrer Clique als cool. Jane konsultierte auf die Schnelle die Liste in ihrer Handtasche. Sie mußte Wein besorgen. Sie selbst trank nie welchen, aber ihre Mutter war daran gewöhnt, zum Abendessen ein Glas zu trinken, und bislang hatte sie diese Seite ihrer Gastgeberpflichten vernachlässigt. Außerdem hatte sie sich vorgenommen, mit Grady zu sprechen. Sie war sich nicht sicher, was genau sie herausfinden wollte, aber irgend etwas Interessantes könnte ihm ja rausrutschen.

Leider traf sie bei ihrem Besuch im Getränkeladen wieder einmal auf einen der Mistkerle, die sie seit Steves Tod immer wieder zu Verabredungen drängen wollten. Sie versuchte, nicht aufzufallen, aber er bemerkte sie trotzdem und latschte auf ihr Versteck hinter den Weinkühlern zu. »Wow, Jane! Schön, dich zu sehen. Siehst klasse aus, mein Schatz. Echt klasse. Hast du eigentlich inzwischen wieder 'n Typen?«

Es war einer dieser Momente, in denen sich Jane aufrichtig wünschte, Katherine Hepburn zu sein. Kate hätte gewußt, wie man diesen Idioten mit einem Blick und ein oder zwei Worten vernichtete. »Entschuldigen Sie mich, Walt. Ich bin wirklich furchtbar in Eile.«

Sie versuchte, sich an ihm vorbeizuschlängeln, aber er lehnte sich gegen eine gefährlich gestapelte Auslage von Weinflaschen und starrte sie von oben bis unten an.

»Nun komm schon, Kleine. Lauf nicht gleich weg. Ich werde dich schon nicht auffressen – zumindest nicht solange, bis du mich richtig nett darum bittest. Ha, ha, ha!«

Jane fühlte, wie ihr die Röte den Nacken hinaufschoß. »Wenn Sie noch ein weiteres Wort sagen, werde ich nach der Polizei schreien.«

»Uhh, komm schon, tu das nicht.«

Jane nahm einen tiefen Atemzug.

»O.K.. O.K., mein Schatz. War nur ein Scherz«, sagte er und trat zur Seite. Durch eine unglaublich glückliche Wendung des Schicksals löste sein Fuß eine der unteren Flaschen der Auslage, und als Jane ihm den Rücken zukehrte, tat sie dies im Getöse von zerbrechendem Glas und glucksendem Inhalt.

Als ein Angestellter den Gang entlanggelaufen kam, sagte Jane kühl: »Ich glaube, dieser Mann ist betrunken.«

Sie beschloß, daß der Wein warten konnte, insbesondere, da sie nicht wußte, wo ein anderer Getränkeladen war und sie diesen hier ganz sicher nicht mehr betreten würde. Sie setzte schnell zurück und fuhr zu Gradys Büro. Es war viertel nach zwölf. Vielleicht konnte sie ihn überreden, mit ihr zum Essen zu gehen. Aber als sie in seinem Büro ankam, erfuhr sie, daß er donnerstags immer zum Mittagessen nach Hause ginge. »Sie haben ihn gerade verpaßt, gnädige Frau«, fügte seine Sekretärin hinzu.

»Dann werde ich ihn zu Hause aufsuchen«, erwiderte Jane. Dies paßte ihr ganz ausgezeichnet. Privatere Atmosphäre. Möglicherweise enthüllender.

Gradys Haus war ein kleines Gebäude, das an ein Farmhaus erinnerte, mit einem saftigen Rasen davor und mit frischem Anstrich. Es wurde von großen Ulmen beschattet, die irgendwie den Mehltau überstanden hatten, und um das ganze Haus herum befand sich ein Meer von Blumen. Es war ein sehr friedlich und behaglich aussehendes Haus, ganz wie Grady selbst. Sie läutete die Türglocke und wiederholte im stillen noch einmal ihre Begründung für den Besuch. Die Tür wurde einen Spalt weit geöffnet, und Gradys rundes, rötliches Gesicht erschien. »Ah, Jane …«

»Man hat mir in Ihrem Büro gesagt, daß Sie über Mittag hier wären.«

»Ah … ja. Nun … möchten Sie nicht hereinkommen?«

Es war kein herzlicher Willkommensgruß, aber sie konnte es sich nicht erlauben, wählerisch zu sein. »Danke, Grady.«

Als er die Tür öffnete, bemerkte sie, daß er einen Bademantel trug. Seine Beine und Füße waren nackt. Mitten am Tag? Er bemerkte ihre Blicke und sagte: »Flecken. Ich habe etwas Farbe auf meine Hose verschüttet. Bin nach Hause gegangen, um mich umzuziehen. Ah … nehmen Sie doch bitte Platz.«

Er war übernervös.

Um so besser.

Jane setzte sich auf das Sofa in der Nähe eines Fensters, dessen Vorhänge zugezogen waren. »Grady, ich wollte Sie fragen, was Ihnen zu dieser ganzen Sache mit Mrs. Pryce einfällt. Als Bürgermeister sind Sie sicherlich auch der Meinung, daß der Fall schnell und ohne viel Aufsehen gelöst werden sollte.«

»Ah … ja, natürlich.« Er fuchtelte an einer Schublade im Beistelltisch herum. »Zigarette?« fragte er.

Jane war nicht sicher, ob dies ein Angebot oder eine

verzweifelte Bitte war. »Danke, Grady, ich habe meine eigenen. Möchten Sie eine?«

Sie griff nach ihrer Handtasche.

Und hielt die falsche in der Hand.

Neben ihrer Tasche auf dem Sofa lag eine sehr auffällige moosgrüne Lederhandtasche.

Jane blickte auf und fühlte, wie sie zum zweiten Mal innerhalb der letzten Stunde rot wurde. Grady trug mitten am Tag einen Bademantel, und Missys Tasche lag auf dem Sofa …

Jane stand so plötzlich auf, daß er einen Schritt zurücksprang. »Ich habe meine Zigaretten zu Hause gelassen. Ich muß gehen, Grady. Auf Wiedersehen. Nein, ich finde schon allein hinaus.«

»Mitten am Tag!« rief Jane zum fünften Mal innerhalb von ebenso vielen Minuten.

Shelley klopfte ihr auf die Schulter und lachte. »Setz dich hin. Du wirst schon drüber wegkommen.«

Jane warf sich auf einen von Shelleys Küchenstühlen und kramte in ihrer Handtasche nach den Zigaretten, die diese Enthüllung provoziert hatten. »Missy und Grady. Ich kann es einfach nicht glauben«, wiederholte sie und paffte wild vor sich hin, nachdem es ihr endlich gelungen war, den alten, mitgenommenen Glimmstengel anzuzünden. Seit fast einem Jahr sagte sie sich immer wieder, daß sie fast soweit war, das Rauchen aufzugeben.

»Warum nicht?« erkundigte sich Shelley und setzte sich auf den Stuhl, der Jane gegenüberstand.

»Nun, zum einen ist sie mindestens fünfzehn Zentimeter größer als er.«

Shelley mußte lachen. »Jane, das spielt doch in der Horizontalen keine Rolle. Größe ist eine rein vertikale Angelegenheit.«

»Du weißt, was ich meine. Die Tatsache, daß sie es mitten am Tag machen, haut mich wirklich um. Sie sind doch erwachsene Menschen, keine geilen Teenager.«

Shelley streckte ihre Hand über den Tisch und tätschelte sie beruhigend. »Jane, du bist wirklich schon zu lange Witwe. Entweder du bist besessen vom Sex oder er schreckt dich ab.«

»Er schreckt mich nicht ab. Ich bin lediglich sehr überrascht. Grady und Missy! Ich hatte doch nicht den geringsten Verdacht!«

»Jane, Leute haben manchmal jahrelange Affären, die sehr glücklich verlaufen, ohne daß irgendein Außenstehender etwas davon weiß. Warum, meinst du, hätte man dich einweihen sollen?«

»Jahre! Mein Gott! Die Sekretärin sagte, daß er zum Mittagessen donnerstags immer nach Hause geht. Denkst du, daß …?« Sie grinste. »Oh ich hoffe doch sehr. Aber am hellichten Tag?«

»Hast du nie am Tag mit einem Mann geschlafen?«

»Oh, sicher. Aber das war mit Steve«, erwiderte Jane abweisend. »Er war ja schuld an meinen Schwangerschaftsstreifen und Falten, also hat es mich nicht so gestört. Aber eine Affäre … eine Affäre ist anders. Ich dachte immer, dafür müßte man einen tollen, jungen Körper haben.«

»Die Stimme der Unerfahrenheit spricht aus dir«, sagte Shelley. »Jane, verlassen wir doch einmal für den Augenblick Gradys Schlafzimmer und konzentrieren uns darauf, was dies alles bedeuten könnte. Meinst du, Missy hat sich um Gradys willen über die Beschuldigungen von Mrs. Pryce aufgeregt? Du hast mir erzählt, daß Ruth wütender über die Beleidigung ihrer Schwester gewesen ist, als Naomi selbst es war. Vielleicht war es bei Missy und Grady auch so.«

»Missy als Mörderin? Unmöglich.«

»Aber es ist ebenso unmöglich wie die Vorstellung, daß es jemand anders aus dem Kurs gewesen sein könnte.«

»Richtig. Außer Bob Neufield. Er haßt uns und das wahrscheinlich mit gutem Grund. Wir hätten nie zu ihm gehen sollen.«

»Genausowenig hättest du zu Grady gehen sollen.«

»Stimmt. Aber nichts hat mich davon abhalten können. Jetzt allerdings sollte ich nach Hause gehen und versuchen, mich von jeglichen Unannehmlichkeiten fernzuhalten«, sagte sie und stand auf.

Als sie ins Haus trat, bemerkte sie als erstes das Geräusch ihrer Schreibmaschine. Cecily rief ihr aus dem Wohnzimmer zu: »Ich höre sofort auf, wenn du sie brauchst.«

»Nicht nötig. Was machst du?«

»Ich habe mich eben an einen Vorfall in der Vergangenheit erinnert, den ich für mein Buch festhalten wollte. Trotz allem, was passiert ist, bin ich froh, daß wir diesen Kurs mitmachen.«

Jane hätte ihrer Mutter beinahe erzählt, daß sie überlegte, Priscillas Geschichte zu schreiben, aber die Idee war immer noch zu überwältigend und zerbrechlich, um sie mit irgend jemandem außer Missy zu teilen. Nicht etwa, weil sie befürchtete, ihre Mutter würde ihr die Sache ausreden wollen, aber es könnte immerhin dieser flüchtige Ausdruck von Ungläubigkeit auf ihrem Gesicht erscheinen, dem sich Jane nicht aussetzen wollte. »Ich werde oben an meiner Kurzgeschichte weiterarbeiten«, erwiderte sie statt dessen. »Erinnere mich später daran, dir zu erzählen, was mit dem Wein passiert ist, den ich fürs Abendessen kaufen wollte.«

Eine Stunde und mehrere Seiten später kam Jane in die Küche hinunter, um sich auf die Suche nach etwas Eßbarem zu machen. Während sie im Kühlschrank herumwühlte, klingelte es an der Tür. Sie öffnete. »Hallo, Jane«, sagte Missy. »Sprechen wir noch miteinander?«

»Oh, Missy, natürlich tun wir das. Kommen Sie, wir setzen uns nach draußen.«

Missy warf ihre grüne Handtasche auf den Gartentisch und ließ sich mit einem Seufzer auf einen der Stühle fallen. »Es tut mir leid, wenn Sie wegen mir in Verlegenheit geraten mußten.«

»Oh, nein, Missy. Es war mein Fehler, nicht Ihrer. Ich hatte bei Grady nichts zu suchen.« Jane hob den kleinen Bambuskäfig auf und brachte ihn hinter die Tür. Sie war verlegen und noch nicht in der Lage, Missy in die Augen zu schauen.

»Armer Grady«, sagte Missy mit einem Lächeln. »Er ist ein solch lieber, konservativer, prüder Kerl. Sie haben ihn wirklich zu Tode erschreckt, wissen Sie. Ich habe ihm ausreden wollen, an die Tür zu gehen, aber er fühlt sich immer so überverantwortlich für alles. Er dreht fast durch, wenn ich schon mal das Telefon klingeln lasse, ohne den Hörer abzunehmen.«

Jane setzte sich auf einen Stuhl ihr gegenüber.

»Missy – warum gerade Grady, wenn Sie die Frage erlauben?«

Missy lächelte. »Weil er ein entzückender, roséfarbener Teddybär von einem Mann ist. Noch wichtiger: Ich bin eine große, reizlose Frau, und er betet mich an.«

»Das kann ich mir vorstellen!« erwiderte Jane mit Nachdruck. »Warum sollte er nicht?«

»Ich vermute, Sie haben es Shelley erzählt?«

»Tut mir leid, ja. Ich war so baff! Warum haben Sie

nicht geheiratet? Oh, ich vergaß. Sie haben einen Ehemann.«

»Nicht mehr. Er hat schließlich doch eine andere gefunden, und vor sechs Monaten sind wir geschieden worden. Nein, das Problem ist Gradys Frau.«

»Grady hat eine Frau? Das wußte ich nicht. Wo ist sie? Ich habe sie nie kennengelernt.«

»Sie gehen ja auch nicht oft in Pflegeheime. Im ersten Jahr ihrer Ehe wurden sie in einen Autounfall verwickelt. Sie trug einen enormen Gehirnschaden davon. Seitdem liegt sie im Koma.«

»Davon hatte ich keine Ahnung!«

»Ich weiß, und ich hoffe, daß Sie es nicht ausplaudern werden. Obwohl er nach außen den Eindruck eines sehr extrovertierten Menschen macht, ist Grady seine Privatsphäre doch schrecklich wichtig. Er kann sich eine Scheidung nicht leisten. Der Großteil ihrer Kosten wird durch eine Versicherungspolice abgedeckt, die ungültig würde, falls sie nicht mehr verheiratet wären. Es würde ihn dann tatsächlich seinen letzten Pfennig kosten, für sie zu sorgen. Ich habe ihm oft genug gesagt, daß wir von meinem Geld leben könnten, aber er ist eine so altmodische Vogelscheuche und möchte nichts davon wissen. Dies ist einer der Gründe, warum er so vorsichtig ist, wenn es um unsere Beziehung geht. Es ist wohl unnötig zu betonen, daß ihn die Versicherungsgesellschaft gerne loswerden würde. Er befürchtet, daß, wenn wir zusammen leben oder unsere Beziehung öffentlich machen würden, sie auf Bigamie oder sonstwas klagen, um die Zahlungen einstellen zu können.«

»Damit würden sie doch nicht durchkommen, oder?«

»Sie haben bereits eine Reihe anderer Tricks versucht, die fast genauso mies waren. Zweimal mußte er deswegen schon vor Gericht gehen. So, jetzt wissen Sie es also.«

»Es tut mir leid. Es war nicht meine Absicht, herumzuschnüffeln – nun ja, genau das hatte ich eigentlich doch vor, aber ich wollte nur herausbekommen, ob irgendeine Verbindung zwischen Grady und Mrs. Pryce bestand.«

Missy seufzte. »Das ist tatsächlich der Fall ...«

Sie schwieg und blickte Jane genau an, als versuche sie, sie richtig einzuschätzen. Dann fuhr sie fort. »Seine Frau ist ihre Großnichte. Mrs. Pryce selbst hatte keine Ahnung. Wells ist ein verbreiteter Name, und keines der Familienmitglieder hatte mehr mit ihr zu tun als unbedingt nötig. Und da in der Gemeinde niemand etwas über seine Frau wußte, hat er es selbst nie zur Sprache gebracht. Aber bevor Sie fragen – ja, die Polizei weiß Bescheid. Grady hat Ihrem Detective alles erzählt. Das heißt, alles bis auf mich.«

Jane lehnte sich einige Augenblicke lang zurück. »Es wird Sie erleichtern zu erfahren, daß Mel mir nicht einmal andeutungsweise etwas darüber gesagt hat. Kann ich mit Shelley über die Geschichte sprechen? Sie wird es nicht weitererzählen. Sie freut sich übrigens sehr für Sie und Grady.«

»Von mir aus. Solange ihr klar ist, daß sie mit niemandem sonst über dies alles reden kann.«

Sie schwiegen eine lange Zeit. Dann fragte Jane: »Es ist keine nahe Verwandtschaft, oder? Mel erzählte, daß das ganze Geld an die Enkelkinder ginge. Grady wird nicht davon profitieren?«

»Er bekommt keinen roten Heller. Jane, Grady hatte mit diesem Mord nichts zu tun.«

»Ich glaube Ihnen.« Und sie meinte es ehrlich. Zumindest war sie überzeugt, daß Missy von seiner Unschuld überzeugt war. Jane selbst wollte noch einmal über alles nachdenken, bevor sie Grady von ihrer persönlichen Liste der Verdächtigen streichen konnte. Sie hatte allerdings in ihrem Kopf bereits einen leichten Strich durch seinen Namen gezogen, und nichts würde ihr mehr Freude bereiten, als ihn ganz von der Liste zu verbannen. Leider hatte sie aber schon jeden, bis auf Bob Neufield, gestrichen. Trotzdem beschlich sie das ungute Gefühl, daß er nicht der Schurke war, für den sie ihn gerne halten würde.

»Jane, ich denke, wir haben die Sache weitestgehend geklärt. Ich wollte Sie fragen, ob Sie an Priscillas Geschichte weitergearbeitet haben? Deshalb bin ich eigentlich hergekommen.«

Jane begann, Missy von ihrer Idee mit dem Wolf zu berichten, aber Missy unterbrach sie. »Ein kleiner Rat, Jane: Sprechen Sie nie über eine Idee, bevor Sie sie aufgeschrieben haben. Sie werden Ihr ganzes Pulver beim Erzählen verschießen, und die Niederschrift kommt Ihnen dann langweilig vor, wenn Sie daran arbeiten.«

»Oh, ja, das leuchtet mir ein. Wahrscheinlich haben Sie recht. Nun ja, wie Sie sehen, arbeite ich immer noch daran. Missy, sind Sie wirklich der Auffassung, daß ich irgendwann mit einem veröffentlichten Buch dastehe? Es kommt mir beinahe unmöglich vor.«

Missy wählte ihre Worte mit Vorsicht. »Ich glaube, daß Sie einmal eine Geschichte in den Händen halten werden, die veröffentlicht werden *kann*. Ob sie wirklich veröffentlicht wird, ist eine andere Sache. Schauen Sie, Jane, erfolgreiches Schreiben setzt sich zu neunundvierzig Prozent aus Disziplin und aus weiteren neunundvierzig Prozent Talent zusammen, dazu kommen zwei Prozent pures Glück.«

»Ich glaube nicht, daß ich die Disziplin oder das Talent besitze, ganz zu schweigen vom Glück.«

»Aber die beiden ersten kann man nähren und trainieren. Mit dem Glück geht das allerdings nicht.«

»Meinen Sie nicht, ich könnte eher eine Liebesgeschichte schreiben?«

»Um Himmels willen, nein! Jeder glaubt, eine Liebesgeschichte zu schreiben sei die einfachste Sache in der Welt, dabei ist es die schwierigste überhaupt, wenn man es gut machen will. Außerdem – das Geschäft mit den Liebesgeschichten ist schwierig.«

»Warum?«

»Weil die meisten Verleger von Liebesgeschichten sehr jung sind und sich stark daran orientieren, was in New York gefragt ist. Sie denken, daß westlich vom Hudson alles Wildnis ist und daß die typische Leserin irgendeine hinterwäldlerische Maus ist, die unter angeborenem Schwachsinn leidet und ihre Lippen beim Lesen bewegen muß. Dementsprechend tendieren sie dazu, Autorinnen auf dem Level von Lieschen-Müller-Geschichten festzulegen. Einmal hatte ich mit einer Verlegerin zu tun, die darauf bestand, daß ich eine Anspielung auf Charles Dickens herausnahm. Sie war überzeugt, die Leserinnen hätten noch nie von ihm gehört und würden annehmen, er sei eine Figur im Buch, die ihnen bisher nicht aufgefallen war. Ich bin nicht sicher, ob *sie* wußte, wer er ist.«

Jane lachte. »So schlimm kann es doch nicht sein.«

»Nein, einige Verleger sind sehr gut, aber man hat nicht immer das Glück, mit ihnen zusammenzuarbeiten.« Missys Laune hatte sich sichtlich gebessert. »Es gibt da noch einige andere Dinge, die Sie wissen sollten, wenn Sie mit dem Gedanken spielen, in dieses Geschäft einzusteigen. Leute werden Ihnen Sachen an den Kopf werfen, die Sie am Anfang umhauen werden, bis Sie feststellen, daß sie üblich sind.«

»Was wäre das zum Beispiel?«

»Zum Beispiel Leute, die fragen: ›Unter welchem Namen schreiben Sie denn?‹, womit sie andeuten wollen, daß sie noch nie von Ihnen gehört haben. Ich antworte dann immer, daß ich unter dem Pseudonym Stephen King schreibe. Einige verstehen den Witz sogar. Andere sind direkter. ›Oh, Sie sind Schriftstellerin? Ich habe noch nie von Ihnen gehört.‹ Oder Freunde, die Ihnen in sehr freundlichem Tonfall erklären: ›Ich habe noch nie eines deiner Bücher gelesen.‹ Ich kann mir einfach nicht vorstellen, welche Antwort sie von mir erwarten. Und das sind noch nicht einmal die Schlimmsten, Jane. Dies sind Leute, die sich bemühen, nett zu sein und einfach nicht mitbekommen, wie beleidigend und mies sie sich in Wahrheit verhalten. Aber das Ärgste und Häufigste ist folgendes: ›Sie sind Schriftstellerin? Ich wollte auch immer mal ein Buch schreiben – aber mir fehlte bisher immer die Zeit dazu.‹ Mir liegt es dann immer auf der Zunge zu sagen: ›Ja, und ich wollte schon immer mal Gehirnchirurg werden, wenn ich nur die Zeit hätte, mich an Operationen zu versuchen.‹«

»Missy ... ich möchte nicht in Ihren Privatangelegenheiten herumschnüffeln, aber können Sie vom Schreiben leben?«

»Ja, aber ich kann mich nicht darauf verlassen. Es gibt fette und magere Zeiten. Das Schöne an der Sache ist, daß keine großen Kosten entstehen. Es ist nicht wie bei der Eröffnung eines Geschäfts, wo man Miete zahlen muß und verpflichtet ist, eine große Menge an Waren abzunehmen und Angestellte und ein Lieferwagen zu bezahlen sind. Alles, was Sie benötigen, ist eine Schreibmaschine, Papier und Ihre Vorstellungskraft, obwohl ich Ihnen ausdrücklich einen PC empfehlen möchte. Sie denken ernsthaft über diese Sache nach, nicht wahr?«

»Halbwegs ernsthaft«, gab Jane zu.

Missy stand auf, umarmte Jane und sagte: »Die meiste Zeit über denke ich, daß Schreiben der beste Job in der Welt ist. Man ist in der Lage, zu Hause zu bleiben, kann anziehen, was man möchte, darf rauchen, ohne daß sich jemand beschwert. Und jetzt sollte ich langsam wieder an die Arbeit gehen.«

Jane begleitete sie bis zum Wagen. Beim Einsteigen sagte Missy: »Schauen Sie mal auf Ihrer Veranda vorne nach. Ich wette, da stehen Blumen für Sie.«

Und wirklich konnte Jane dort einen Gegenstand erkennen, der in weißes Papier gehüllt war.

Sie verabschiedete sich von Missy und ging zum Haus zurück. Sie nahm die Blumen mit hinein und befreite sie vom Papier. Es war ein wunderschönes Gesteck aus Frischblumen, ganz in Blau und Weiß gehalten und in einer glasierten weißen Schale. Jane suchte zwischen den Blumen nach einer Karte, aber es gab keine. Sie entdeckte den Namen des Floristen auf dem Papier, beschloß aber, nicht anzurufen und nachzufragen.

Sicher hat Mel sie geschickt, dachte sie. Was für eine nette, romantische Geste.

»Was für ein wunderschönes Gesteck!« sagte auch Cecily, nachdem sie einen Blick auf die Blumen geworfen hatte, die jetzt auf dem Küchentisch standen. »Wer hat sie geschickt?«

»Ich nehme an, daß sie von Mel sind, aber es liegt keine Karte dabei. Was sind das überhaupt für Blumen? Ich glaube dies hier sind Shasta-Gänseblümchen, aber die blauen kenne ich überhaupt nicht.«

»Ich auch nicht. Jane, ist es etwas Ernsthaftes? Mit Mel?«

»Oh, Mama, ich weiß es nicht. Ich denke nicht. Wir haben im Grunde nichts gemeinsam.«

»Manchmal ist das nicht so wichtig«, erwiderte Cecily. »Es kann sogar eine gute Basis für eine Beziehung bilden. Man macht andauernd neue Entdeckungen.«

»Tatsache ist, daß Mel überhaupt nicht daran interessiert ist, meine Welt mit Hausarbeit, den Kindern, Hausaufgaben, Schulfesten kennenzulernen. Und ich kann ihm das nicht einmal übelnehmen. Es ist alles notwendig, aber nicht ausgesprochen faszinierend. Und ehrlich gesagt, ich denke genauso über seinen Job. Notwendig, aber ziemlich langweilig – außer in Zeiten wie diesen, wenn es etwas mit mir zu tun hat. Ich kann mir einfach nicht vorstellen, wie wir beide eine fesselnde Unterhaltung über eine bestimmte Sorte Puder führen, die sie bei der Polizei benutzen, um Fingerabdrücke festzustellen.«

»Jane, mein Schatz, du sprichst über Arbeit, nicht darüber, was du in deinem Inneren bist.«

»Aber Mutter, ich bin schon eine so lange Zeit Hausfrau und Mutter, daß das, was ich *tue*, auch das ist, was ich *bin*.«

Das Telefon klingelte. »Hallo? Oh, hallo, Mel«, sagte Jane.

Cecily fiel plötzlich ein, daß sie noch etwas erledigen wollte.

»Mel, Missy hat mir die Sache mit Grady erzählt.«

»Ach, ja? Was genau hat sie dir erzählt?« erkundigte er sich vorsichtig.

»Die Geschichte von seiner Frau, die seit einer Ewigkeit im Koma liegt. Und daß sie eine Verwandte von Mrs. Pryce ist. Das hattest du bisher nicht erwähnt.«

»Er hat mich gebeten, diese Information vertraulich zu behandeln, und ich war einverstanden, solange es keinen Bezug zum Fall hat.«

»Und das hat es nicht?«

»Bisher sieht es nicht so aus. Seine Frau ist nicht nahe genug mit Mrs. Pryce verwandt, um zu erben. Mindestens sieben Enkelkinder kommen vor ihr an die Reihe. Und selbst danach gäbe es immer noch einige Urenkel. Wir haben außerdem Rechnungsprüfer beauftragt, sich die Bücher der Stadt anzusehen. Wenn Grady nicht gerade doppelt so schlau ist, wie sie alle zusammen, dann fehlt nicht ein Pfennig. Wie kommt es, daß Missy dir davon erzählt hat? Warum weiß sie Bescheid?«

»Oh, sie sind befreundet, denke ich. Wahrscheinlich hatte es etwas mit seiner Autobiographie für den Kurs zu tun«, sagte Jane betont beiläufig. Wenn Mel ein Geheimnis für sich behalten konnte, dann konnte sie es auch.

»Wir haben eine Polizistin an ihre Romane gesetzt, um die durchzusehen.«

»Warum?«

»Wir wollen feststellen, ob es irgendwelche Hinweise darauf gibt, daß sie sich mit Giften auskennt.«

Jane mußte lachen. »Mel, das sind Liebesromane. In diesen Romanen werden keine Personen vergiftet. Und ehrlich gesagt – ach, vergiß es.« Eigentlich hatte sie ihn kritisieren wollen, weil er eine *Polizistin* zum Lesen aufgefordert hatte, als ob sie etwas wären, womit sich ein Mann nicht abgeben konnte. Vielleicht fürchtete er auch, daß bei der Lektüre der Romane sein Macho-Ego Schaden nehmen könnte. Aber Jane war nicht sicher, ob er für eine weitere Lektion aufnahmefähig war und ob sie es überhaupt riskieren wollte, ihm noch eine zu geben.

»Man kann nie wissen«, sagte er ruhig, ohne zu bemerken, was er verpaßt hatte.

»Mel, vielen Dank für die Blumen. Sie sind einfach wundervoll. Ich werde sie hier in der Küche stehen lassen, damit ich sie immer sehe, während ich arbeite.«

Es war lange Zeit ruhig am anderen Ende der Leitung. »Blumen? Jemand hat dir Blumen geschickt?«

»Sie waren nicht von dir?«

»Nein, leider nicht.«

»Oh, wie peinlich. Es tut mir leid. Aber wenn *du* es nicht warst ...« Sie stockte mitten im Satz, denn ihr wurde klar, daß es nicht gerade eine gute Idee war, überdeutlich auf die Tatsache hinzuweisen, daß es niemanden auf der Welt gab, der auf die Idee kommen würde, ihr Blumen zu schicken. »Es lag keine Karte dabei, und ich dachte ...«

»Nein«, sagte er mit scharfem Tonfall. »Sie müssen wohl von einem anderen Bewunderer stammen.«

»Vielleicht«, entgegnete sie mit einem hysterisch-fröhlichen Tonfall in der Stimme. »Also, gibt es irgendwelche Neuigkeiten bei der Untersuchung?«

Er schwieg einen Moment. Dann sagte er: »Nein, wir bemühen uns weiterhin. Mach dir aber keine Sorgen. Wir werden die Geschichte schon irgendwann aufklären. Wenn ein Mord nicht gerade auf Vorkommnisse im privaten Umfeld zurückzuführen ist, was oft der Fall ist, dann dauert es gewöhnlich einige Zeit, bis wir die Sache herausbekommen haben. Du mußt wissen, Jane, daß mit all den technischen Neuerungen bei der Kripo ...«

Jane hörte seinem Vortrag nicht zu. Sie starrte durch den Raum auf die Blumen. Wenn Mel sie nicht geschickt hatte, wer zum Teufel dann?

Sie wartete, bis er zum Ende gekommen war und sagte dann: »Oh, beinahe hätte ich es vergessen. Desiree Loftus ist gerade auf einem Kräuter-Trip. Shelley und ich haben sie besucht. Ihr Haus ist voller Pflanzen. Sie braut sich Gesundheitstees und andere Sachen zusammen.«

Sie mußte ihm nicht erklären, warum dies wichtig sein könnte. »O.K., wir werden es überprüfen.« Er hielt seine Hand halb über die Muschel, führte eine gedämpfte Unterhaltung und sprach dann wieder deutlich in den Hörer: »Es tut mir leid, ich muß Schluß machen.«

»Wir sprechen uns dann später. Auf Wiedersehen«, erwiderte Jane.

Nett. Entweder hatte er den Grund seines Anrufs vergessen oder es hatte keinen anderen gegeben als den, mit ihr zu reden.

Jane stand einen Moment neben dem Apparat, dann wählte sie Missys Nummer. Sie erreichte ihren Anrufbeantworter. Jane haßte es, auf diese Dinger zu sprechen, aber in diesem Fall tat sie es doch. »Missy, dies ist eine dumme Bitte, aber würden Sie wohl Grady anrufen und sicherstellen, daß nicht *er* mir die Blumen geschickt hat, die auf der Terrasse lagen? Ich kann mir kaum vorstellen, daß er es war, aber ich möchte sichergehen ...« Es gab einen Klick, als sich der Anrufbeantworter ausschaltete. Missy schien nicht gerne lange Nachrichten zu bekommen und hatte ihn entsprechend eingestellt.

Cecily kam vom Garten her durch die Küchentür. »Hast du ein Paar Gartenhandschuhe? Dein Gemüse wird langsam vom Unkraut überwuchert.«

»Ich habe sogar ein Ersatzpaar«, erwiderte Jane. »Mama, die Blumen waren nicht von Mel!«

»Wie aufregend! Du mußt einen geheimen Bewunderer haben.«

Die nächste Stunde verbrachte sie plaudernd und Unkraut jätend mit ihrer Mutter im Garten. Diesmal gewann Jane keine großen philosophischen Einsichten, sondern genoß es einfach, ihre Mutter bei sich zu haben. Sie erzählte ihr von dem Besuch bei Desiree und auch von ihrem peinlichen Eindringen in Gradys Leben. Sie wußte, daß ihre Mutter keinen Grund haben würde, mit irgend jemand über Grady und Missy zu sprechen, aber sie ließ sie trotzdem schwören, die Sache geheimzuhalten. »Oh, und noch etwas habe ich völlig vergessen zu erzählen: die Sache mit deinem Wein.« Jane berichtete von ihrem schrecklichen Besuch im Getränkeladen.

»Was für ein schrecklicher Mann! Wie schön, daß es ab und zu doch noch Gerechtigkeit auf dieser Welt gibt. Er hat sich doch nicht verletzt, oder?«

»Das glaube ich nicht. Er brüllte immer noch, daß es nicht seine Schuld gewesen sei, als ich den Laden verließ.«

»Jane – vielleicht ist *er* dein heimlicher Bewunderer.«

»Oh, hoffentlich nicht! Nein, das kann nicht sein. Solch einem Mann fehlt der nötige Anstand und jeglicher Sinn für Romantik. Er hätte wohl eher einen Vibrator geschickt – oder eines dieser Törtchen aus einer Bäckerei, die obszöne Kuchen herstellt. Nein, ich vermute eher, daß es Grady gewesen ist. Er wußte, daß ich ebenso verlegen war wie er. Wahrscheinlich sollen diese Blumen als Entschuldigung gelten. Ich habe versucht, Missy anzurufen, habe aber nur ihren Anrufbeantworter erreicht.«

»Ich nehme an, daß du recht hast. Jane, erzähl mir etwas über die Geschichte, an der du arbeitest.«

Jane richtete ihren Oberkörper auf und strich sich die Erde von den Handschuhen. »Ich habe fast schon Angst, darüber zu reden. Missy sagte, es könnte ein Buch daraus werden.«

»Wie wunderbar.« Es war nicht eine Spur von Ungläubigkeit in ihrer Stimme. Bloß aufrichtige Freude.

»Das glaube ich aber nicht. Ich habe in Wahrheit überhaupt keine Ahnung davon, wie man ein Buch schreibt, und ich fühle mich schon wie eine Schwindlerin, wenn ich nur darüber spreche.«

»Du weißt nicht, ob du ein Buch schreiben kannst, wenn du es nicht probierst. Ich finde, du solltest dein Bestes versuchen. Wenn es nicht hinhaut, hast du wenigstens Spaß bei dem Versuch gehabt. Erzähl mir davon. Es ist ein Roman, nicht wahr?«

»Ich kann dir nur von dem Teil erzählen, der bereits fertig ist – Missy sagt, es sei besser so.«

»Dann erzähl mir halt davon.«

Später lieferte Cecily noch einige interessante Ideen für die Entwicklung der Handlung und unterstützte enthusiastisch Janes Vorhaben, einen Teil des Erbes ihrer Freundin für den Kauf eines Computers auszugeben. »Es ist ja mittlerweile wirklich out, keinen zu haben. Du kannst außerdem mit ihm die Buchführung für deinen Haushalt erledigen und ein paar Spiele für die Kinder anschaffen. Letzteres könnte sich allerdings auch als Fehler erweisen«, setzte Cecily hinzu. Als sie schließlich ins Haus zurückgingen, sprudelte Jane förmlich über vor Ideen und hielt zudem noch vier kleine Gurken in den Händen, die wirklich auf ihrer Seite des Zauns gewachsen waren und die sie zu Salat verarbeiten wollte. »Jane, ich werde fürs Abendessen sorgen. Arbeite du ruhig an deinem Buch«, sagte Cecily.

»Das geht auf keinen Fall, du bist schließlich ein Gast.«

»Doch, sicher geht das. Ich bin deine Mutter, und ich sage dir, daß du an deiner Geschichte weiterschreiben sollst. Gib mir die Autoschlüssel. Ich habe ein neues Rezept, das ich an dir ausprobieren möchte.«

Jane verbrachte den Rest des Nachmittags in seliger Abgeschiedenheit mit Priscilla. Sie lief zwischendurch schnell zur Bücherei, um sich ein Buch über Kostüme der Kolonialzeit und die gesellschaftlichen Gebräuche auszuleihen, ließ sich dann aber gar nicht von ihrem Schreiben ablenken, um einen Blick in die Bücher zu werfen.

Sie bemühte sich die ganze Zeit über, nicht bewußt an den Mord an Mrs. Pryce zu denken. Dennoch bemerkte sie, daß das Thema wie eine dunkle Strömung ihre Gedanken durchzog. Missy, Grady, Bob Neufield, Desiree, Ruth, Naomi und Maria Espinoza gingen ihr immer wieder durch den Kopf.

Und auch andere Gedanken drängten sich immer wieder in ihr Bewußtsein. Das überzählige Buch in Shelleys Auto, der kleine Vogelkäfig, das wunderschöne Blumengesteck. Stellten diese Dinge etwa auf irgendeine obskure Art und Weise Drohungen dar? Jemand schenkte ihr Dinge. Natürlich konnte es sich bei dem Buch und dem Vogelkäfig um Zufälle handeln. Es waren einfach Sachen, die liegengelassen wurden und nichts mit ihr zu tun hatten. Aber die Blumen – was war mit den Blumen? Sie waren kein Zufall. Jemand hatte ihr mit Absicht diese Blumen geschickt, war in einen Laden gegangen, hatte sie bestellt und für sie gezahlt.

»Jane! das Abendessen ist fertig!« rief Cecily die Treppe hinauf. Jane schaute auf ihre Uhr und registrierte erstaunt, daß es bereits sechs war. Wohin war die Zeit verschwunden?

»Mama, das war phantastisch«, sagte Jane und verspeiste den letzten Bissen Gurke. Cecily hatte einen Schmortopf mit Hühnchen, Erbsen und Wasserkastanien zubereitet, der zudem Schichten von Lasagne-Nudeln und weißer Soße enthielt und zuoberst mit einer Kruste aus Käse überzogen war.

»Es liegt am Curry-Pulver.«

»Ich habe keinen Curry geschmeckt.« Jane begann, den Tisch abzuräumen.

»Das ist ja das Geheimnis. Es gibt kein Hähnchengericht auf der Welt, das nicht von einer Prise Curry profitieren könnte. Jane, ich werde das erledigen. Du mußt zum Kurs.«

»Ich? Kommst du nicht mit?«

»Heute nicht. Katie hat angerufen, als du mit der Wäsche im Keller warst. Es gibt scheinbar irgendwelche Probleme mit den Chlortanks, und sie schließen das Schwimmbad heute schon um sieben. Sie fragte, ob wir drei zusammen ins Kino gehen sollen. Ich habe ihr gesagt, daß du zum Kurs mußt, daß ich aber gerne mitkommen würde. Du kannst doch sicher für mich Notizen machen, oder?«

»Natürlich, kein Problem. Bist du sicher, daß es dir nichts ausmacht, den Kurs zu verpassen?«

»Ich würde mich viel schlechter fühlen, wenn ich mir eine Gelegenheit entgehen ließe, mit meiner Enkeltochter auszugehen. Du solltest allerdings versuchen, Shelley zu erreichen, ich brauche nämlich ein Auto.«

Jane rief Shelley an und verabredete sich mit ihr. Einige Minuten später waren sie bereits unterwegs. Jane erzählte Shelley von den Blumen, die sie erhalten hatte. »Sie sind nicht von Mel. Ich glaube eigentlich nicht, daß Grady sie geschickt hat, aber von Missy habe ich bis jetzt nichts gehört. Ich bin auch sicher, daß sie nicht von diesem Schleimer kommen …«

»Welchen Schleimer meinst du denn?«

»Oh, habe ich dir nicht von der Geschichte im Getränkeladen erzählt? Sie wird dir gefallen …«

Die Erzählung dauerte bis zum Parkplatz des Rathauses. Sie saßen lachend im Wagen, als auch Missy auf den Parkplatz fuhr. Sie stieg aus und kam dann zu Shelleys Auto. »Jane, es tut mir leid, daß ich nicht mehr dazu gekommen bin, Sie anzurufen. Ich habe allerdings mit Grady gesprochen. Er sagte mir, daß er keine Blumen geschickt hat, was mich nicht überrascht. Grady hat es nicht so sehr mit Blumen. Ich schicke mir zu Weihnachten immer selbst einen Adventsstern in seinem Namen und auch einen Strauß Gardenien zu meinem Geburtstag. Er bezahlt wohl die Rechnungen, kommt aber nie auf den Gedanken, die ganze Angelegenheit selbst in die Hand zu nehmen. Wo ist Ihre Mutter, Jane?«

Jane erklärte es ihr.

»Da sind Ruth und Naomi. Grady holt Bob ab, weil sein Auto nicht anspringen wollte. Sie müßten eigentlich auch jeden Augenblick hier sein. Ich werde schon reingehen und meine Unterlagen sortieren.«

»Wir kommen in einer Minute nach«, erwiderte Jane. Als Missy gegangen war, wandte sich Jane Shelley zu. »Wenn es nicht Grady war, der mir die Blumen geschickt hat, von wem sind sie um Himmels willen dann? Und Shelley, ich habe dir noch gar nicht von dem Vogelkäfig erzählt.«

»Vogelkäfig? Ach, Jane, holt Mel dich nachher ab?«

»Ich glaube nicht. Er hat heute nachmittag angerufen, aber nichts dergleichen erwähnt.«

Shelley tippte gedankenverloren mit ihren Nägeln aufs Lenkrad. »Du hast mir auch noch nicht ausführlich von deiner Verabredung erzählt. Jane, wir müssen uns noch mal in Ruhe unterhalten. Die Geschichte dauert mir zu lange! Es ist wirklich Zeit, daß wir die Sache aufklären und jemand verhaftet wird.«

Jane hatte wirklich nicht erwartet, daß Mel nach dem Kurs auf sie warten würde, aber das hatte sie nicht davon abgehalten, insgeheim doch darauf zu hoffen – und dann enttäuscht zu sein, als er nicht da war. Sie fuhr also mit Shelley wieder nach Hause, und sie stellten fest, daß Cecily und Katie noch nicht vom Kino zurück waren. »In Ordnung«, sagte Shelley mit energischer Stimme, »dann zeig mir jetzt diesen Vogelkäfig.«

Jane mußte eine Minute nachdenken, bevor ihr einfiel, daß sie ihn hinter die Garagentür gestellt hatte. Sie holte ihn herein und setzte ihn auf dem Küchentisch ab. Die beiden Frauen zogen sich Stühle heran und starrten dann auf den Käfig. »Es ist kein echter Vogelkäfig«, sagte Shelley. »Ich habe so einen schon mal gesehen.«

»Tatsächlich?« Jane schaute ihn noch einmal an, dann weiteten sich ihre Augen. »Ja natürlich, stimmt! Der, den ich schon mal gesehen habe, war mit Bonbons gefüllt. Daran habe ich auch direkt gedacht, als ich ihn fand. Aber wo …?«

»Vergiß es. Dann ist es einfacher, sich an naheliegende Dinge zu erinnern. Also, wo hast du ihn gefunden?«

»Auf dem Gartentisch.«

»Wann?«

»Heute morgen. Nachdem wir von Desirees Haus zurückkamen. Ich ging nach draußen, und da stand er auf dem Gartentisch.«

»Wie lange stand er wohl schon da?«

»Wie soll ich das wissen, Shelley? Es war keine Zeitschaltuhr dabei.«

»Ich meine, wann warst du zum letzten Mal auf der Terrasse, und er war noch *nicht* da?«

Jane brauchte nur einige Sekunden, um die Bedeutung der Frage zu verstehen. »Ich kann mich nicht daran erinnern, ob ich heute überhaupt vorher draußen gewesen bin. Warte. Ja, doch, ich bin sehr früh aufgestanden und habe eine Tasse Kaffee draußen getrunken.«

»Und da war er noch nicht da?«

»Ich bin nicht sicher. Es war entsetzlich früh. Willard war mit hinausgekommen und drohte, seine Kläffer-Show abzuziehen und die ganze Nachbarschaft aufzuwecken. Ich mußte ihn die ganze Zeit im Auge behalten. Zumindest in soviel Auge, wie ich am frühen Morgen öffnen kann. Ich kann es nicht beschwören, aber ich glaube nicht, daß er da schon auf dem Tisch stand.«

»Also wissen wir nur mit Sicherheit, daß er *gestern* morgen noch nicht da war.«

»Gestern? Oh, ja. Du, Missy und ich haben ja draußen gesessen.«

»Und bist du gestern tagsüber noch einmal in den Garten gegangen oder vielleicht am Abend?«

»Das glaube ich nicht. Ich habe Willard und die Katzen ungefähr hundertmal rein und raus gelassen, aber man kann den Tisch von der Küchentür aus nicht sehen.«

»Das ›Purpurfarbene Stachelschwein‹!« sagte Shelley plötzlich.

»Was?«

»Der kleine Geschenkeladen im Einkaufscenter. Da habe ich ihn gesehen.«

»Du hast recht. Letzte Woche, als wir etwas für Denise zum Geburtstag suchten. Es gab ungefähr eine Million davon«, fügte sie resigniert hinzu.

»Und sie haben sie bereits seit Monaten«, warf Shelley ein. »Jeder hätte sich einen besorgen können. Ich bin sowieso nicht sicher, ob es etwas zu bedeuten hat.«

»Ich auch nicht«, gab Jane zu. »Aber wenn man die überzählige Ausgabe des Buches und die Blumen mit hinzunimmt, dann ist es schon seltsam.«

»Ich bin immer noch der Ansicht, daß du falsch liegst, wenn du glaubst, es wäre etwas Geheimnisvolles mit diesem Buch. Du hast einfach aus Versehen das Exemplar von jemand anderem mitgehen lassen. Und die Blumen – sind es diese da?«

Jane holte vorsichtig das Gesteck vom Bord und setzte es in die Mitte des Tisches. »Hübsch, nicht wahr?«

»Wunderschön. Hat jemanden einiges gekostet. Warum hast du nicht den Floristen angerufen und nachgefragt, ob sie notiert haben, wer es in Auftrag gegeben hat?«

»Ich habe darüber nachgedacht, aber dann habe ich mich für Priscilla interessiert und alles andere vergessen.«

»Priscilla? Wer ist das?«

Jane holte einmal tief Luft und erzählte Shelley dann von ihrer Idee, ein Buch zu schreiben.

»Jane! Das ist doch die Antwort auf deine Jobsuche, nicht wahr? Wenn du dazu taugst, kannst du, wann immer du Zeit hast, schreiben und etwas dazuverdienen. Das ist eine großartige Idee. Wie lautet der Titel?«

Der Mord war für einen Augenblick vergessen.

»Ich weiß es noch nicht. Es kommt ein Wolf darin vor, und ich würde ›Wolf‹ gerne mit in den Titel einbauen. Die Geschichte ist ziemlich düster, irgendwie schaurig, und mit ›Wolf‹ wird diese Stimmung schon gut angedeutet. Aber ich kann es natürlich nicht einfach ›Wolf‹ nennen. Das klingt ja dann wie eines der Bücher, die von der ›National Geographic Society‹ herausgegeben werden.«

»Hmmm. ›Wolfskehle‹, ›Der Wolf im Schafspelz‹. Nein. Paßt alles nicht. ›Wolfsrudel‹ …«

»Nein. ›Das Heulen des Wolfes‹?«

»Vielleicht. Kommt auf die Geschichte an. ›Einen Wolf bei den Ohren halten‹ …«

»Was soll das denn bedeuten?«

»Es kommt aus dem Griechischen, glaube ich. Und bedeutet wohl so viel wie ›Einen Tiger beim Schwanz festhalten‹. ›Auf den Wolf gekommen‹?«

»Hund. Auf den Hund gekommen.«

»Ach, ja. ›Teufelswolf‹? ›Wolfsfluch‹? ›Ein Wolf an der Tür‹?«

»›Wolfsfluch‹ …«, überlegte Jane. »Das gefällt mir. Fluch ist ein gutes Wort. Schaurig, ein bißchen unheimlich und unheilvoll. Ein Hinweis auf Übersinnliches. Was genau ist eigentlich ein ›Wolfsfluch‹?«

»Keine Ahnung. Vielleicht eine Pflanze? Oder ein Drink? Ein Ort wird es wohl nicht sein, oder?«

»Nein, ich denke, es ist eine Pflanze. Ich werde es nachschlagen. Der Klang gefällt mir. Ich hoffe nur, es ist etwas Angemessenes und keine entstellende Krankheit oder sonstwas.«

»Gut. Wir haben also eine der wirklich wichtigen Fragen des Lebens gelöst«, sagte Shelley mit herabgezogenen Mundwinkeln. »Übrig bleibt nur noch der Mord. Ehrlich gesagt glaube ich nicht, daß der Vogelkäfig oder die Blumen etwas damit zu tun haben.«

»Du hast das überzählige Exemplar von Mrs. Pryces Buch vergessen.«

»Ich habe mich zumindest bemüht, es zu vergessen.«

»Aber wer sollte den Vogelkäfig auf der Terrasse stehengelassen haben?«

»Wie wäre es hiermit: Jemand hat ihn ihm Schaufenster gesehen, dachte, daß du ihn mögen würdest und kam vorbei, um ihn dir zu schenken. Vielleicht hat sich der- oder diejenige auf die Terrasse gesetzt, als dein Wagen nicht in der Einfahrt stand, und gewartet, ob du bald zurückkommen würdest. Als du jedoch nicht kamst, ist er oder sie gegangen.«

»Ohne eine Nachricht zu hinterlassen?«

»Hatte wohl keinen Stift und Papier dabei. Vielleicht wollte dich die besagte Person später fragen, ob du den Käfig bekommen hast und hat es dann vergessen.«

»Aber alle außer meiner Mutter waren im Kurs!«

»Es muß nicht unbedingt jemand aus dem Kurs gewesen sein, Jane. Sondern irgendein Freund. Dein Onkel Jim – nun ja, wohl doch nicht – oder Suzie Williams. Vielleicht war er auch für Katie?«

»Katie hat keine Bewunderer, die sich ein Blumengesteck erlauben könnten, das gut und gerne sechzig Mäuse gekostet hat.«

»Richtig, aber das ist ja auch eine völlig andere Angelegenheit.«

»Ist es das wirklich? Ich bin immer noch sicher, daß es da eine Verbindung gibt.«

Shelley seufzte. »In Ordnung. Lass' uns einmal – nur für den Moment, damit das klar ist – annehmen, daß du recht hast. Ich habe nicht die Absicht, diese Wahnvorstellung ernsthaft zu fördern. Was könnten ein Buch, ein Spielzeug-Vogelkäfig und Blumen mit dem Mord zu tun haben, und – viel wichtiger – wenn sie wirklich etwas damit zu tun hätten, warum würde dir jemand diese Dinge schicken?«

»Als Anspielungen? Hinweise?«

»Aber wer würde das tun? Der Mörder? Wenn er gefaßt werden will, könnte er einfach alles der Polizei erzählen, ohne dich einzuschalten. Und wenn er es nicht will, würde er sich auch nicht mit dir abgeben.«

»Einfach der Spannung wegen? Um die Gefahr zu steigern?« warf Jane ein, schüttelte aber bereits den Kopf, während sie sprach. »Was ist, wenn eine andere Person über den Mord Bescheid weiß oder zumindest glaubt, darüber Bescheid zu wissen?«

»Dasselbe Problem«, erwiderte Shelley. »Warum *dich* anstelle der Polizei informieren und warum nicht direkt damit herauskommen, wenn sie will, daß der Mörder gefaßt wird? Genau das gleiche, wenn versucht wird, ihn zu beschützen – warum erst absichtlich Hinweise ausstreuen, wenn man ihn doch eigentlich beschützen möchte?«

Jane lehnte sich in ihrem Stuhl zurück und starrte an Shelley vorbei auf Miau, der wild mit seinem Schwanz hin- und herfuhr und so tat, als ob eine Maus unter dem Herd säße. Zumindest hoffte Jane, daß er nur so tat.

»O.K. Ich gebe auf. Du wirst schon recht haben. Aber das Ganze ist trotzdem eigenartig, besonders die Blumen.«

»Da stimme ich dir zu. Aber ›eigenartig‹ und ›mörderisch‹ sind nun einmal keine Synonyme. Wahrscheinlich gibt es eine langweilige, logische Erklärung für die Blumen. Der Florist könnte sie beispielsweise aus Versehen im falschen Haus abgeliefert haben. Jetzt gehen wir die ganze Sache von hinten an. Wir müssen uns jeden einzelnen als Verdächtigen vorstellen. Noch mal alles durchgehen, was wir über sie wissen, dann sehen, ob wir nicht zumindest einige aussortieren können.«

»Ich habe eine Menge Informationen über Grady, von denen ich dir noch nichts erzählt habe. Missy sagte, ich könnte es dir erzählen, aber nur, wenn du es bei dir behältst.«

Shelley schwor gehorsam, und Jane berichtete ihr von Gradys Frau und ihrer Verwandtschaft mit Mrs. Pryce. Außerdem fügte sie Mels Bemerkungen hinzu, wonach sie so weit unten auf der Liste der Erben stand, daß es als Motiv fast auszuschließen war.

»Dennoch«, sagte Shelley langsam. »Möglicherweise hat es gar nichts mit Geld zu tun. Wahrscheinlich sogar nicht. So viel hatte sie nicht, und es gibt keinen Grund anzunehmen, daß sie insgeheim phantastische Reichtümer besaß.« Während Shelley sprach, ging sie zu Janes Kühlschrank und schüttete sich ein Glas Orangensaft ein. Jane bat sie ebenfalls um eins. »Jane, was ist, wenn es irgendeinen schrecklichen Zusammenstoß innerhalb der Familie gegeben hatte? Stell dir vor, sie wäre auf eine auch nur entfernte Art und Weise für den Unfall von Gradys Frau verantwortlich gewesen. Hätte er sie dann nicht dafür gehaßt, daß sein Leben durch sie zerstört wurde?«

Nun war Jane an der Reihe, einen Eimer kalten Wassers über einer Theorie zu entleeren. »Warum hätte er bis zu diesem Zeitpunkt damit warten sollen? Die Frau liegt seit Jahren – wahrscheinlich seit Jahrzehnten, wenn sie jung geheiratet haben – im Koma!«

»Vielleicht hatte er vorher einfach nie die Chance«, entgegnete Shelley.

Jane schaute sie skeptisch an.

»Grady muß ein fürchterlich geduldiger Mann sein«, sagte Shelley.

»Und ein fürchterlich dummer dazu, wenn er keine andere Möglichkeit finden konnte, als jahrelang auf die Gelegenheit zu warten, daß er zum Abendessen eingeladen wird, bei dem auch ein ganzer Schwarm anderer Leute anwesend ist.«

»Vielleicht hast du recht. In Ordnung, dann lass' uns also alle durchgehen. Grady Wells …«

»Motiv«, fiel ihr Jane ins Wort, »möglicherweise Rache wegen …«

»Nein, hol ein Blatt Papier. Notiere zuerst, was wir wissen, dann die verschiedenen Möglichkeiten.«

Jane besorgte Papier und Bleistift und ließ bei dieser Gelegenheit die Katzen herein. Sie versah die Seite mit der Überschrift VERDÄCHTIGE. »Also, was wir wissen, ist, daß Grady etwas gegen sie gehabt haben könnte, weil sie ihn der Veruntreuung von städtischen Geldern bezichtigt hat.«

»Und setze darunter: ›Sehr unwahrscheinlich‹«, instruierte sie Shelley. »Dann auf der anderen Seite des Blatts die möglichen Gründe, wie ein Familienstreit, in den seine Frau verwickelt war.«

Jane tat, was ihr aufgetragen wurde, und eine Zeitlang saßen dann beide da und blickten auf die Seite. »Ich würde ihm auf einer Skala von ›Zehn‹ eine Sieben geben«, sagte Jane. »Für ein echtes Motiv und ein mögliches.« Sie schrieb eine Sieben neben seinen Namen.

»Missy«, fuhr Shelley fort. »Tatsächliches Motiv: Pryce beschuldigte sie, Pornographie zu veröffentlichen.«

»Theoretisches Motiv: Sie will Grady beschützen«, ergänzte Jane. »Eine weitere Sieben?«

»Nein! Missy ist so nett, ich würde mich wie eine Verräterin fühlen, wenn sie eine Sieben bekäme.«

Jane schaute sie an und sagte streng: »Dies hat nichts damit zu tun, ob man Leute mag. Wir haben alle, bis auf Bob Neufield, wirklich gern. Aber dies hier ist eine rein verstandesmäßige Auswertung.«

»In Ordnung. Eine Sieben.«

»Vielleicht sogar eine Acht für beide«, schlug Jane vor. »Allein aus dem Grunde, weil sie beide so verdammt gut darin sind, ein Geheimnis zu bewahren. Damit meine ich nicht, daß eine Affäre zu haben bereits heimtückisch ist, aber die Art, wie sie es für sich behalten haben, zeigt eine gewisse Listigkeit.«

»Siebeneinhalb«, erwiderte Shelley.

»Desiree Loftus.«

Shelley dachte nach. »Pryce nannte sie eine Trinkerin. Wenn sie wirklich Alkoholikerin ist und es weiß, dann hat ihr diese Anschuldigung wohl wirklich zugesetzt. Und sie hatte außerdem die Mittel dazu. Diese ganzen Kräuter.«

»Beides reichlich dünn«, entgegnete Jane. »Ich würde ihr nicht mehr als eine Drei geben.«

»Du vergißt die Pariser Verbindung, die dir vor einiger Zeit nicht aus dem Kopf ging.«

»Oh, ja! Nun, wenn man alle drei Sachen bedenkt, vielleicht eine Sechs? Was ist mit Bob Neufield?«

»Eine Zehn!«

»Nein, Shelley, erinnere dich: Wir wollten eine strikt verstandesmäßige Auswertung.«

»Pryce beschuldigte ihn – zumindest nehmen wir es an –, homosexuell zu sein. Für einen Angehörigen des Militärs wäre das wohl ein Motiv. Besonders dann, wenn es nicht wahr ist.«

»Aber sie *phantasierte* in diesem Moment schon! Und Mel sagt, daß seine Entlassung aus der Armee nicht mit dieser Begründung geschah.«

»Das ist ja genau mein Punkt. Weil er aus einem ganz anderen Grund entlassen wurde und der Verleumdung nicht die Wahrheit entgegenhalten konnte, weil sie auch peinlich für ihn ist.«

»Aber sie hat es nicht einmal offen gesagt, wie bei Grady und ihrem Vorwurf der Veruntreuung. Shelley, ich glaube nicht, daß wir ihm mehr als eine Zwei geben können.«

»Eine Zwei? Mit einem ganzen Waffenarsenal in seinem Hinterzimmer?«

»Sie wurde vergiftet, nicht in die Luft gejagt. Ich werde ihm eine Drei geben, wenn es dich glücklich macht. So, wen haben wir noch? Ruth und Naomi.«

»Eine nach der anderen. Naomi: Pryce war unhöflich zu ihr wegen ihrer Krankheit.«

Sie blickten einander an und versuchten, noch etwas anderes hervorzukramen. »Sie sammelt Kochbücher«, sagte Shelley schließlich.

»Kochbücher bringen dir bei, wie man Leute satt bekommt, nicht, wie man sie vergiftet«, stellte Jane fest.

»In Ordnung. Das stimmt. Was ist, wenn ihre Blutkrankheit in Wahrheit AIDS ist, und sie möchte nicht, daß andere es erfahren? Du weißt, wie verrückt die Menschen sind, wenn es um AIDS geht. Sie könnte empfindlicher auf diese Halten-Sie-sich-von-mir-fern-ich-möchte-mich-nicht-anstecken-Rederei reagiert haben, als sie zugeben wollte. Schau mich nicht so an. Ich theoretisiere nur.«

»Zwei, höchstens«, sagte Jane und schrieb die Zahl auf.

»Dann muß Neufield mehr als eine Drei bekommen.«

»Was ist mit Ruth?«

»Kein Motiv, außer eins aus zweiter Hand wegen ihrer Schwester. Eine Eins allerhöchstens.«

»Sei nicht zu hastig. Sie ist psychisch sehr stark. Geht gegen Dinge an, wenn es sein muß.«

»Das tun wir auch, und trotzdem sind wir keine Mörderinnen.«

»Wer ist noch übrig? Das Hausmädchen.«

Jane legte ihren Stift hin. »Sie ist wirklich eine Unbekannte für uns. Sie könnte tonnenweise Motive haben, von denen wir keine Ahnung haben. Glaubst du, das ist der Grund, warum sie sie so lange im Krankenhaus behalten? Als eine Art raffinierter Hausarrest?«

»Was hat dir VanDyne von ihr erzählt?«

»Nicht viel. Und bei all seiner scheinbaren Offenheit ist er doch in der Lage, vertrauliche Mitteilungen für sich zu behalten. Er wußte Bescheid über Gradys Frau und hat mir nichts über sie erzählt. Er könnte alle möglichen Dinge über das Hausmädchen wissen.«

»Ich bin dafür, ihr eine Zehn mit einem Fragezeichen zu geben.«

Jane schaute sich noch einmal die Liste an. »Nun, wenn es nach der Theorie geht, daß die Person zu verdächtigen ist, gegen die man am wenigsten in der Hand hat, dann müßte es sich um Ruth und Naomi handeln.«

»Oder um dich, mich, deine Mutter. Wir sind alle Nullen«, warf Shelley ein. »In der Tat stehen wir noch nicht einmal auf der Liste.«

»Ein Punkt für dich.«

Licht strich durch den Raum, als Janes Kombi in die Einfahrt einbog. Shelley warf einen Blick auf ihre Uhr. »Mein Gott! Paul wird glauben, ich sei entführt worden.« Sie sprang auf und lief zur Tür. Unterwegs stellte sie ihr leeres Saftglas in die Spüle. Jane stopfte ihre Notizen in die Ramsch-Schublade in der Küche.

Shelley öffnete die Tür und wandte sich um. »Jane, du hast mir überhaupt nichts von deiner Verabredung mit VanDyne erzählt.«

Jane grinste. »Habe ich das wirklich nicht?«

Jane blieb an diesem Abend noch lange auf und unterhielt sich mit ihrer Mutter und ihrer Tochter. Sie sprachen nicht über den Mord, aber über alles andere. Irgendwann fragte Cecily Katie ganz offen: »Was hältst du davon, daß deine Mutter sich mit einem Mann verabredet?«

Das führte zu einer weiteren Stunde angeregter Unterhaltung, einigen Tränen, ein paar schwachen Witzen und schließlich zu einer Verständigung darüber, daß Jane Jeffry noch nicht jenseits von gut und böse war und durchaus das Recht hatte, ab und zu einmal mit einem Mann auszugehen – zumindest so lange diese Männer zur Kenntnis nahmen, daß es sich bei Steve Jeffry um einen Heiligen gehandelt hatte.

Jane bezwang den Drang, Katie an die Zeit zu erinnern, als ihr Vater ihr verboten hatte, Lippenstift zu tragen oder zusammen mit ihren Freundinnen zum Einkaufscenter zu gehen. Kurz vor seinem Tod wäre es bei der Diskussion über die Frage, ob sie Jeans tragen dürfe, die an den Knien absichtlich zerrissen waren, fast zu einem Kampf zwischen den beiden gekommen. Aber vielleicht würde Katie ja irgendwann die kleinen Meinungsverschiedenheiten mit ihr auch vergessen haben.

»Ich bin froh, daß du die Sache angesprochen hast, Mama«, sagte Jane zu Cecily, als sie kurz vor ein Uhr die Treppe hinaufgingen.

»Es gibt eine Menge, was du als Mutter lernst«, erwiderte Cecily mit einem Gähnen. »Und es gibt einige Dinge, die du erst erkennst, wenn du Großmutter bist. Zum Beispiel, wie vorteilhaft es manchmal ist, sich einfach in eine Sache zu stürzen und sie durchzukämpfen. Ich wünschte, ich hätte das bereits getan, als du noch zu Hause warst.«

»Dafür ist es jetzt wohl zu spät«, entgegnete Jane mit einem Lächeln.

»Und wohl auch nicht mehr notwendig, wie ich hoffe.«

»Ich bin froh, daß du dich einfach hineingestürzt hast.«

Cecily blieb mitten auf der Treppe stehen und nahm einen tiefen Atemzug. »Mein Schatz, ich habe in der letzten Zeit etwas über mich selbst gelernt. Ich bin als Großmutter besser, als ich als Mutter war.«

»Du warst eine wundervolle Mutter. Du bist es immer noch.«

»Nein, du bist eine bessere Mutter, als ich es je war. Du bist immer da für die Kinder. Das war ich nicht. Ich bin sehr stolz auf dich. Ich nehme an, das hätte ich dir schon früher einmal sagen sollen. Gute Nacht, mein Spatz.«

Jane umarmte sie. In ihren Augen glitzerten Tränen. »Du hast mich schon eine Ewigkeit nicht mehr ›Spatz‹ genannt. Irgendwie gefällt es mir.«

Jane konnte in der nächsten Stunde nicht einschlafen. Mit wenigen Sätzen hatte ihre Mutter etliche Jahre versteckten Grolls einfach weggewischt. Irgendwie hatte die Tatsache, daß Cecily ihr eigenes – wenn auch nur geringfügiges – Versagen bekannt war, Janes Ärger darüber ausgelöscht. Eigentlich dürfte es nicht so einfach sein, aber es war nun einmal der Fall. Vielleicht hatte sie ja die ganze Zeit nur auf eine Entschuldigung gewartet. Nun erwischte sie sich dabei, daß sie darüber nachdachte, warum sie jemals den Anspruch gehabt hatte, daß ihre Mutter perfekt sein mußte. Es stimmte, Jane und ihre Schwester hatten einige Dinge verpaßt, aber andererseits kamen sie damals auch in den Genuß so vieler Vorteile, von denen andere Kinder nur träumen konnten. Und wenn ihre Mutter sich Janes Meinung nach zu ausgiebig um ihren Mann kümmerte, dann war das ein Problem ihrer eigenen Wahrnehmung. Wenn sie Steve so sehr geliebt hätte, wie ihre Mutter ihren Vater liebte, dann hätte Jane immer noch einen Mann. Vielleicht hatte ihre eigene, weniger als perfekte Ehe ihren Blick mit Eifersucht getrübt.

In Gedanken ging sie auch noch einmal ihr Gespräch mit Katie durch und erinnerte sich an ein Dutzend Dinge, die sie hätte besser ausdrücken sollen. Schließlich landete sie unweigerlich bei ihrer Unterhaltung mit Shelley über den Tod von Mrs. Pryce. Sie dachte auch darüber noch einmal nach, kam aber nicht über das bisherige Ergebnis hinaus. Die Frist, die sie sich selbst zur Klärung gesetzt hatte, war schon bedrohlich nahe. Morgen abend fand der Kurs zum letzten Mal statt. Bis dahin wollte sie die ganze Sache unbedingt aufgeklärt haben – bevor sich die Leute zerstreuten und wieder anderen Interessen nachgingen. Zweifellos hatte Mel recht, wenn er behauptete, daß geduldige Polizeiarbeit früher oder später mit der Lösung aufwarten würde. Es war das »Später«, was ihr Kopfzerbrechen machte. Je mehr Zeit verstrich, desto größer war die Gefahr, daß jemand anders zu Schaden kommen könnte.

Endlich schlief sie ein und wurde von Alpträumen geplagt. Eine lange Schlange von Lieferwagen fuhr vor und lieferte Blumen ab. Massenweise Blumen, erdrückende Tonnen von Blumen. Sie bedeckten die Fenster wie eine bunte Lawine. Ihr Gewicht brachte das Glas zum Bersten, und ein weiterer Strom von Blumen rauschte herein. Jane versuchte sie zusammenzukehren, aber es gelang ihr nicht. Der Duft brachte sie zum Würgen. Sie versuchte, die Kinder in dem kleinen Vogelkäfig unterzubringen, da sie aus irgendeinem Grund vermutete, daß sie dort sicher seien.

Sie wachte um neun auf, verschwitzt und erschöpft. Die Katzen saßen am Fußende und blickten sie an. Willard lag schnarchend neben ihrem Bett auf dem Boden. Sie duschte schnell und schaute dann nach ihrer Mutter und Katie. Beide schliefen noch tief und fest. Sie zog sich kurze Hosen und eins von Mikes T-Shirts über, das sich in ihren Schrank verirrt hatte, und ging in Begleitung der Katzen nach unten, die sich zwischen ihren Beinen hindurchwanden und mitleidserregend miauten. Sie fütterte sie und Willard und stellte die Kaffeemaschine an.

Irgendwie fand sie diese alltäglichen häuslichen Pflichten heute tröstlich. Sie fragte sich, ob Männer wohl genauso empfanden, wenn sie den Rasen mähten. Schön wär's. Bei dem Gedanken an Männer kam sie auf Mel. Und das erinnerte sie an ihr Aussehen. Was wäre, wenn er vorbeikäme und sie sähe aus, als hätte sie die ganze Nacht im Regen gestanden?

Sie fuhr mit einem Kamm durch ihr Haar und toupierte es lediglich ein wenig – kein Grund, das volle Programm abzuspulen. Dann trug sie Make-up auf. Sie warf einen letzten Blick in den Spiegel. Nicht berauschend, aber durchaus auch nicht abstoßend.

Immer noch kein Laut von oben. Sie kramte in ihrer Ramsch-Schublade in der Küche und zog ihre Notizen hervor, die sie mit Shelley aufgeschrieben hatte. Sie ging abermals alle Verdächtigen durch, kam aber zu keinen neuen Einsichten. Auf den unteren Rand der letzten Seite hatte sie das Wort »Wolfsfluch« gekritzelt. Eigentlich wollte sie es bereits nachgeschlagen haben, aber wichtigere Dinge waren dazwischengekommen.

Sie legte die Notizen zur Seite, holte das Wörterbuch und machte sich auf die Suche. Aber das Buch war keine große Hilfe: Dort stand lediglich, daß es sich um eine Pflanze handelte, und der botanische Name wurde genannt. Nun, zumindest wußte sie nun, daß es *wirklich* eine Pflanze war, keine Krankheit, ein neuer Haarstil oder etwas in der Art.

Nachdem sie das Wörterbuch wieder weggestellt hatte, nahm sie ein dickes, schon arg mitgenommenes Gartenlexikon, das sie vor einigen Monaten auf einem Flohmarkt erstanden hatte, aus dem Regal. Unter Wolfsfluch fand sie dort: »Ein allgemein gebräuchlicher Name für ACONITUM LYCOCTONUM. Siehe Eisenhut.«

Sie legte das schwere Buch auf das Küchenbord, knickte einige Seiten an den Ecken um und blätterte zu dem Buchstaben E. Eine kleine Glocke begann in ihrem Hinterkopf zu läuten, und sie hatte das Gefühl, sich beeilen zu müssen. Da ... »Eisenhut – ein verbreiteter Name für die Gattung der ACONITUM, hohe, immerwährende Kräuter, mit auffälligen blauen Blütenspitzen. Alle Teile der Pflanze sind hochgiftig. Nicht in die Nähe von Gemüse pflanzen oder in einen Garten, in dem möglicherweise Kinder spielen. Vergleiche Abbildung 17.«

Jane fand die Abbildung 17 und studierte sie eine lange Zeit ganz genau. Sie hielt den Atem an, als sie sich langsam umdrehte und auf das Blumengesteck blickte, das hinter ihr auf dem Küchentisch stand. Sie nahm das Buch mit hinüber, legte es neben die Blumen und schaute beide ein weiteres Mal genau an.

»Mein Gott«, flüsterte sie.

Sie hob das Blumengesteck auf, als ob es eine Bombe wäre, die jeden Moment losgehen könnte, trug es ins Gästebadezimmer neben der Küche und stellte es dort auf den Boden. Anschließend schloß sie die Tür ab. Gedanken schossen durch ihren Kopf, während sie sich wieder an den Küchentisch setzte.

Eisenhut.

Sie erinnerte sich dunkel, diesen Namen zu der Zeit schon einmal gehört zu haben, als sie in einer der Apotheken von Steves Familie mitarbeitete. Sorgfältig weggeschlossen. Mit Warnhinweisen versehen. Nur der leitende Apotheker durfte damit umgehen. Altmodische Aufkleber mit Totenkopf und gekreuzten Knochen.

Jane griff zum Telefonbuch und suchte die Nummer des Blumengeschäftes heraus. Zuerst dachte sie, daß niemand abnehmen würde, aber dann, nach dem siebten Klingeln, meldete sich die winselnde Stimme eines Teenagers. Sie konnte die Pickel förmlich hören. Jane nannte ihren Namen und ihre Adresse. »Ich möchte etwas über die Blumen in Erfahrung bringen, die Sie gestern bei mir abgeliefert haben.«

»Warum? War etwas nicht in Ordnung mit ihnen?«

»Nein, alles O.K. Schauen Sie nur bitte in Ihrem Lieferbuch nach, wer sie geschickt hat. Es ist sehr wichtig.«

»In Ordnung«, erwiderte der Junge mit einer säuerlichen Stimme. »Wie war noch mal die Adresse?«

Sie nannte sie ihm noch einmal und mußte dann eine schrecklich lange Zeit warten. Endlich kam er zurück. »Nee, wir haben Ihnen gestern nichts vorbeigebracht.«

»Was ist mit ähnlichen Hausnummern? Vielleicht haben Sie sie zum falschen Haus gebracht?«

»Nee, da habe ich auch nichts«, sagte er, nachdem sie ein weiteres Mal eine endlos lange Zeit gewartet hatte.

»Sind Sie ganz sicher?«

»Klar. Was is'n los?«

»Nichts. Vielen Dank.«

Es war genau die Antwort, die sie erwartet – und gefürchtet – hatte.

Sie hörte, daß oben die Dusche rauschte. *Denk nach, Jane. Du bist ganz nah dran.* Sie lief auf und ab, und Stück für Stück setzte sie ein abstoßendes Puzzle in ihrem Kopf zusammen. Verzweifelt suchte sie nach einer Ausgabe von Mrs. Pryces Autobiographie. *Sonst häufen sich die verdammten Bücher im Haus, und wenn man mal eins braucht, ist keins aufzutreiben,* fluchte sie innerlich. Schließlich fand sie das Exemplar ihrer Mutter und blätterte hastig durch die Seiten. Sie fand die Stelle, nach der sie suchte, las sie zweimal durch und kennzeichnete die Seite dann, indem sie die Ecke umschlug. Dann klappte sie das Buch zu.

Ja, es paßte alles. Die Blumen, der Vogelkäfig, das Buch. Sie hatte recht gehabt. Ihr Instinkt hatte ihr gesagt, daß sie wichtig waren, und jetzt wußte sie, warum. Und es erschien ihr nun so offensichtlich, daß sie sich fragte, warum sie nicht schon eher darauf gekommen war.

Aber warum? Warum?

Sie ging hinunter in ihr Büro im Keller, wo sie in Ruhe telefonieren konnte, ohne gestört zu werden und ohne daß sie jemand hören konnte. Sie wählte die Nummer der Polizeiwache. »Ist Mel VanDyne zu sprechen? Es ist sehr wichtig.«

»Gerade war er noch da. Ich glaube aber, er ist wieder fort. Werde mal nachsehen. Warten Sie.«

Sie konnte das Klicken von Schreibmaschinen und das Gemurmel von Stimmen hören. Ein helles Lachen erklang ganz in der Nähe des Telefons. *Komm schon, Mel. Sei da,* flehte sie stumm. Ihr Herz klopfte schnell.

»Ja?«

»Mel. Hier ist Jane. Gott sei Dank habe ich dich erwischt!«

»Jane, was ist los? Bist du verletzt? Ich mache mich sofort auf den Weg …«

»Nein. Nein, hör mir nur zu. Ich weiß, wer sie umgebracht hat. Es paßt alles zusammen, aber es gibt überhaupt keinen Beweis. Aber ich glaube, daß du ihn beschaffen könntest.«

»Wer, Jane? Von wem sprichst du?«

»Ich fürchte, ich kann es nicht verraten, weil ich Angst habe, eventuell unrecht zu haben. Aber ich weiß, daß es nicht so ist. Nein, wovor ich am meisten Angst habe ist, *richtig* zu liegen. Dennoch – es tut mir leid, ich rede dummes Zeug. Gib mir eine Sekunde.« Sie bedeckte die Muschel mit ihrer Hand und nahm einen tiefen Atemzug. »In Ordnung. Höre zu. Es gibt einiges, was du tun mußt. Eine Information, die zu beschaffen ist. Sollte ich recht haben, wird diese Information alles erhellen. Zuerst rufst du bitte ›Immergrüne Erinnerungen‹ an – das ist ein Blumengeschäft –, um herauszufinden, wer von den Verdächtigen Blumen erhalten hat. Jemand hat das Papier verwahrt und um Blumen gewickelt, die auf meiner Veranda lagen. Dann weist du den Pathologen an, auf Eisenhut zu untersuchen – das hat sie nämlich getötet. Drittens mußt du eine Geburtsurkunde und einen Totenschein vom Außenministerium besorgen.«

»Warte einen Moment, Jane. Solche Dokumente werden in den einzelnen Staaten von den zuständigen Standesämtern registriert und nicht beim Außenministerium.«

»Nicht, wenn ein Amerikaner außerhalb des Landes geboren wird oder stirbt. Ich weiß es, denn dort muß ich mir auch immer meine Kopien besorgen.«

»Wie lautet der Name?«

»Da wirst du Maria Espinoza fragen müssen. Hast du eine Ausgabe von Mrs. Pryces Autobiographie?«

»Irgendwo. Die Kursleiterin hat uns eine gegeben.«

»Gut. Such sie. Schau auf Seite hundertachtundzwanzig nach. Befrag das Hausmädchen über diese Seite. Bring die Namen in Erfahrung. Besorg die Dokumente beim Außenministerium. Mel, meine Tochter schreit nach mir. Ich glaube, es ist jemand an der Tür. Ich muß auflegen ...«

»Aber, Jane ...«

Sie legte den Hörer auf.

»Mom, bist du unten? Mrs. Nowack ist hier«, rief Katie die Treppe hinunter.

»Komme gleich.«

Als sie die Stufen hinaufkam, saßen Shelley und ihre Mutter am Küchentisch. »Jane, Liebling! Ist etwas nicht in Ordnung?« erkundigte sich Cecily, erhob sich von ihrem Stuhl und legte eine Hand auf Janes Stirn. »Du bist weiß wie ein Laken.«

»Wo ist Katie?« fragte Jane leise.

»Oben. Unterwegs zum Duschen. Was ist los?«

»Ich werde euch erzählen, was ich getan habe. Ich bin sicher, daß ich richtig liege, aber ich hoffe verzweifelt, daß ich Unrecht habe. Ich weiß, wer Mrs. Pryce umgebracht hat.«

Shelley war ein wenig blasser geworden, aber ihre Stimme klang kräftig. »Wenn ich deinen Gesichtsausdruck richtig deute, handelt es sich dabei *nicht* um Bob Neufield?«

»Oh, ich fühle mich beschissen bei der ganzen Sache! Entschuldige, Mutter.«

»Ich habe das Wort schon einmal gehört, mein Spatz. Setz dich hin und rede endlich!«

Jane öffnete das Buch von Mrs. Pryce. »Schaut euch die Seite hundertachtundzwanzig genau an, und denkt dabei an den kleinen Vogelkäfig. Oh, und daß ja keiner von euch versucht, ins Gästebad zu gelangen. Ich habe die Blumen dort eingeschlossen.«

»Ich bin sicher, daß das alles irgendeinen Sinn macht«, sagte Shelley und schaute sie an, als wäre sie völlig übergeschnappt.

»Die blauen Blumen sind Eisenhut. Sehr giftig.«

»Giftig!« kläffte Shelley.

Cecily las die Seite, die Jane ihr angegeben hatte. Sie schaute langsam auf und reichte das Buch an Shelley weiter. »Ja. Ich glaube, ich verstehe, was du meinst. Aber wer …?«

Jane rechnete nicht damit, daß sich Mel im Laufe des Morgens melden würde. Sie wußte, daß er zu beschäftigt war, um anzurufen. Gegen Mittag wurde sie dennoch mürrisch. Ihre Ungeduld mußte sie allerdings verdrängen, als genau nach Plan um Punkt dreizehn Uhr Thelma Jeffrys schlachtschiffartiger grauer Lincoln in die Einfahrt bog. Jane eilte nach draußen, um ihren jüngsten Sohn – und aus unglücklicher Notwendigkeit heraus auch ihre Schwiegermutter – zu begrüßen.

Sie warf einen Blick auf Todd, als er aus dem Wagen purzelte und schnappte nach Luft. »Todd! Du mußt mindestens zehn Pfund zugenommen haben!«

Er umarmte sie kräftig. »Jaaa, bei Omi durfte ich alles essen, was ich wollte. Es war toll, Mama-altes-Haus.«

»Das glaube ich gerne«, sagte Jane mit grimassenhaftem Lächeln. Thelma Jeffry, eine eckig wirkende Frau mit scharfen Kanten, glaubte, daß der Weg zum Herzen eines jeden Mannes nur zu finden sei, wenn man ihn in »Schweinchen Dick« verwandelte. »Thelma, du siehst aus, als hättest du die Strapazen gut überstanden«, kommentierte Jane, während sie um den Wagen herumging, um ihr herauszuhelfen.

»Oh, natürlich. Kinder sind ganz angenehme Reisegefährten, wenn man im Besitz eines klaren Verstandes ist«, schnurrte Thelma. Die Anspielung war deutlich: Jane besaß keinen nennenswerten Verstand und ganz sicher keinen klaren. Aber Jane war erfreut zu sehen, daß die Müdigkeit einige Falten um Thelmas Augen hinterlassen hatte. Auch sah sie auffallend blaß aus für eine Frau, die gerade eine Woche in Florida gewesen war.

»Cecily, wie schön, dich zu sehen«, sagte Thelma.

Janes Mutter war auf die Terrasse gekommen. Todd lief auf sie zu und warf sie fast zu Boden. Thelma bedachte diese Wiedervereinigungsszene mit einem kühlen Blick.

Todd widmete ihnen eine ganze Stunde aufgeregter Plauderei, während Thelma gleichmütig danebensaß und zuhörte. Es war offensichtlich, daß es ihr schwerfiel, ihn bei seiner Mutter zurückzulassen – ganz zu schweigen von seiner anderen Großmutter –, aber sie war erschöpft und sehnte sich danach, nach Hause zu fahren. Schließlich gab sie scheinbar den inneren Kampf auf und erhob sich.

»Mutter verläßt uns am Montag wieder. Wie wäre es, wenn du zu einem großen Abendessen am Sonntag vorbeikommen würdest?« fragte Jane Thelma, als diese zu ihrem Auto wankte.

»Das wäre nett, meine Liebe. Ich genieße es immer, wenn deine Mutter über ihr … ›Vagabundenleben‹ erzählt.« Bei ihr hörte es sich so an, als ob Cecily in einem verrosteten Lieferwagen und einem Zelt im Kofferraum von Campingplatz zu Campingplatz zog.

Als Jane wieder ins Haus ging, wurde sie von Todd abgefangen. »Mom, meinst du, es macht Omi etwas aus, wenn ich zu Elliot hinübergehe? Ich habe eine Menge neue Sachen, das ich ihm gerne zeigen möchte.«

»Ich bin sicher, daß Omi dafür Verständnis hat. Aber frage sie vorsichtshalber einfach.«

Einige Minuten später beobachtete Jane erneut mit ihrer Mutter die Einfahrt. »Mike muß auch ganz bald kommen. Ich bin froh, wenn er wieder da ist! Mama, ich werde ihn fürchterlich vermissen, wenn er aufs College geht. Ich kann mich so gut auf ihn verlassen.«

»Er ist mit dem Verlust seines Vaters gut fertiggeworden, nicht wahr?« fragte Cecily.

Jane nickte. »Aber es geht nicht nur um die Dinge, bei denen er mir hilft: Rasen mähen, schwere Sachen tragen, die Spülmaschine in Ordnung bringen – dieser ganze Männerkram. Viel wichtiger ist mir, daß er mich mag. Beide Jungs mögen mich, er genauso wie Todd. Sie halten mich für eine nette Person, mit der man sich ab und zu sogar unterhalten kann. Aber Katie …«

»Bei ihr liegt es am Alter und an den Hormonen. Eines Tages wird sie eine entzückende Frau sein und deine beste Freundin. So wie du es für mich bist …«

Jane fühlte, wie ihr die Tränen in die Augen schossen. »Das Leben wäre schon schrecklich ohne eine Mutter«, erwiderte sie in dem Moment, als ein hellroter Jeep in die Einfahrt bog. »Da ist Mike!«

Diesmal wartete sie im Haus. Mike wäre vermutlich pikiert, wenn sie aus der Tür geflogen käme, um ihn vor seinem Freund Scott in die Arme zu schließen.

Und dann kam er zur Tür herein – groß, jung, gesund, Janes ganzer Stolz und ihre Freude. Jane kamen schon wieder die Tränen. Sie wußte, daß sie sich besser im Griff hätte, wenn sie nicht auf diesen Anruf von Mel warten würde. Normalerweise war sie keine Heulsuse.

Mike brachte eine Menge Informationen von jedem College mit, das sie besucht hatten. Während er jede einzelne Broschüre hervorzog, mußte sich Jane mit Gewalt zusammenreißen, um nicht loszuheulen. *Bitte, geh nicht so weit weg.* Sie konnte das niemals wirklich zu ihm sagen, ganz besonders nicht heute, wo er kurz davorstand, erwachsen zu werden. Er freute sich so sehr darauf, von zu Hause fortzugehen.

Als Todd wieder nach Hause kam, ging er mit seiner Großmutter nach oben, um ihr seine Hamster zu zeigen (als ob sie die verdammten Viecher nicht schon seit Tagen gerochen hätte, dachte Jane). Jane stand auf, um sich und Mike ein Glas Saft einzuschütten, während Mike seine langen Beine unter dem Tisch ausstreckte. »Mom, es hat irren Spaß gemacht, so umherzufahren.«

»Das freut mich, mein Schatz. Wie wirst du jetzt nur die Entscheidung für ein bestimmtes College treffen?«

»Nun, ich denke, daß ich mich wohl schon entschlossen habe.«

»Oh? Du hast doch noch ein ganzes Jahr Zeit!«

»Ich glaube, ich werde einfach hier am College mit dem Studium anfangen.«

»Mike! Warum? Du machst dir doch keine Sorgen wegen des Geldes, oder? Ich habe dir gesagt, daß ich es mir leisten kann, dir mindestens …«

»Nein, Mom. Es ist nicht das Geld. Du bist der Grund. Ich denke, daß du mich lieber hier hast.«

Jetzt nur nicht weinen! sagte sich Jane. Sie setzte das Glas ab und nahm seine großen Hände in ihre. »Mikey, ich brauche dich wirklich. Aber ich möchte nicht, daß du wegen mir hierbleibst. Ich werde mich schon durchwurschteln. Vielleicht werde ich dich mit achtzig, wenn ich mit einer Gehhilfe herumwandern muß, bitten, für mich zu sorgen, aber bis dahin nicht.«

»Bist du sicher?«

»Absolut sicher«, erwiderte sie mit einer Menge mehr Aufrichtigkeit in der Stimme, als sie eigentlich empfand.

Onkel Jim Spelling rief um vier Uhr an und kläffte in Janes Ohr, als sie den Hörer abnahm. »Jane! Ich habe mir gerade die Zeitungen der letzten Tage angesehen. Ich hatte keine Ahnung von dem, was mit Mrs. Pryce passiert ist. Du hältst dich aus dieser Sache raus, hörst du!«

Sie zog kurz in Erwägung, ihm eine Erklärung zu liefern, aber sie hatte weder den Mut noch die Energie dazu. »Das werde ich, Onkel Jim. Du kommst doch am Sonntag zum Abendessen, oder?«

»Wird der Drachen auch da sein?«

»Ich fürchte schon.«

»Gut. Ich hatte schon lange nicht mehr die Gelegenheit, ihr auf die Nerven zu gehen. Ich komme. Jane, ich fürchte, daß ich es dir noch einmal sagen muß: Du und Cecily, ihr haltet euch aus dieser Geschichte mit dem Mord heraus, bis die Polizei alles aufgeklärt hat. Hörst du? Ich meine es ernst!«

Gegen halb sechs, als sie gerade anfing, das Abendessen vorzubereiten, war Jane ein Wrack. Als das Telefon klingelte, sprang sie zum Apparat, obwohl die letzten sechs Anrufe von Mikes Freunden gekommen waren, die ihn begrüßen wollten.

»Jane?« fragte Mels Stimme.

»Ja?«

»Ich glaube, du hast recht. Es tut mir leid.«

Jane rutschte mit dem Rücken an der Schranktür entlang, bis sie auf dem Boden saß. »Oh, und mir erst. Wann wirst du ...?«

»Sobald ich sicher bin.«

»Mel, bitte erzähle niemandem, daß ich es herausbekommen habe.«

»Keine Sorge. Ich wollte es dir nur sagen.«

Mel legte auf, aber Jane konnte sich nicht bewegen. Als Cecily sie fand, saß sie immer noch auf dem Boden. »War das Mel? Hattest du recht?«

»Ja. Und es tut mir unendlich leid.«

Missy wußte natürlich nichts davon, was hinter den Kulissen vor sich ging, und sie begann die Stunde mit frischem Enthusiasmus. »Ich bedauere sehr, daß ich das Thema nicht als Zwei-Wochen-Kurs angeboten habe. Ich hoffe, Sie vergeben mir, wenn ich mich beeile, um so viel Stoff so schnell wie möglich abzudecken. Die letzte Stunde am heutigen Abend ist für die Kritik der Manuskripte reserviert, die ich Ihnen vor Beginn der ersten Stunde ausgehändigt habe. Doch zuvor möchte ich kurz über den Nutzen und den Gebrauch von Fotografien, Dokumenten und Briefen in einer Autobiographie reden ...«

Zum ersten Mal begann Jane nicht automatisch, die Information für ihr Buch – ja, es entwickelte sich *wirklich* zu einem Buch – über Priscilla zu verwenden. Aber sie machte sich eifrig Notizen, damit sie nicht in die Versuchung kam, den anderen Teilnehmern des Kurses in die Augen zu sehen. Sie hatte Angst davor, dem Blick des Mörders zu begegnen. Wenn das passierte, wußte sie, daß ihre eigene Scham wie ein Neonlicht leuchten würde.

Die erste, endlose Stunde ging vorbei, und sie machten eine kurze Pause, nach der sie sich alle wieder einfanden. Ihre Anspannung war so groß, daß Jane sich fragte, wie Sie überhaupt atmen konnte. Aber die anderen schienen es nicht wahrzunehmen. Oder doch? Bob Neufield starrte sie an, und sein Blick brachte ihre Haut zum Kribbeln. Als sie zurückstarrte, hielt er ihrem Blick stand. Sie schaute als erste zur Seite. Grady klopfte nervös mit einem Bleistift auf die Armlehne seines Stuhls. Desiree saß im hinteren Teil des Raumes, weit weg von allen anderen, und blickte stirnrunzelnd auf die Tafel, als ob dort etwas in einer blassen Schrift geschrieben stände, die sie kaum entziffern könnte. Naomi kämpfte mit dem Reißverschluß ihrer Handtasche, und es schien, als sei das Verschließen von enormer Wichtigkeit für sie. Ruth versuchte, ihr mit kleinen, nervösen, hektischen Handbewegungen zu helfen. Jane bemerkte, daß Cecily leise vor sich hin summte, was sie nur tat, wenn sie sehr nervös war, und selbst Shelley sah ängstlich aus.

Missy hatte gerade wieder zu sprechen begonnen, als die hintere Tür des Raumes geöffnet wurde. Jane bemerkte es zuerst gar nicht und wurde erst aufmerksam, als sich alle die Hälse verrenkten, um nach hinten zu schauen. Da wandte auch sie sich um.

Mel stand im Türrahmen.

Missy verstummte. »Ja? Kann ich Ihnen helfen, Detective VanDyne?«

»Nein. Fahren Sie bitte fort. Ich fürchte, ich muß Sie alle bitten, ein wenig länger als gewohnt hierzubleiben.«

»Aus welchem Grund? Was tun Sie hier?«

»Ich warte auf einige Informationen. Sobald sie eingetroffen sind, steht es Ihnen frei, zu gehen«, erwiderte er.

Alle bis auf eine Person, dachte Jane.

Er zog sich einen Stuhl zur Tür und nahm Platz.

Jane schaute sich im Raum um. Auf jedem Gesicht schien sich ein Ausdruck von Schuld zu spiegeln. Alle waren verwirrt und beunruhigt.

Missy fuhr mit zittriger Stimme fort. »Nun ja. Wenn Sie bitte die Manuskripte herausnehmen würden, damit wir kurz jedes einzelne durchsprechen können. Zuerst werde ich einen Kommentar und meine Bewertung abgeben, dann hätte ich gerne gewußt, welche Eindrücke Sie beim Lesen gewonnen haben.«

Jeder bemühte sich nach Kräften, so zu tun, als säße VanDyne nicht hinten im Raum. Als beobachte er nicht alles und höre genau zu. Aber ihre Antworten waren sehr unkonzentriert.

Die Tür wurde erneut geöffnet und schlug gegen VanDynes Stuhl. Er rückte zur Seite, und eine uniformierte Polizistin reichte ihm einen weißen Umschlag. Er bedankte sich, öffnete den Umschlag und nickte. Die Illusion, daß es sich um eine normale Unterrichtsstunde handelte, war endgültig dahin. Bob Neufield schlug seinen Aktenkoffer zu und warf VanDyne einen wilden Blick zu. Grady stand auf, ging nach vorn und stellte sich hinter Missys Stuhl. Desiree Loftus lehnte sich zurück und schloß die Augen. Ruth und Naomi hatten sich bei den Händen genommen. Cecily legte eine Hand auf Janes Arm. Shelley spielte mit dem Käppchen ihres Füllhalters und produzierte ein leises, rhythmisches Klicken.

Mel trat in die Mitte des Raumes, in den Gang zwischen den Stühlen. »Es tut mir leid, aber ich bin hier, um die Person zu verhaften, deren Name auf dieser Geburtsurkunde steht – die Person, die in Gefangenschaft auf den Philippinen geboren wurde … Maxine Harbinger.«

Ein Moment der Verwirrung folgte. Alle schwiegen, wechselten jedoch schnelle, verblüffte Blicke. Dann erhob sich Ruth Rogers rasch und mit bebenden Rüschen. »Es gibt keinen Grund, viel Aufhebens zu machen, Officer. Ich bin Maxine Ruth Harbinger.«

»Nein, gnädige Frau, das sind Sie nicht«, entgegnete VanDyne ruhig.

Ruth starrte ihn an.

»Sie können Ihre Schwester nicht schützen«, fuhr er sanft fort. »Weder vor dem Gesetz, noch vor irgend etwas anderem.«

Naomi Smith erhob sich langsam und stellte sich neben ihre Schwester. Normalerweise hatte sie eine kränkliche, blasse Farbe. Nun war sie weiß wie ein Leichentuch. »Es tut mir leid, Ruth. Aber du weißt, daß ich es tun mußte. Ich hätte sie mit Vergnügen am hellichten Tag auf dem Marktplatz umgebracht – und das mit Stolz! –, aber ich wollte es dir ersparen. Sie hat unsere Mutter getötet, Ruth. Sie mußte bestraft werden. Das weißt du. Es war notwendig. Und richtig. Alles, was nach jener Tat mit mir geschehen ist, war ihr Fehler. Wenn wir nur unsere Mutter gehabt hätten …«

Sie zitterte am ganzen Körper und stand kurz vor einem Zusammenbruch. Ruth legte einen Arm um ihre Schwester, um sie zu stützen und sagte weinend: »Aber das Mädchen, Naomi. Du hast beinahe das Hausmädchen getötet. Du warst damals zu jung, um dich jetzt daran zu erinnern, aber sie hat uns im Gefangenenlager nach Mutters Tod geholfen. Sie hat uns vor den Wachen beschützt und Essen zu uns hineingeschmuggelt. Sie ist der einzige Grund, daß *wir* überlebt haben. Und du hast sie fast getötet. Das war Unrecht.«

Naomi weinte nun ebenfalls. »Aber das *wollte* ich doch nicht, Ruth! Niemand sonst sollte verletzt werden. Es war nur für diese böse Frau, die unsere Mutter umgebracht hat. Du weißt doch, daß ich um keinen Preis der Welt einem anderen Menschen Schaden zufügen würde.«

Ruth legte beide Arme um ihre Schwester – liebevoll und stützend zugleich. Naomi schien innerlich zu zerbrechen. Ruth blickte über ihre Schulter und schaute in Janes Augen. »Ich weiß, Naomi. Ich weiß. Laß' uns jetzt mit der Polizei gehen, um ihnen alles zu erklären.«

»Mom!« rief Katie aus dem Wohnzimmer. »Mike und Todd zanken sich schon wieder! Sie sind solche Ekel!«

»Das ist angeboren«, schrie Jane aus dem Eßzimmer zurück.

»Ich werde dir helfen, aufzuräumen«, sagte Thelma. Sie warf einen Blick auf das dreckige Geschirr und das allgemeine Chaos, das die Reste des sonntäglichen Abendessens auf dem Tisch hinterlassen hatte.

»Kein Grund zur Eile, Thelma. Noch etwas Kaffee, Onkel Jim? Mel? Mutter?«

Shelley betrat das Zimmer. »Ich habe meine Bande zum Schwimmen geschickt. Darf ich mich zum Nachtisch einladen?« Sie setzte sich auf Katies leeren Platz und schnitt sich ein kaum sichtbares Stück Erdbeertorte ab. »Missy hat mich gerade angerufen. Sie sagte, daß Naomi im Krankenhaus sei, ihr Zustand ist wohl sehr schlecht. Stimmt das, Mel?«

»Ja, das stimmt. Sie wird es nicht bis zur Verhandlung schaffen. Es lag aber nicht an der Verhaftung. Wir haben sie mit Glacéhandschuhen angefaßt. Sie hat einfach nicht mehr lange zu leben.« Er blickte Jane an.

»Ich bin nicht sicher, ob ich alles richtig verstanden habe, Jane«, sagte Thelma brummig. Sie hatte erwartet, daß sich die Unterhaltung beim Abendessen um sie und ihre letzte Reise drehen würde, aber das war nicht der Fall gewesen. »Die alte Mrs. Pryce hat ihre Mutter nicht wirklich getötet, oder?«

»Nein, aber sie hat sie an die japanischen Wärter verraten, weil sie Milch für ihre Töchter gestohlen hatte«, antwortete Jane. »Und die Japaner kümmerten sich um den Rest. Ruth und Naomi erfuhren die Geschichte von anderen Überlebenden des Lagers, aber die ganze Zeit über kannten sie den Namen der Frau nicht – sie wußten nur, daß sie die Ehefrau eines Generals war. Erst als Missy die Exemplare von Mrs. Pryces Buch verteilte und sie über die Geschichte lasen, wurde ihnen klar, daß es sich hier um dieselbe Person handeln mußte. Verschlimmert wurde die Sache noch dadurch, daß Mrs. Pryce in ihrem Buch damit angab, als ob sie etwas Edles und Vornehmes getan hätte. Das war zuviel für Naomi.«

»Naomi Smith hatte ein scheußliches Leben«, warf Mel ein. »Sie wurde von einer Familie zur nächsten weitergereicht und mindestens zweimal sexuell mißbraucht. Sie ist überzeugt davon, daß ihr dies alles nicht zugestoßen wäre, wenn ihre Mutter überlebt hätte. Was wahrscheinlich richtig ist.«

Thelma warf ihm einen strafenden Blick zu, beleidigt darüber, daß er es gewagt hatte, das Thema Sex in irgendeinem Zusammenhang am Tisch zu erwähnen. »Aber warum hat ihre Schwester Jane diese Hinweise gegeben? Das ergibt doch überhaupt keinen Sinn!«

»Aber sicher doch, Thelma«, entgegnete Jane. »Sie wußte, daß Naomi die Mörderin war. Sie hat sie dabei beobachtet, wie sie beim Abendessen zu Mrs. Pryces Teller hinüberlangte und mit einer kleinen Flasche hantierte, während alle anderen auf der Suche nach Gradys Kontaktlinse waren. Als Mrs. Pryce dann im Verlauf des Abends starb, war Ruth sicher, daß die Flasche Gift enthalten hatte. Als sie nach Hause kam, bemerkte sie, daß etwas von ihrem Eisenhut gepflückt worden, aber nirgendwo ein Zeichen von den abgeschnittenen Stengeln zu entdecken war. Naomi mußte sie zum Kochen benutzt haben – oder was auch immer man mit ihnen anstellen muß, um ein konzentriertes Gift zu erhalten. In ihrer Kindheit im Lager hatten sie beide eine Menge über Pflanzen gelernt – welche eßbar und welche giftig sind.«

»Warum hat sie es nicht einfach der Polizei mitgeteilt? Ich hätte es getan«, sagte Thelma, wie immer pflichtgetreu.

»Es war ihre eigene Schwester, zum Teufel noch mal!« knurrte Onkel Jim.

»Ruth liebte ihre Schwester nicht nur, sondern verstand sie auch sehr gut und sympathisierte wahrscheinlich sogar mit ihren Motiven«, fuhr Jane fort. »Und ehrlich gesagt, ich stimme ihr zu. Aber als Ruth erfuhr, daß das Hausmädchen fast gestorben wäre, konnte sie es nicht mehr ertragen. Sie wußte, daß Naomi für diesen schrecklichen Fehler zur Rechenschaft gezogen werden mußte. Trotz ihrer scheinbaren Lässigkeit ist sie eine sehr strenge Person, wenn es um moralische Grundsätze geht. Aber sie konnte sich immer noch nicht überwinden, ihre geliebte Schwester der Polizei auszuliefern.«

»Das beantwortet aber nicht meine Frage. Warum hat sie Jane all diese schwer verständlichen Hinweise gegeben?« hakte Thelma nach. Sie fügte zwar nicht hinzu »ausgerechnet ihr«, aber diese Worte hingen eindeutig in der Luft.

»Weil sie der Polizei wohl kaum Tips geben konnte«, erläuterte Jane. »Wenn sie ihnen den Vogelkäfig geschickt hätte, wären sie nicht imstande gewesen, ihn dem richtigen Verbrechen zuzuordnen, selbst wenn sie einen Zettel mit der Aufschrift ›HINWEIS‹ darangeheftet hätte. Und ich vermute, daß der erste Fingerzeig, das Buch, für mich oder Shelley gedacht war. Es wurde in Shelleys Wagen zurückgelassen, als Ruth genau wußte, wo wir waren – nämlich zu Hause bei Bob Neufield, wo sie uns selbst mit der Liste für die Bibliothek hingeschickt hatte. Der Käfig hätte gleichermaßen an Shelley oder mich gehen können, aber aus irgendeinem Grund sagte ihr mein Gartentisch zu, und so hat sie ihn dort stehenlassen. Und nachdem ich es war, die ihn erhalten hatte, mußte ich auch die Blumen bekommen.«

»Ein Buch, ein Vogelkäfig und Blumen«, sagte Jim Spelling mit nachdenklicher Stimme. »Ich hätte wohl nie das eine mit dem anderen in Verbindung gebracht, um mir dann einen Reim darauf zu machen.«

»Das habe ich zuerst auch nicht«, gab Jane zu. »Aber siehst du, sie hat mich Schritt für Schritt in eine bestimmte Richtung gelenkt. Zuerst das Buch mit seiner Nachricht: ›Die Erklärung ist hierin zu finden.‹ Dann der Bambuskäfig, der bedeuten sollte: ›Dies ist der betreffende Teil des Buches.‹ Der Bambuskäfig stand symbolisch für das japanische Gefangenenlager. Schließlich die Blumen: ›Auf diese Weise ist es geschehen.‹«

»Das ist der Teil, der mich zur Raserei bringt«, warf Onkel Jim ein. »Sie hätte dich mit diesen verdammten Blumen umbringen können.«

»Nein, im Grunde nicht«, erwiderte Jane. »Sie wußte, daß ich keine Kinder habe, die so klein sind, um an Blumen zu knabbern. Und keiner von uns wäre wohl auf die Idee gekommen, das Blumenwasser zu trinken. Sie geben keinen giftigen Geruch ab oder sonstwas in der Art. Ich war zu Tode erschrocken, als mir klar wurde, was da vor mir stand, aber sie waren für uns nicht wirklich gefährlich.«

»Ich dachte, du hättest gesagt, daß die Blumen von einem Blumenhändler stammten«, meldete sich Thelma zu Wort. »Es ist höchst unverantwortlich von einem Floristen, Blumen zu versenden, die ...«

»Nein, sie kamen nicht vom Blumenhändler, sie waren lediglich in Papier eingepackt, das vom Floristen stammt. Naomi war vor einigen Monaten eine Weile im Krankenhaus und hatte eine Menge Blumen erhalten, und da sie ein sparsamer Mensch ist, verwahrte sie automatisch das Papier – aus dem einfachen Grund, weil sie alles verwahrte, das ihr vielleicht noch mal nützlich sein könnte. Das ist höchstwahrscheinlich ein weiteres Erbe aus ihrer Zeit im Lager.«

»Tatsache ist, daß sie nicht die Verantwortung dafür übernehmen wollte, ihre Schwester ins Gefängnis zu verfrachten, also hat sie Jane das moralische Dilemma zugeschoben«, sagte Shelley und schnitt sich ein weiteres hauchdünnes Stück Kuchen ab. »Aber was ist mit dem Namen? Wie wurde aus Maxine Harbinger eine Naomi Smith?« Sie warf einen fragenden Blick auf Mel.

»Maxine war ihr Vorname, obwohl Ruth versuchte, ihn für sich zu beanspruchen. Aber irgendwelche Pflegeeltern mochten ihn nicht und riefen sie bei ihrem zweiten Vornamen. Der blieb dann haften. Sie war kurze Zeit verheiratet und kam so an den Nachnamen Smith«, erklärte er.

Thelma schüttelte ihren Kopf. »Die andere Frau bemühte sich, das Verbrechen ihrer Schwester aufzudecken, und dann versucht sie zu behaupten, daß sie selbst die Mörderin ist? Ich denke, sie muß verrückt gewesen sein.«

»Im Gegenteil«, entgegnete Shelley. »Sie war sehr besonnen. Ich nehme an, sie glaubte, Jane würde nichts über die Hinweise sagen, wenn sie sie erst einmal entschlüsselt hatte. Indem Ruth jemandem davon ›erzählte‹, wollte sie ihr eigenes Gewissen beruhigen, ohne daß Naomi unter den Konsequenzen leiden mußte. Als sich die Dinge jedoch anders entwickelten, war sie entsetzt über das, was sie angerichtet hatte und wollte Naomi beschützen. Es war wirklich kein schlechter Plan. Naomi hätte Jane ja auch derart leid tun können, daß sie alles für sich behalten hätte. Und dann wäre die Polizei nie in der Lage gewesen, den Fall zu lösen.«

»Oh, da bin ich nicht so sicher«, sagte Mel mit fester Stimme. »Wir waren bereits auf der richtigen Spur.«

»Mom!« kreischte Katie aus dem Wohnzimmer. »Sie sollen *aufhören!*«

Jane ignorierte ihre Tochter und richtete ihren Blick auf Mel. »Entschuldige bitte. Du hattest keine Ahnung! Gib es zu!«

»Das stimmt nicht. Wir haben, soweit wir konnten, alles über jeden einzelnen nachgeprüft, sogar festgestellt, ob Naomis Krankheit echt ist. Einem der Leute im Büro fiel schließlich auf, daß es ungewöhnlich ist, wenn eine Frau, die in einem Vorort von Chicago lebt, an einer Blutkrankheit leidet, die hauptsächlich in den Tropen zu finden ist. Und bei schwer unterernährten Menschen. Er hat dann herausgefunden, daß sie bereits ihr ganzes Leben daran gelitten hatte, und er bemühte sich bereits, an die Geburtsurkunde heranzukommen, um zu sehen, wo sie zur Welt gekommen war.«

»Ja, und in weiteren drei Jahren hätte er alles herausbekommen, wenn jemand freundlicherweise eine gerahmte Kopie der richtigen Seite aus Mrs. Pryces Buch unter seine Nase gehalten hätte«, sagte Jane ungehalten.

Mel grinste sie an. »Vielleicht sogar etwas früher.«

Thelma schaute von Mel zu Jane und wieder zurück zu Mel. Ihr Gesicht trug den Ausdruck langsam erwachenden Argwohns.

Jim Spelling beobachtete, wie sich Thelmas Augenbrauen zusammenzogen, und er amüsierte sich über ihren wachsamen Gesichtsausdruck.

Jane wandte sich Cecily zu. »Es lag alles nur daran, daß sie ihre Mutter verloren haben. Mir ist dadurch bewußt geworden, wie froh ich bin, daß ich meine noch habe.«

»Mom! Sie sind echt schrecklich!« schrie Katie bereits in kürzerer Entfernung zu ihrem Ohr.

Mike stolperte in den Raum. Er hielt Todd im Schwitzkasten. Todd wurde von einem hysterischen Lachen geschüttelt, ruderte mit den Armen und versuchte, seine Faust unterhalb der Gürtellinie seines Bruders zu landen.

Jane legte ihren Kopf in die Hände. »Eine wirklich feine Familie«, stöhnte sie.

»Nein, so ist es nicht richtig«, sagte Mel, stand auf und ging um den Tisch herum. Er zog Todd von Mike weg, um einen besseren Griff zu demonstrieren. »Schau, wenn du seine Schultern so hältst, kann er seine Arme nicht benutzen ...«

»Halt, halt«, mischte sich Onkel Jim ein und sprang auf die Füße. »Das ist alles falsch. So geht es auch nicht. Warten Sie, ich werde es Ihnen zeigen.« Er griff nach Mel, um seine Version vorzuführen.

Thelma gab schwache kleine Schreie voller Alarm und Mißbilligung von sich.

Jane und Shelley schauten Cecily an. »Werden sie denn *nie* erwachsen?« fragte Jane.

Cecily schüttelte den Kopf. »Wenn dein Großvater hier wäre, würde er sich wohl mitten im Getümmel befinden und die Leute mit seinem Krückstock vor sich hertreiben.«

Jane stand auf. »Raus mit euch! Alle Mann!« Sie begann, sämtliche männlichen Wesen in Richtung Tür zu schieben.

Während die anderen ins Wohnzimmer stürmten, kam Mel noch einmal zu Jane zurück und flüsterte: »Ich kenne übrigens noch einige tolle Griffe, die ich dir gerne nachher zeigen würde. Hast du etwas dagegen?« Und nachdem er ihr einen leichten Klaps verpaßt hatte, lief er den anderen nach in den Garten.

»Aber, Jane«, sagte Thelma, als Jane wieder an den Eßtisch zurückkam. »Dein Gesicht ist ja krebsrot. Du wirst doch wohl nicht krank werden, oder?«

Jane lächelte.

ECON KRIMI

Dorothy Cannell
Femmes Fatales
Ein Ellie Haskell-Krimi
TB 25031-0

Die »dünne Frau« Ellie Haskell fühlt sich wie die Prinzessin, die sich in einen Frosch verwandelt hat, denn ihr angebeteter Bentley beachtet sie nicht mehr. Ellie schließt sich der Frauengruppe »Fully Female« an, um die wahre Kunst der Sinnlichkeit zu erlernen und ihn zurückzugewinnen. Aber nicht nur diese Organisation, auch die Liebe selbst scheint eine ziemlich tödliche Angelegenheit zu sein!

Sarah Lacey
Aktennotiz: Verstorben
TB 25017-5

Leah Hunter, selbstverteidigungserprobt und beruflich als Steuerfahnderin unterwegs, erlebt während eines Galeriebesuchs eine Überraschung. Ein fremder Mann fällt ihr in die Arme und vertraut ihr sterbend seine letzten Worte an. Leah rückt dadurch unfreiwillig in den Mittelpunkt von Ereignissen, die sich um Mord, Kunstraub und Drogenhandel drehen.

Janet Neel
Tod der Dame
Ein Francesca Wilson-Krimi
TB 25074-4

Das Gladstone-College, ein altehrwürdiges Mädcheninternat aus dem 19. Jhdt., steht vor dem Aus: Das Gemäuer zerfällt und die finanzielle Lage ist katastrophal. Die Vorgängerin der jetzigen Direktorin starb unter mysteriösen Umständen. Die neue Schulleiterin, Dame Sarah Murchieson, bittet ihre Freundin Francesca Wilson um Hilfe.

K 006

ECON TASCHENBÜCHER

ECON